JN223130

マイケル・オンダーチェ
田栗美奈子 訳

# 戦下の淡き光

作品社

# 戦下の淡き光

目次

エレン・セリグマン、サニー・メイター、リズ・コールダーに
長年の感謝をこめて

「大きな戦いは、たいてい地図の折り目の上で繰り広げられる」

# 第一部

# 見知らぬ人だらけのテーブル

一九四五年、うちの両親は、犯罪者かもしれない男ふたりの手に僕らをゆだねて姿を消した。僕らはロンドンの〈リュヴィニー・ガーデンズ〉という住宅地に住んでいて、ある朝、母か父のどっちだったかが、朝食後に家族の話があると言いだし、一年のあいだ僕らを置いてシンガポールに行くと告げたのだった。それほど長期ではないが、短い旅というわけでもない、と両親は言った。留守のあいだは、もちろんちゃんと世話を頼んでおく、と。覚えているのは、この知らせを切りだしたとき、父が庭にある鉄製の座り心地の悪い椅子に腰かけていたことだ。母はサマードレス姿で、父の肩のすぐ後ろから僕たちの反応を見守っていた。少ししてから、母は僕の姉レイチェルの片手を取り、温めようとでもいうふうに自分の腰に押し当てた。

レイチェルも僕も何も言わなかった。僕らはただ、新しいアブロ・チューダーⅠで行く空の旅について詳しく語る父をじっと見ていた。ランカスター爆撃機の末裔にあたるこの旅客機は、時速五〇〇キロのスピードで飛ぶことができる。目的地に着くまでに、少なくとも二回は着陸して、飛行機を乗り継がなければならない。父は昇進してユニリーバのアジア支社をまかされ、偉くなるのだと説明した。みんなにとっていいことなんだよ、と。父が真剣に語るうちに、母はぷいと顔をそらし、八月の庭に目をやった。父が話を終えると、母は僕の戸惑いに気づき、そばに来て僕の髪を指でとかしつけた。

そのころ僕は一四歳、レイチェルはもうじき一六歳だった。休暇のあいだは、母が後見人と呼ぶ人物が面倒を見てくれるという。両親によると同僚だそうだ。僕らもすでに面識があった――〝蛾〟という名前を思いつき、そう呼んでいた。うちの家族にはあだ名をつける習慣があって、それはつまり隠しごとの多い家庭ということでもあった。すでにレイチェルは彼が犯罪者ではないかと疑い、僕にもそんなふうに話していた。

奇妙な取り決めに思えたが、戦後のあの時期はまだ生活が成り行きまかせで混乱していたから、そんな提案にも違和感はなかった。僕らは子供らしく、決められたことを受けいれた。最近うちの三階に間借りするようになっていた〝蛾〟は、腰が低く、図体はでかいが蛾みたいにびくびくしている。その彼になんとかしてもらおうというわけだ。うちの両親は、信頼できる相手と踏んだに違いない。〝蛾〟の悪事について両親が知っているのか、僕らにはわからなかった。

今思えば、かつては家族の絆を強める努力がなされていたのだろう。父はときどきユニリーバ社の事務所に僕を連れていった。週末や祝日には閑散としていて、父が仕事をするあいだ、僕はビルの一二階に広がる見捨てられたような世界をさまよい歩いた。事務所にある引き出しはどれも鍵がかかっていた。くずかごは空っぽで、壁には写真もかかっていなかったが、部屋の一方の壁に大きな立体地図があり、海外の事業所の位置を示していた。モンバサ、ココス諸島、インドネシア。もっと近いところでは、トリエステ、ヘリオポリス、ベンガジ、アレクサンドリアなど、地中海を囲むいくつもの都市。おそらく父の取り仕切る土地だろうと思った。東のほうと行き来する何百もの船を、ここで手配するのだ。そうした都市や港を示す地図用の明かりは週末のあいだ消されていて、遠い辺境の地にふさわしく暗闇のなかだった。

　出発の間際に、母だけは夏の終わりの数週間こちらに残ることになった。間借り人が僕たちの世話をちゃんとできるように段取りをととのえるのと、僕たちに寄宿学校への転校の準備をさせるためだった。父がはるかな世界に向かってひとり旅立つ前の土曜日、僕はふたたび父にくっついて、カーゾン通りのそばの事務所を訪れた。たくさん歩こうと父が言った。これから何日か、飛行機で縮こまっていなければならないからね、と。そこで僕たちは自然史博物館までバスに乗り、そこからハイドパークを抜けてメイフェアまで歩いた。父はいつになくはつらつとして朗らかで、「手織りの襟も、うぶな心も、異国でボロと成り果てぬ」という一節を何度も繰り返し、意気揚々といった感じで歌った。まるでそれが大事な決まりごとだとでもいうふうに。いったいどういう意味なんだろう、と僕は訝(いぶか)っていた。父の働くオフィスが最上階を占めるそのビルに入るには、鍵がいくつも必要だったことを覚えている。僕は明かりが消えたままの大きな地図の前に立ち、これから数日のあいだ父が上空を飛ぶことになる都市を記憶していった。そのころからもう地図が大好きだった。背後から父が近づいてきて明かりをつけると、立体地図の山々が影を落とした。だが、このとき僕が意識したのは光ではなく、淡いブルーに輝く港や、光の当たらない側の地球のはるかな広がりだった。地図は地球の全貌をさらしているわけではなかった。レイチェルと僕は両親の結婚生活についても、同じようにどこか欠けた見方をしていたのではないだろうか。両親は自分たちの人生について、めったに語ってくれなかった。僕たちも断片的な話に慣れてしまっていた。父は前の戦争の最終局面に関わっており、家庭が本当に自分の居場所だとは感じていなかったのだと思う。

旅立ちについては、母も同行するのは仕方がなかった。母が父と離れて暮らすなどあり得ないと僕たちは考えた——父にとっては妻なのだから。母が子どもの世話をするために〈リュヴィニー・ガーデンズ〉に残るより、僕たちが置いていかれるほうが、まだ痛手が小さく、家族の傷も浅いだろう。それに、両親の説明によれば、あんなに苦労して入学させてもらった学校をいきなり辞めるわけにもいかない、ということだった。父の出発前、僕たちは父を囲んで寄り添うようにすごした。〝蛾〟はその週末、気を利かせて姿を消していた。

こうして僕たちは新たな生活を始めた。当時の僕はそれを鵜呑みにはできずにいた。そして今でも、それからの時期が僕の人生を傷つけたのか、はたまた励ましたのか、どうもよくわからない。あの期間に僕は家庭のしきたりや制約を失い、そのせいで自由をあまりにあっけなく使い果たしたかのように、のちのち心のなかにためらいを抱えこむ。とにかく今や僕も、自分たちが赤の他人の庇護のもとに育ったことを語れる年齢になった。それを語るのはまるで、うちの両親の、レイチェルと僕自身の、そして〝蛾〟の、さらにはのちに加わる人たちの寓話を明るみに出すようなものだ。この手の話には習わしや言葉のあやがつきものだろう。ある人物が、乗り越えるべき試練を与えられる。誰が真実を知っているかわからない。人々の正体も居場所も、思っているのとは違う。それをいずことも知れぬ場所から見つめる者がいる。母は、アーサー王伝説の忠誠な騎士たちに与えられるあいまいな任務のあれこれについて語るのが好きで、僕たちにそうした話を聞かせてくれたものだった。ときにはバルカン半島やイタリアのどこかの小さな村を舞台に定め、自分もそこを訪れたことがあると言って、地図で探してくれたりした。

父が出発したあと、母の存在がいっそう大きくなった。それまで耳にしていた両親の会話といえば、おとなの問題ばかりだった。だが今や母は、自分自身のことや、サフォーク州の片田舎で過ごした子ども時代について語ってくれるようになった。僕たちのお気に入りは、「屋根の上の一家」の話だ。僕たちの祖父母はサフォーク州にあるセイント地帯と呼ばれる場所に住んでいた。聞こえるものといえば、川の水音と、ときおり近くの村で鳴る教会の鐘の音だけという土地だ。だがある日、屋根の上にある親子がやってきた。物を投げたり怒鳴りあったりする騒々しい音が、天井を突き抜けて母の家庭にも入りこんできた。髭面(ひげづら)の男と三人の息子たちだ。末の息子は物静かで、いつも梯子(はしご)を上って水桶を屋根の上に運んでいた。けれど僕の母は、外に出て鶏小屋に卵を集めにいくときや、車に乗りこむときなど、その末息子がかならずこちらを見ていることに気づいていた。彼らは屋根ふき職人で、一日じゅう忙しく屋根を直していた。夕食どきになると梯子を降ろして帰っていくのだった。ところがある日、激しい風にあおられて、末息子がバランスを崩して屋根から落ちた。ライムの木の枝を突き抜け、台所のそばの敷石にぶち当たった。兄たちが彼を家に運び入れた。マーシュという名のその少年は腰を骨折していた。往診に来た医者は少年の脚をギプスで固定し、動かしてはいけないと言った。屋根仕事が終わるまで、少年は食器洗い場のソファーベッドで療養することになった。母の役目は――このとき、母は八歳だった――食事を運ぶことだった。たまに本も届けたが、少年はひどくはにかんで、ほとんど口をきかなかった。きっとあの二週間は一生のように長く感じられたことでしょうね、と母は僕たちに言った。やがてようやく仕事が終わると、家族は少年を連れて去っていった。

姉も僕もこの話を思い返すたび、よくわからないおとぎ話の一部のように感じた。母の語り口に芝居がかったところはなく、少年が落ちたことの恐ろしさは省かれ、ありふれた話のように聞こえた。落ちた少年についてもっと話してほしいとせがめばよかったが、知らされたのはこの出来事だけだ――嵐の吹き荒れた午後、少年がライムの木の小枝や葉を突き抜けて敷石に落ちる、鈍く湿った音を聞いたこと。それは母の人生という薄暗い舞台に現れたエピソードの一つにすぎない。

三階の間借り人の〝蛾〟は留守がちだったが、ときどき夕食に間に合う時間に帰ってきた。そんなときは一緒に食べないかと勧められ、形だけ断るような具合でさんざん手を振ってから、やっと食卓に加わることもあった。だが、たいていの晩はビッグズ・ロウまでぶらぶら歩いて食べ物を買ってきた。そのあたりはロンドン大空襲でほとんど破壊され、今は屋台がいくつか仮営業をしていたのだ。僕たちはいつも、彼のうっすらした影、あちこちにいる気配を意識していた。彼のこうした態度が内気さのせいなのか、無関心の現れなのかさっぱりわからなかった。もちろん、それも変化していく。僕はときおり寝室の窓越しに、暗い庭で彼が母と静かに話している姿を目にしたし、また、ふたりでお茶を飲んでいるのも見かけた。学校が始まるまでに、母は時間をかけて彼を説得し、僕の数学の家庭教師を引き受けさせた。数学は僕がいつも落としていた科目で、〝蛾〟がさじを投げたあとは、また落としつづけることになる。出会ったばかりのころ、僕の目に映っていた後見人の複雑さは、彼の用意した三次元の図面を前にして、幾何学の定理の上っ面のちょっと下をのぞかせてもらっているだけのことだった。

戦争の話題になるたび、姉と僕は彼がどこで何をしていたか少しずつ聞き出そうとした。正しい記憶と誤った記憶が入り乱れる時代で、レイチェルも僕も興味しんしんだった。〝蛾〟と母は戦時中になじみのあった人々の話をした。彼がうちに同居する前から母を知っていたことは明らかだったが、戦争に関わっていたのは意外だった。〝蛾〟の物腰にはまったく「好戦的」なところがなかったからだ。彼がうちにいることを示すのは、たいていラジオから流れる静かなピアノの調べだったし、今の仕事先もちゃんと帳簿があって給料の出る組織のようだった。それでも、何度かせっついて教えてもらったのは、グローブナー・ハウス・ホテルの屋上にある「鳥の巣」と呼ばれる場所で、ふたりとも「火災監視員」として働いていたということだ。僕たちはパジャマ姿で、麦芽飲料のホーリックを飲みながら、ふたりの思い出話に耳を傾けた。一つの逸話が浮かびあがっては消えていった。新しい学校に行く日が真近に迫ったある晩、母はリビングの一角で僕たちのシャツにアイロンをかけていた。〝蛾〟は出かけるところだったが、少しだけ僕らに仲間入りするとでもいうふうに、階段の下でためらいがちに足を止めた。そしてそのまま、夜の運転で母が発揮した腕前について語りだした。外出禁止令を敷かれた暗闇のなか、海岸沿いに車を飛ばし、「バークシャー連隊」とやらへ男たちを運んでいったときのこと。眠気を覚ますものは「チョコレート数切れと、開け放した窓からの冷たい風」しかなかった。〝蛾〟が話しつづけるあいだ、母はとても注意深く耳を傾けていた。襟に焼け焦げを作らないように、アイロンを持った右手を宙に浮かせたまま、どこか思わせぶりな彼の話に聞き入っていた。

あのとき僕は気づくべきだった。

彼らの話からは、時間が故意に省かれていた。やがて僕らは知ることになる。母はドイツ軍の通信を傍受し、ベッドフォードシャーのチクサンズ小修道院というところからイギリス海峡の向こうへ情報を送っていたのだ。無線のヘッドホンから聞こえる複雑な音に耳を押し当てて。それに例のグローブナー・ハウス・ホテル屋上の「鳥の巣」も、「火災監視」の任務とはあまり関係がないのではないかと、今やレイチエルも僕も疑いつつあった。母には僕らが思っているより優れた技能があるのだと察しはじめていた。ひょっとしたら母の白く美しい腕と細い指は、狙いを定めて誰かを撃ち殺したことがあるのだろうか。階段を優雅に駆け上がる母は、運動選手のような身のこなしだった。それは僕らが以前は気づかずにいた姿だ。父が旅立ってから、新学期に合わせて母が出発するまでの一か月間、僕たちは母についてさらに驚くべき、さらに奥深い面を発見していった。また、母が熱いアイロンを持った手を宙に止めて、昔語りをする〝蛾〟を見つめていたあのつかの間は、どうしても消せない感覚をあとに残した。

父がいなくなってから、わが家は以前より自由でゆったりした雰囲気になり、僕らはできるだけ母と一緒に過ごそうとした。ラジオでよくスリラー物を聴いたが、そんなときはお互いの顔を見ていたいので明かりをつけたままにした。母はきっと退屈だったろうが、僕たちはどうしてもそばにいてとせがみ、霧笛や荒野を渡るオオカミの遠吠えのような風、じわじわと迫る犯人の足音、窓ガラスが粉々に割れる音を味わった。そうしたドラマのあいだ僕は、母が明かりもなく海辺へ車を走らせたという聞きかじりの話を頭のなかでたどっていた。けれど、ラジオ番組に関していうなら、母は土曜日の午後、長椅子に寝そべり、手にした本そっちのけで、ＢＢＣ放送の「ナチュラリスト・アワー」を聴くほうがよほどくつろいでいた。その番組を聞くとサフォーク州を思い出すのだと母は言った。そして僕たちは、ラジオの声が川の虫たちや石灰台地を流れる川での釣りについて、えんえんとしゃべり続けるのをぼんやり耳にしていた。まるで顕微鏡でしか見えない、はるか彼方の世界のようで、そのあいだレイチェルと僕は絨毯（じゅうたん）にしゃがんでジグソーパズルに取り組み、青空の断片をつなぎ合わせていった。

ある日、僕たち三人はリヴァプール・ストリートから列車に乗り、サフォーク州にある母のかつての実家を訪れた。その年、祖父母は自動車事故で亡くなっており、僕たちは母が黙って家のなかを歩きまわる姿をじっと見つめた。いつも廊下の端を慎重に歩かなければならなかったことが思い出される。さもないと、築百年の木の床がキーキーとひどい音をたてるのだった。「ウグイス張りの床よ」と祖母は言っていた。「夜中に泥棒が来たら知らせてくれるの」レイチェルと僕は、隙さえあれば廊下を飛び跳ねた。

だが、いちばん幸福だったのは、ロンドンで母と水入らずで過ごすときだった。僕たちはそれ以前に与えられていた何よりも、母のさりげない穏やかな愛情を望んだ。母はまるで昔の自分に戻ったかのようだった。父が旅立つ前から母はてきぱきした有能な母親で、僕たちが登校したら仕事に出かけ、たいていはちゃんと夕食に間に合うように帰ってきた。すっかり変わったのは、夫から解放されたおかげだったのか。あるいはもっと複雑な意味があり、僕たちから離れていく準備をしていたのか。こんなふうに覚えていてほしいというヒントを残すために？　母は僕のフランス語と、カエサルの『ガリア戦記』の勉強を見てくれて――母はラテン語とフランス語がとんでもなく堪能だった――寄宿学校の準備を手伝ってくれた。何より驚いたのは、さまざまな自作の芝居をやらされたことだった。静まり返った家のなかで、僕たちは神父に扮したり、水兵や悪漢のようにつま先立って歩いたりした。

よその母親もしていたのだろうか。背中に短剣が命中したふりで、あえぎながらソファーに倒れこむなどということを？　母は、〝蛾〟がいるときは絶対にそんなまねをしなかった。だが、そもそもなぜあんなことをしたのだろう。明けても暮れても僕たちの世話をする日々にうんざりしていたのか。扮装したりくだけた格好をすれば、僕たちの母親というだけではない、別の誰かになれたのか。最高だったのは、子ども部屋に夜明けの光が射しこみ、僕たちが犬ころのようにおずおずと母の寝室に入っていくときだった。母のすっぴんの顔、閉じたままの目、白い肩を眺める。腕は僕たちを抱き寄せるために早くも広げられている。何時であろうと母は目覚めていて、僕たちを迎える用意ができていた。母をびくっとさせたことは一度もなかった。「おいで、スティッチ。おいで、レン」と、母だけの呼び名をつぶやくのだった。レイチェルと僕が本物の母親の存在を感じたのは、まさにあのときだったのではないだろうか。

九月の初めに長旅用のトランクが地下から運ばれ、僕たちが見つめるなか、母はそこにさまざまな物を詰めていった。ワンピース、靴、ネックレス、英語の小説、地図、それに東洋では見つからないだろうと言って入れた品々もあった。出番のなさそうな毛織物らしき品も、シンガポールの夜は「ひんやりする」ことが多い、という理由で加えられた。母はレイチェルに、旅行案内書の「ベデカー」を読み上げさせた。地形やバスの便についてや、「もう十分！」とか「もっと」とか「どれくらい遠い？」を地元の言葉でどう言うか、など。僕たちはいかにもといった東洋訛（なま）りで、そのフレーズを大声で繰り返した。

　ひょっとすると母は、大きなトランクにこまごまと詰めこむ作業を淡々とこなせば、それを見た僕たちが置き去りにされる寂しさを味わう以上に、母の旅をまともなものとして受け入れる気になると信じていたのかもしれない。黒い木のトランクは、四隅を真鍮（しんちゅう）で縁取った棺（ひつぎ）そっくりで、母がそこにもぐりこんで遠くへ連れ去られてしまうという錯覚にとらわれそうだった。荷造りの作業は何日もかけておこなわれ、のろのろと運命が迫る感じがして、まるで果てしなく続く怪談のようだった。母は変わろうとしていた。僕たちの目には見えない何かに変身しつつあった。あるいは、レイチェルは違うふうに感じていたのだろうか。僕より一歳以上も上だ。姉には芝居がかって見えたかもしれない。だが、僕にとって、何度も考え直しては詰めかえるという行為は、永久に消えてしまうことを暗示していた。母の出発前、家は僕たちの洞穴（ほらあな）だった。ほんの何度か、川の土手を歩いたことがある。母は、これから数週間は旅ばかりするのよ、と言った。

　そして、母はなぜか予定より早く、とつぜん旅立たなければならなくなった。姉はバスルームに入って顔を真っ白に塗りたくり、表情をなくしたその顔で階段のてっぺんに膝をついて、両腕を手すりに巻きつけたまま離そうとしなかった。僕は玄関で母のそばにいたが、母はレイチェルを降りてこさせようとして言いあっていた。涙のお別れにならないよう、母がお膳立てしたかのようだった。

僕の手元に、顔がわずかしか見えない母の写真が一枚ある。僕が生まれる前のものだが、立ち姿と手足の感じだけで母とわかる。一七歳か一八歳のころ、サフォーク州の川辺で母の両親が撮ったものだ。泳いだあとに服を着て、片足で立ち、もう一方の足を曲げて靴をはこうとしている。うつむいているので、ブロンドの髪が顔をおおっている。この写真を見つけたのは何年も後になってからだ。客用の寝室で、母が捨てないことに決めたわずかな置きみやげのなかにあった。今も僕の手元にある。誰だかほとんどわからないこの人物は、ぎごちなくバランスを取って、なんとかわが身を守ろうとしている。早くも正体を隠しながら。

*

九月のなかば、姉と僕はそれぞれの学校に入った。今までは通学生だったので、寄宿学校の生活には慣れていなかったが、ほかのみんなは自分がつまりは捨てられたのだととっくに承知していた。僕たちはそんなことには耐えられず、着いたその日のうちに両親に宛てて帰らせてほしいと訴える手紙を書き、シンガポールの私書箱に送った。だが僕たちの手紙は、小型トラックでサウサンプトンの波止場に送られ、そこから船にのせられて、なんの緊迫感もなく遠くの港をいくつも経由していくのだとわかった。その距離を思い、六週間もたつうちに、いくら不平を並べても何の意味もないらしいと僕は悟った。たとえば夜中にトイレに行くのに、暗がりのなか三階下まで降りていかなければならないという問題。寄宿生の多くは、たいていうちの階にある洗面台の一つを選んで用を済ませていた。歯磨きをする洗面台のすぐ隣だ。これは何世代にもわたる学校の習わしであり――数十年に及ぶ小便の流れが、この目的に利用されたほうろうの洗面台にくっきりと跡を残していた。ところがある晩、僕が夢うつつでその流し台に放尿しているとき、通りかかった舎監に目撃されてしまった。翌日の朝礼で舎監は、自分が出くわした卑しむべき行為を激しく非難し、戦争に行った四年間でさえこれほどいかがわしいまねを目にしたことはない、と息巻いた。講堂に集まった少年たちが衝撃に静まり返ったのは、シャクルトンやP・G・ウッドハウスが我が校の優れた生徒だったころから存在していた伝統を舎監が知らなかったなんて、あまりにも信じがたかったからだ(ただし、そのふたりのうち一方は退学させられたという噂で、もう一方はさんざん反対されたのちにナイトの称号を与えられた)。僕も退学になりたかったが、笑いの止まらない監督生に叩かれただけだった。どのみち両親が考え直して返事をくれるとは期待していなかったし、大急ぎで書いた二通目の手紙に自分の悪事を追伸で書き足したあともそれは同じだった。ただ、寄宿生にするというのは母よりも父の考えだったろうから、母が救い出してくれるのではという希望にしがみついていた。

　レイチエルと僕の学校は一キロ近く離れていて、話をするには自転車を借りて公園で落ちあうしかなかった。僕たちは何をするにも行動をともにしようと決めた。そこで二週目のなかば、嘆願の手紙がまだヨーロッパにさえ着かないとき、最後の授業のあと通学生に紛れて学校を抜けだすと、ヴィクトリア・ステーションを夜までうろつき、〝蛾〟が確実に帰宅していて迎えてくれる時間を見計らって、〈リュヴィニー・ガーデンズ〉に帰った。〝蛾〟はうちの母に意見できそうな唯一のおとなだと、僕たちはふたりともわかっていた。

「おや、きみたち、週末まで待てなかったんだな？」彼はそう言っただけだった。痩せた男がいて、父の指定席の肘掛け椅子に座っていた。

「こちらはノーマン・マーシャルさん。かつては川の北側で最高のウェルター級選手だった。〝ピムリコの矢魚（ダーター）〟の名で知られていたんだよ。聞いたことあるんじゃないか？」

　僕たちは首を振った。それより気になるのは、〝蛾〟が僕たちの知らない人間をうちの親の家に連れこんでいたことだった。まさかそんなまねをするとは考えもしなかった。また、学校から逃げてきたのも不安で、新しい後見人がそれをどう受け止めるだろうかと、やきもきしていた。しかし、なぜか〝蛾〟は、僕たちが週の途中で帰ってきたことなど気にしていなかった。

「腹が減っただろう。ベイクドビーンズを温めてあげるよ。ここまでどうやって？」

「電車。それからバス」

「なるほど」〝蛾〟はそう言って、僕たちと〝ピムリコ・ダーター〟を残してキッチンに行ってしまった。

「あの人の友だちなの？」レイチェルが訊ねた。

「違う」

「じゃあなぜここにいるの？」

「それ、父さんの椅子だよ」僕も言った。

彼はそれを無視して、レイチェルのほうを向いた。「来てくれって言われたんだよ、お嬢ちゃん。

あいつは今週末のホワイトチャペルの犬について考えているんだ。行ったことあるか？」

レイチェルは話しかけられてなどいないかのように押し黙っていた。相手はうちの間借り人の友人でさえないのだ。「なんで黙ってるんだ？」そう訊ねてから、淡いブルーの瞳を僕に向けた。「ドッグレースに行ったことあるか？」僕が首を振ったとき、〝蛾〟が戻ってきた。

「ほら。豆料理が二皿だ」

「この子たち、ドッグレースに行ったことないんだとさ。ウォルター」
ウ、ウ、ウォルターだって？
「今度の土曜日に連れてってやらなきゃ。あんたのレースは何時だ？」

「オ・メイラ杯はいつも午後三時だよ」

「この子たちは週末にときどき外出できるんだ。俺がちょいと手紙を書けばな」

「実は……」レイチェルが口をひらいた。〝蛾〟はそちらを向いて、続きを待った。

「わたしたち、戻りたくないの」

「ウォルター、俺は行くよ。厄介ごとのようだから」

「いや、別に厄介じゃないさ」〝蛾〟が陽気に答えた。「ちゃんと解決する。合図を忘れるなよ。ダメ犬に金を賭けたくないからな」

「わかった、わかった……」〝ダーター〟は立ち上がり、妙な感じで励ますように姉の肩に手を置いてから、僕たち三人を残して去っていった。

豆料理を食べる僕たちを、後見人はとやかく言うでもなく眺めていた。

「学校に電話して、心配いらないと言ってやろう。今ごろは猛烈に気をもんでるだろうから」

「明日は朝いちばんで数学の試験があるはずなんだ」僕は白状した。

「この子、流しにおしっこして、退学になりかけたのよ！」レイチェルが言いつけた。

〝蛾〟がどれだけ顔が利くのか知らないが、とにかく鋭い交渉の手腕を発揮してくれた。翌朝早く僕たちを連れて学校に戻ると、いつもゴム底の靴で音もなく廊下を歩いてくるチビの恐ろしい校長に、三〇分ほど掛けあった。驚いたのは、ふだんビッグズ・ロウで屋台の飯を食べているような男が、これほど影響力を持つということだった。とにかくその朝、僕は通学生としてクラスに戻り、それから〝蛾〟はレイチェルを連れて、道の向こうの学校に問題のもう半分を交渉しに行った。こうして僕たちは二週目に再び通学生になった。生活ががらりと変わってまた家に戻ることを、両親がどう感じるかについては考えもしなかった。

〝蛾〟の保護下に置かれてから、夕食はたいてい近くの通りの屋台で食べるようになった。ロンドン大空襲からこのかた、ビッグズ・ロウは人があまり訪れない場所になっていた。数年前、レイチエルと僕がサフォーク州の祖父母のもとに疎開したあとしばらくして、パットニー橋を狙ったらしい爆弾が、〈リュヴィニー・ガーデンズ〉から四〇〇メートルほどのハイ・ストリートに落ちて爆発した。〈ブラック&ホワイト・ミルクバー〉と、〈シンデレラ・ダンスクラブ〉が破壊された。一〇〇人近くが命を落とした。うちの祖母が「爆撃兵の月（ボマー・ムーン）」と呼ぶ月夜の晩だった――都市も町も村も灯火管制を敷かれていたが、月明かりで空から陸地がはっきり見えたのだ。戦争が終わって僕たちが〈リュヴィニー・ガーデンズ〉に戻ったあとも、近所の通りはまだあちこちにがれきが残り、ビッグズ・ロウでは屋台が三、四軒、町の中心部から運んできた食料を商っていた――ウェストエンドの高級ホテルで余った物を片っぱしからもらっていたのだ。〝蛾〟はそうした残り物を、川の南の地域に横流しする商売に関わっていると噂されていた。

僕たちはこれまで屋台の物を食べたことなどなかったが、それが毎度の食事になった――僕たちの後見人は料理することにも、人に料理してもらうことにさえ、関心がなかった。自分は「手っ取り早い生き方」のほうが好みなのだと言っていた。そんなわけで、僕たちは毎晩のように彼と一緒に立ち食いをした。そばにはオペラ歌手の女性や近所の仕立て屋、道具をベルトにぶら下げたままの椅子張り職人たちが集まって、その日のニュースについて話したり言い争ったりするのだった。〝蛾〟は路上に出るとがぜん活気づき、眼鏡の奥の瞳で何もかもを吸収していた。ビッグズ・ロウこそ彼の本当の家、彼の劇場であり、どこよりもくつろぐ場所のようだった。一方、姉と僕は、よそ者の気分を味わっていた。

外で食事するときはそうやって社交的にふるまうくせに、〝蛾〟は自分の殻に閉じこもっていた。感情をこちらに伝えることはめったになかった。たまに妙な質問をしてきた――僕の学校に付属する美術館について何度もそれとなく探りを入れ、見取り図を描けるかと尋ねてきた――が、それを除けば、戦争体験も含め、自分の興味については口を閉ざしていた。子どもと話すのはあまり居心地がよくなさそうだった。「お聞きよ……」うちの食堂のテーブルに広げた新聞から、ほんの一瞬、目を上げる。「ミスター・ラティガン〔英国の劇作家〕がこう言ったらしい。Le vice anglais（ル・ヴィス・アングレ）〔「英国人の悪徳」を意味するフランス語〕とは、男色でも鞭打ちが好きなことでもない。感情を表現する能力が英国人には欠如していることだ、とさ」彼はそこで読むのをやめて、こっちの反応を待つのだった。

独断に満ちた十代の僕たちは、〝蛾〟が女性にモテるなんてことはまずないだろうと考えていた。姉は〝蛾〟の特性を書きだした。一直線の太く真黒な眉。親しみのもてる太鼓腹。ものすごく大きな鼻。クラシック音楽を愛し、ほとんど音をたてずに家のなかを歩く。引っ込み思案な男にしては、とんでもなく派手なくしゃみをする。空気の炸裂は、顔から生じるだけでなく、あの親しみやすい太鼓腹の底から生まれてくるようだ。あとからすぐに、三つ、四つとくしゃみは続き、にぎやかな音をたてる。深夜にも屋根裏部屋から響いてきて、はっきり聞き取れる。まるで舞台上でささやく声が客席の最後列まで届くほどの、ベテラン役者かなにかのようだ。

たいていの晩、彼は座って「カントリー・ライフ」誌をパラパラとめくり、大邸宅の写真を見つめつつ、青い裾広がりのグラスからミルクらしきものをちびちびとすすった。資本主義なんてくそくらえと言いながら、上流階級に対して激しい好奇心を抱いていた。どこよりも興味がある場所は、ピカデリー通りを脇に入り、ひっそりした中庭を抜けた先にある高級マンションのアルバニーで、「あそこをぶらぶらしてみたいなぁ」とつぶやいたことがある。法を犯す願望を彼が口にするのは珍しいことだった。

〝蛾〟はたいてい日の出とともに姿を消し、夕暮れまで帰ってこなかった。クリスマス翌日のボクシングデーに、僕に何も予定がないことを知った〝蛾〟は、ピカデリーサーカスに連れていってくれた。午前七時には彼と並んで、〈クライテリオン・バンケット・ホール〉の厚い絨毯敷きのロビーを歩いていた。彼は主に移民の従業員の日常業務を監督しているのだった。終戦を迎えて、祝典が目白押しらしい。三〇分のうちに、〝蛾〟は各人の担当をきちんと割りふった――廊下に掃除機をかけたり、階段の絨毯を洗って乾かしたり、手すりを磨いたり、使用済みのテーブルクロス一〇〇枚を地下の洗濯室に運んだり。そして、その日の晩にひらかれる宴会の規模に合わせ――貴族院の新メンバーの歓迎会、ユダヤ教の成人式のバル・ミツバー、社交界デビューの舞踏会、どこぞの貴族の未亡人がひらくこの世で最後の誕生会――彼は従業員に指示して、空っぽの広大な宴会場をじわじわと変化させていき、ついにはその夜の行事に備えて一〇〇台のテーブルと六〇〇脚の椅子が並んだ。

〝蛾〟はときおりそうした夜の宴会にも出なければならず、そんなときはきらびやかな部屋の仄暗（ほのぐら）い片隅で、まさに蛾のように身をひそめていた。だが、本当は早朝のほうが好きなことは明らかだった。晩の客の目には決してふれることのない従業員たちが、長さ三〇メートル近い混みあった大広間で働く様子は、壁画さながらだった。ばかでかい掃除機、シャンデリアから蜘蛛の巣を取り払うために一〇メートルもの長さのほうきを持って梯子を昇る男たち、前夜の匂いをごまかすために木の床を磨く人たちで大騒ぎになる。人けのない父のオフィスとは似ても似つかない。それよりむしろ、乗客ひとりひとりが目的を持って訪れる駅のようだ。幅の狭い鉄の階段にアーク灯がぶら下げてあり、ダンスタイムに点灯されるのを待っていた。僕はそこによじ登って、上からみんなを眺めた。この広大な人の海の真ん中で、一〇〇ほども並ぶダイニングテーブルの一つに、大柄な〝蛾〟がひとりで座り、周囲の混乱を楽しみながら、作業票を埋めている。五階建ての建物のなかで各自がどこにいるか、どこにいるべきかを、とにかくすべて把握しているのだ。彼は午前中ずっと人手のやりくりをしていた。銀器磨き、ケーキの飾りつけ、キャスターや引き上げゲートの給油、糸くずや嘔吐物の掃除、洗面台の石鹸の交換、男性用小便器の塩素錠剤の交換、玄関前の歩道の水まき。ほかにも移民たちは、書いたこともない英語の名前をバースデーケーキに絞り出し、タマネギを角切りにし、切れないナイフで豚をさばき、さらには一二時間後にアイヴァー・ノヴェロ・ルームやらミゲル・インヴァーニオ・ルームやらで求められる何もかもを用意するのだった。

その午後、僕たちは三時きっかりに店を出た。〝蛾〟はどこかへ姿を消してしまい、僕ひとりで家に帰った。僕の後見人は、緊急事態に対処するため〈クライテリオン〉に戻る晩もあるが、午後三時から〈リュヴィニー・ガーデンズ〉に帰るまで何をしているのか、わかったものではなかった。彼は間口の広い男だった。ほんの一、二時間でも心を注ぐ仕事がほかにあるのか？　立派な慈善事業か、はたまた革命の企てか何かだろうか？　聞いた話によると、午後は週二回、仕立て屋、機械工、アイロン職人を対象にしたユダヤ人の急進的な組合で働いているらしい。だが、戦争中に国防市民軍の火災監視員だったというのと同じく、それもでっちあげかもしれない。後になってわかったが、グローブナー・ハウス・ホテルの屋上は、ヨーロッパで敵陣の向こうにいる連合軍に無線放送を届けるのにうってつけの場所だった。まさにそこで、〝蛾〟はうちの母と初めて一緒に働いたのだ。かつて僕たちは、戦時中のふたりの話の断片を夢中で聞いたが、母が去ってしまうと〝蛾〟

は一歩退いて、そうした逸話を僕たちから遠ざけるようになった。

## 地獄の火

〝蛾〟と暮らしていた最初の冬の終わり、レイチェルについてくるよう言われて地下室へ降りていった。姉が防水シートや箱をいくつか取りのけると、その下に母の大きなトランクがあった。シンガポールどころか、ここにあるなんて。まるで手品じゃないか。トランクが旅を終えて家に帰ってきたかのようだ。僕は何も言わなかった。地下室を出て階段を上った。きっと恐れていたのだろう。丁寧にたたんで詰められた衣類のなかに、母の遺体が押しこまれているのではないかと。ドアがバタンと閉まり、レイチェルが家を出ていった。

僕が自分の部屋にいると、夜遅く〝蛾〟が帰ってきた。〈クライテリオン〉は大変な晩だったらしい。いつもなら僕たちが自室にいると彼はそのまま放っておく。でもこのときは僕の部屋のドアをノックして、入ってきた。

「食べなかったたな」

「食べたよ」僕は言った。

「食べてない。食べた形跡がないぞ。何か作ってやるよ」

「いらない」

「俺が……」

「いらない」

僕は彼を見ようとしなかった。彼はその場から動かず、押し黙っていた。やがて、「ナサニエル」と小声で言った。それだけだった。そして続けた。「レイチェルはどこだ？」

「知らない。僕たちトランクを見つけたんだ」

「そうか」彼は静かに言った。「ここにあるんだろう、ナサニエル」今も彼の言葉をそっくりそのまま覚えている。僕の名前を繰り返したこと。そしてまた静まり返った。音がしたとしても、僕の耳は何も聞こえなくなっていたのかもしれない。僕は身体を丸めたままだった。どれくらい時が過ぎたかわからないが、やがて〝蛾〟は僕を階下に連れていき、地下室に入ると、トランクを開けはじめた。

そのなかに永久に不動であるかのように詰まっていたのは、母がひどく大げさに荷造りした服や品々のすべてだった。詰めるとき、この膝丈のワンピースや、あのショールがどうして必要なのか、いちいちもっともらしく説明をつけていた。このショールは誕生日にあなたたちがくれたんだものね、と母は言った。それからあの缶も向こうで必要だわ。それと、このカジュアルな靴も。すべてに目的と役割があった。そのすべてが置き去りにされていた。

「母さんが向こうにいないなら、父さんもいないの？」

「彼は向こうにいる」

「母さんがいないのに、なぜ父さんはいるの？」

沈黙。

「知ってるはずだよ。学校のこと、うまくやってくれたんだから」

「知らない」

「母さんはどこ？」

「俺の独断でやったんだ」

「母さんと連絡を取ってるんでしょ。そう言ったじゃない」

「ああ。そう言った。だが、今はどこにいるかわからない」

冷え冷えとする地下室で、彼は僕の手をつかんでいた。やがて僕はその手をふりほどき、階上に戻って、明かりのついていないリビングでガスストーブのそばに座った。彼が階段を上ってくる足音が聞こえた。僕のいる部屋を素通りして、自分の屋根裏部屋へ上がっていった。子どものころを振り返って、真っ先に思い出すものを一つだけ問われたなら、あの晩レイチェルが出ていったあとの暗い家をあげるだろう。そして「地獄の火」という奇妙な言葉が頭をよぎるたび、〝蛾〟とともに家にとどまってガスストーブから離れずにいた、あのひとときにつけられた名前を見つけたように感じるのだ。

〝蛾〟は一緒に食事をしようと説得しにきた。僕が断ると、彼はイワシの缶詰を二つ開けた。皿も二枚——一枚は自分用、もう一枚は僕のためだ。そして火のそばに座った。ガス灯の赤い光がわずかに注ぐなか、彼は暗がりで僕と並んだ。混乱して、出来事の順序もかまわずに語りあった内容を今も覚えている。彼は僕がまだ知らない何かを説明するか、打ち明けようとしているみたいだった。

「父さんはどこにいるの？」

「彼とは連絡を取っていない」

「でも、母さんは合流する予定だったよね」

「いや」彼はちょっと口ごもり、どう続けたものか考えていた。「本当なんだ、彼女は父さんと一緒にはいない」

「それはそうだけどね、ナサニエル」

「でも、夫婦なのに」

「母さんは死んじゃったの？」

「いや」

「危ない目にあってる？　レイチェルはどこに行ったの？」

「レイチェルは俺が見つけるよ。しばらくそっとしておこう」

「心細いな」

「俺がそばにいるよ」

「母さんが帰ってくるまで？」

「ああ」

沈黙が流れる。立ち上がってここを離れたい。

「猫のこと、覚えてるか？」

「ううん」

「以前、君は猫を飼っていた」

猫なんて好きじゃない。

僕は遠慮して黙りこんだ。猫を飼ったことなど絶対にない。

「猫には近寄らないよ」やがて言った。

「知ってる」〝蛾〟が言った。「どうしてだと思う？　きみが猫を避ける理由は？」

ガスストーブがプスプスと音をたてて止まりかけたので、〝蛾〟は膝をついて計器にコインを入れ、火をよみがえらせた。炎が彼の顔の左側を照らしだす。身体を起こしたらまた暗闇のなかに戻ることを意識するかのように、彼はそのままでいた。僕に自分の姿を見せて、近しい距離を保とうとしているのか。

「きみは猫を飼っていた」彼は繰り返した。「大好きだったんだよ。幼いころきみが飼ったペットはそれだけだ。小さな猫だった。いつもきみの帰りを待っていた。人は何もかもを記憶しているわけじゃない。最初の学校のことを覚えてるか？〈リュヴィニー・ガーデンズ〉に越す前の」僕は彼の眼をじっと見ながら首を振った。「きみはその猫をとても可愛がっていた。夜、きみが寝てしまうと、猫は歌らしきものを口ずさんだ。しかし、実のところはうなり声で、きれいな声じゃなかったが、とにかくそうするのが好きだったんだな。それがきみの父さんを苛立たせた。眠りが浅かったんだ。先の戦争で、突然の音に恐怖を感じるようになったせいでね。きみの猫のうなり声で正気を失ってしまった。当時きみの一家はロンドンの郊外に住んでいた。タルス・ヒルだと思う。そのあたりだ」

「なぜ知ってるの？」

彼には聞こえなかったらしい。

「そう、タルス・ヒルだ。どういう意味なんだろう、タルスって。とにかく父さんはきみに何度も注意していた。覚えてないか？　父さんと母さんの寝室は、きみの部屋の隣だった。父さんはきみの部屋に来ては、猫をつかまえて朝まで外に追い出した。だが、それでいっそう困ったことになった。猫はさらに大きな声で歌うばかりだった。もちろん、父さんは猫が歌っているなんて思わなかった。そんなふうに思うのはきみだけだった。きみが父さんにそう言ったんだよ。というのも、きみが眠るまで、猫はうなり始めなかったんだ。きみが眠りにつくまでは邪魔したくないとでもいうようにね。それで、ある晩、父さんは猫を殺した」

僕は炎を見つめたままでいた。〝蛾〟がますます炎のほうに身を乗り出したので、嫌でもその顔が目に入った。燃えているように見えても、人間に間違いなかった。

「朝になって、きみが猫を探していたので、父さんはきみに話した。悪いが騒音に耐えられなかった、と言った」

「僕はどうしたの？」

「家を飛び出した」

「どこへ？　どこへ行ったの？」

「ご両親の友人のところへ行ったんだよ。その友人に、ここに置いてほしいと頼んだんだ」

沈黙が流れる。

「有能な人だったよ、きみの父さんは。でも心が安定していなかった。戦争のせいでひどく傷ついてしまった、そのことを理解してあげないと。それに、突然の音に対する恐怖だけではなかったんだ。彼には秘密があって、ひとりにならなければいけなかった。母さんはそれに気づいていた。母さんからきみに話したほうがよかったかもしれないな。戦争というのはすばらしいものじゃないんだ」

「どうして何もかも知ってるの？　どうやって知ったの？」

「聞いたんだ」彼は答えた。

「誰から聞いたの？　誰が……」そこで僕は口をつぐんだ。

「きみが訪ねてきたのは、俺だったんだよ。きみから聞いたんだ」

それきりふたりとも黙りこんだ。〝蛾〟は身を起こし、炎から少し遠ざかったので、顔がかげってほとんど見えなくなった。おかげで話しやすくなった。

「僕はどれくらい置いてもらったの？」

「そんなに長くない。そのうち家に帰さなければならなかった。覚えてるか」

「わからない」

「しばらくのあいだ、きみは口をきかなかった。そのほうが安心だったんだろう」

その夜、姉の帰りは遅く、真夜中をだいぶ回っていた。無頓着な様子で、ほとんどしゃべらなかった。〝蛾〟はとやかく言うことはせず、飲んでいたのかと尋ねただけだった。姉は肩をすくめた。

疲れ果てているようで、腕も脚も汚れていた。その晩以来、〝蛾〟はわざと姉に近づくようになった。だが、僕には、姉が川の向こう側へ渡ってしまった、今やどこか遠くへ行ってしまった、そんなふうに感じられた。なんといってもトランクを発見したのは姉なのだ。僕たちの母が、シンガポールへ二日半の旅をするため飛行機に乗る際、あっさり「忘れてしまった」トランクを。ショールもなし、缶もなし。午後のお茶会のときどこかのダンスフロアでひるがえらせるはずの膝丈ワンピースも置き去り。一緒にいるのが父でも、ほかの誰でも、どこにいるにしても。だが、レイチェルは頑としてその話をしようとしなかった。

マーラーは作曲した曲の譜面のなかで、いくつかの楽節のそばに〝schwer(シュヴェーア)〟という言葉を記している。ドイツ語で「難しい」とか「重々しい」という意味だ。僕たちはあるとき〝蛾〟から、まるで警告のようにその言葉を教えられた。彼いわく、我々はそうした瞬間に効率よく対処するために準備していなければならない。突然、正気を保たなければならなくなった場合に備えて。そういうときは誰にでもあるのだと、彼はいつも言っていた。どんな楽譜も、オーケストラの演奏家たちに、そろって一定の頑張りを求めるわけではないのと同じことだ。ときには無音に頼ることだってある。もはや何も安全ではないということを受けいれろとは、奇妙な警告だった。彼はよく両手をチョキにして引用符を表し、クイクイッと曲げながら〝シュヴェーア〟と言った。そして僕たちもその言葉と意味を口に出したり、あるいはうんざりしたような訳知り顔でただうなずいたりした。姉と僕はその言葉をおうむ返しに言いあうことにすっかり慣れてしまった――〝シュヴェーア〟と。

＊

あれから何年も過ぎ、こうしてすべてを書き留めていると、ロウソクの光で書いていているように感じることがある。この鉛筆の動きの向こうにある暗闇で何が起こっているのかわからない気がする。時の流れから抜け落ちたような瞬間に思える。聞くところによると、若き日のピカソは、変わりゆく影の動きを取り入れるため、ロウソクの光だけで絵を描いたそうだ。だが、少年の僕は机に向かい、世界中に広がっていく詳しい地図を何枚も描いた。子どもは誰しもやることだ。しかし僕はそれをこの上なく正確に描いた。U字形の道、ロウアー・リッチモンド・ロードに並ぶ商店、テムズ川沿いの歩道、パットニー橋の長さ（二一〇メートル）もブロンプトン墓地のレンガ塀の高さ（六メートル）も正確に描き、終点はフラム・ロードの角にあるゴーモント映画館だ。この作業を毎週やって、何か新たに変わった点はないか確かめた。ちゃんと記録されていないものは危険にさらされるとでもいうように。僕は安全地帯を求めていたのだ。こうして手作りした地図をどれか二枚並べたら、まるで新聞のクイズのようだと自分でもわかっていた。一見そっくりな二つの絵を比べて、違うところを一〇個見つけなければならない――たとえば時計の示す時刻や、上着のボタンがはずれているとか、猫がいるとかいないとか。

一〇月の強風が吹き荒れる晩、塀に囲まれた庭の暗闇のなかで、その塀が震えて東の海からの風を頭上の空気のなかに運びこむのを感じることがある。この暖かな暗闇に僕が見いだした孤独は、決して破られず、侵されない気がする。まるで過去から守られているかのように。過去には、ガスストーブの火に照らされた〝蛾〟の顔を思い出す不安が今もひそんでいる。未知の扉をこじ開けようとして、つぎつぎに質問をしたときのこと。あるいは、十代のころの恋人をふいに呼び起こしてしまう不安もある。当時を思い出すことはめったにないとしても。

かつて建築家が建物だけでなく川についても責任を負う時代があった。クリストファー・レンはセントポール大聖堂を設計したが、さらにフリート川の下流域にも手を加え、石炭を運ぶのに使えるよう幅を広げた。しかし時が過ぎると、フリート川の生命は尽きて下水道と成り果てた。さらに、そうした地下の下水道さえ干上がってしまうと、いかにもレン設計らしい壮大なアーチ型の天井や地下道はもはや水路ではなくなり、町の下にある違法な会合の場として、夜な夜な人々が集うようになった。永遠に続くものなどない。文学や芸術の名声さえ、この世のあれこれを守れはしない。コンスタブルの描いた池は枯れ、ハムステッド・ヒース公園によって埋め立てられてしまった。ハーン・ヒル近くのエフラ川の細い支流は、ラスキンが「オタマジャクシのたわむれる水路」と評し、水の流れを美しく描いたが、今ではその絵もおそらく保管庫にしまいこまれているだろう。古きタイバーン川は姿を消し、地理学者や歴史学者にさえ忘れられてしまった。同じように、僕が丹念に記録したロウアー・リッチモンド・ロード沿いの建物も、危ういほどかりそめにすぎないと僕は信じていた。戦争中に大きな建物がいくつも消えたように。我々が母親や父親を失うように。

両親の不在に僕たちがあれほど無関心なふうでいられたのはどうしてだったのだろう。シンガポールに向けてアブロ・チューダーに乗った父のことを、僕はほとんど知らなかった。だが、母はどこにいるのか？　のろのろ運転のバスの上階に座っては、がらんとした通りをじっと見下ろしたものだった。町のなかには人けのない場所もあり、ときどき子どもがひとりでぼんやりと、小さな幽霊のように歩いているだけだった。戦争の幽霊の時代だった。灰色の建物は夜でも灯りがつかず、割れた窓にはまだガラスの代わりに黒い布が張られていた。町はいまだに傷ついて、先が見えないままだった。おかげで人は野放しだった。すべてはすでに起こってしまったのだ。そうではないか？

正直に言うと、僕は〝蛾〟を危険だと思ったときがある。彼にはバランスのとれていないところがあった。僕たちに不親切というわけではなかったが、独り身の男としては、子どもに対してどう真実を話せばいいかわからなかったのだ――そのせいで、うちのなかにきちんと存在すべきはずの秩序を〝蛾〟がぶち壊しているように感じることがしょっちゅうあった。たとえば、おとなにしか言ってはいけないようなジョークが子どもの耳に入るといった場面だ。物静かで内気だとばかり思っていたこの男が、今や秘密を抱えた危険人物に見えてきた。だから、あの夜、ガスストーブのそばで彼から聞かされたことを信じたくないとは思いながらも、僕はその話を胸におさめておいた。

母が旅立って〝蛾〟と三人だけで過ごした最初の時期、うちに来る客はふたりだけだった。〝ピムリコ・ダーター〟と、ビッグズ・ロウのオペラ歌手だ。僕が学校から帰ると、ときどき彼女が〝蛾〟と一緒にダイニングテーブルに座り、楽譜をパラパラめくって、主題となるメロディーの流れを鉛筆でたどっていたりした。とはいえ、それは我が家に人がごった返すようになる前のことだ。

クリスマス休暇のあいだに、うちは〝蛾〟の知り合いで埋め尽くされた。多くが夜遅くまで居座り、僕たちの寝室まで声が聞こえてきた。真夜中になっても、階段やリビングに煌々(こうこう)と明かりが灯っているのが見られた。その時間になっても、会話はぜんぜん砕けた雰囲気にならなかった。いつも張りつめた感じで、緊急に必要なアドバイスを求めていた。「レースに出る犬に与えるのに、いちばん検出されにくい薬は？」という質問が聞こえたことがある。どういうわけか姉も僕も、こうした会話を普通でないとは思わなかった。以前、〝蛾〟と母が戦時中の活動について話していたのと同じように感じられたのだ。

だが、あの人たちはいったい誰だったのか。戦争中に〝蛾〟とともに働いていた人々なのか。話のくどい養蜂家のミスター・フロレンスは、どうやら過去に何かしらの軽罪を疑われたらしいが、イタリア戦線で麻酔学のあやしげな技量を身に着けたと話しているのが聞こえてきた。〝ダーター〟は、今テムズ川で不法な音波探知機がさかんに使われていて、グリニッジ町議会はクジラが河口から入ったのではないかと疑っているのだと断言した。〝蛾〟の仲間たちが、新しい労働党の少しばかり左寄りに立っていることは明らかだった――五キロかそこらほど。そして、両親が住んでいたころはきちんと片づいて広々していたわが家に、忙しなくて議論好きな人たちが集まり、今や蜂の巣をつついたような騒ぎになっていた。戦争中は合法的に境界を越えられたのに、平和になった今ではもう越えてはいけないと急に命じられた人々だった。

たとえば、「ファッション・デザイナー」。名前が呼ばれたことは一度もなく、ただ〝シトロネラ〟というあだ名だけ。以前は小間物商として成功していたが、戦時中に政府のスパイとして働くはめになり、今は王室の子ども向けのデザイナーにうまくおさまっているのだった。僕たちは学校から帰ってくると、みんなのそばに座ってガスストーブでクランペット〔英国風パンケーキ〕を焼いたりしていたが、こういった人たちが〝蛾〟のグループで何をしているのか、見当もつかなかった。まるでこの家が外の世界とぶつかりあったかのようだった。

夜が更(ふ)けるといきなりみんなが一斉に帰っていき、静寂が訪れた。レイチェルと僕がまだ起きているときは、〝蛾〟が何を始めるかもうわかっていた。何度か見たことがあるのだが、彼はレコードをそっと指でつまみ、ほこりを吹きはらって、袖で優しく拭く。階下の音楽がしだいに高まっていく。もはや母がいたころ彼の部屋からよく聞こえてきた穏やかな音楽ではない。荒々しく混沌として、礼儀知らずだった。夜、うちの両親の蓄音機で彼がかける曲は嵐を思わせ、はるかな高さから騒々しく降ってくるようだった。そんな不穏な音楽が終わると、ようやく〝蛾〟は別のレコードをかける――静かな声がひとりで歌っている。それから一分ほどすると、誰か女性の声が聞こえる気がしてくる。きっと母さんだ、と考える。そのときを待っているうちに、いつしか眠りに落ちてしまうのだった。

学期の中休みの前に、〝蛾〟がこんな話を持ちかけてきた。もしちょっと小遣い稼ぎをしたいなら、今度の休みに仕事を用意してやれそうだが、と。僕は用心しながらうなずいた。

## エレベーターボーイの光と影

〈クライテリオン〉の地下には巨大な洗濯機が九台あり、絶え間なく回転しつづけていた。そこは窓一つなく、日光がまったく射さない灰色の世界だった。僕はティム・コーンフォードと、トーロイとかいう男と一緒に、テーブルクロスを洗濯機に投げ入れ、機械が止まったらそれを部屋の向こうへ引きずっていき、今度は蒸気で平たくプレスする機械に放りこんだ。僕たちの着ている物は湿気でぐっしょりと重くなり、アイロンのかかったテーブルクロスを台車にのせてホールへ運んでいく前に、服を脱いで絞り機にかけなければならなかった。

仕事の初日は、家に帰ったらレイチェルに何もかも報告しようと思っていた。だが、結局すべて胸にしまっておくことになった――最初は、肩や脚の痛みに戸惑ったり、その晩のデザートワゴンからちょろまかしたトライフルを食べて大喜びしたのが照れくさかったりといった程度のことだ。家に帰ると、ベッドにもぐりこむのがやっとだった。まだ湿ったままの服は階段の手すりにかけて干しておいた。くたくたに疲れ果てる生活に放りこまれ、人を取り仕切るのに大忙しのわが後見人とは、今やほとんど顔を合わせない。家では僕がちらっと不平をこぼそうとしただけでも、はねつけられた。僕が職場でどんなふうに振る舞い、どんな扱いを受けているか、彼はまったく関心がないようだった。

やがて、五割増しの賃金で夜の仕事をしないかと誘われ、それに飛びついた。エレベーターの操作係としてビロード張りの箱に乗ったが、人目につかず退屈だった。また別の晩には白い上着を着て洗面所を担当した。お客さんにとって欠かせない存在のようなふりをしていたが、実際にはまったく無用だった。チップは大歓迎なのにさっぱりもらえず、帰宅は一二時をまわり、翌朝は六時に起きなければならない。まったく、洗濯係のほうがよっぽどましだった。ある日の真夜中過ぎ、パーティーが終わったあと、地下室から美術品を運ぶ手伝いをするよう命じられた。戦争中、重要な彫刻や絵画はロンドンから運び出され、ウェールズのスレート鉱山に隠されたらしい。それほどでもない作品は、大きなホテルの地下に保管され、しばし忘れられていたが、今やしだいに日の目を見はじめていた。

〈クライテリオン〉の地下のトンネルがどこまで伸びているのか、ちゃんと知る者は誰もいなかった。もしかしたらピカデリーサーカスまで続いていたのかもしれない。だが、地下はとにかく耐え難い暑さで、夜のスタッフは裸同然の姿になり、同じく裸の彫像たちを暗がりから必死に運びだしていた。僕の仕事は、手動のエレベーターを運転して、そうした男たちや女たちを運搬することだった。手足がなかったり、安置されて足元に犬をはべらせていたり、牡ジカと格闘していたりする像を、トンネルの迷宮からロビーに運び上げる。こうしてしばしメインロビーは、まるでお客が殺到してもっとも混みあう時間さながらの光景になる。ほこりをかぶった聖人たちの行列が、脇に矢を構えたりしながら、記帳の順番を待つかのように礼儀正しく並んでいる。僕は女神のお腹をかすめて手を伸ばし、その向こうにある真鍮のハンドルを回して一つ上の階へ昇っていく。業務用エレベーターの限られた空間では身動きもままならない。それから格子扉を手前に引いて開けると、像たちは厚板の上を滑って大広間に入っていく。僕の知らない聖人や英雄が実にたくさんいた。夜が明けるまでに、彼らは市内のあちこちの美術館や個人コレクションにお出ましになるのだった。

短い休暇が終わり、僕は学校のトイレの鏡に映る自分を見て、どこか変わったか、何か学んだだろうかと、じっくり観察した。それから、数学や、ブラジルの地理の授業に戻っていった。

レイチェルと僕は、どちらのほうが上手に〝ダーター〟をまねできるか、よく競いあった。たとえば、あとのためにエネルギーを節約しているようなこそこそした歩き方(もしかしたら〝シュヴエーア〟に備えてるのかもね、とレイチェルは言った)。上手なのはいつも姉のほうで、まるでサーチライトを避けて逃げているふうに見せることができた。〝蛾〟と違って、〝ダーター〟は素速さにこだわっていた。限られた空間にいるときがいちばん落ち着いて見えた。なんといっても、彼は〝ピムリコの矢魚(ダーター)〟として若いうちに成功を収め、ボクシングの小さな四角いリングでファイティング・ポーズをとっていたのだから。そのうえ僕たちは勝手な思いこみで、リングと同じように狭い刑務所の独房で人生の数か月を過ごしたのだろうと決めつけていた。

僕たちは刑務所に興味を持っていた。母が出発する一、二週間前、レイチェルと僕は『ラスト・オブ・モヒカン』の追跡者を気どり、母のあとをつけてロンドンを動いてみることにした。バスを二回乗り換えたあと、目にしたのは愕然とする光景だった。母が長身の男に声をかけると、その男は母の肘(ひじ)をつかんで、ワームウッド・スクラブズ刑務所の塀のなかへ入っていったのだ。僕たちはすごすごと家に帰り、二度と母に会えないだろうと思いながら、途方に暮れてリビングにぽつんと座っていた。やがて母が夕食の支度に間に合う時間に帰ってきたので、いっそうわけがわからなくなってしまった。実のところ、僕はトランクを見つけたあと、そもそも母は極東なんかには行っておらず、何かの罪に対して先延ばしになっていた刑に服すため、あの刑務所の門のなかに義理堅く戻っていったのではないかと、なかば信じていた。とにかく、うちの母が投獄されるのなら、どう見てもそれ以上に型破りな〝ダーター〟は、きっと一度はそうした場所にブチこまれたことがあるに違いない。狭苦しいトンネルを抜けて脱走するのが何より性(しょう)に合う男、僕たちは彼のことをそんなふうに考えていた。

次の休みになると、僕は〈クライテリオン〉で別の仕事についた。皿洗いだ。今度は同僚に囲まれ、何より、いろんな話が語られたりでっちあげられたりするのを聞くことができた。ある者はポーランド船の貨物室のニワトリのあいだに紛れこみ、羽根まみれでサウサンプトンの海に飛びこんでこの国に入ったとか。またある者は、イギリスのクリケット選手の隠し子で、父はアンティグア島だかスペインの港だかの境界を越えて母と寝たのだとか――こうした打ち明け話が激しくわめきちらされる。あっちでもこっちでも皿やフォークがぶつかりあい、蛇口からは時間そのもののように水がザーザー流れ出す。僕はもう一五歳で、この雰囲気が大好きだった。

交代で食事休憩をとるときは、雑音が消えて、がらりと雰囲気が変わった。三〇分の昼食のあいだ、ひとりかふたりが固い椅子に座り、ほかのみんなは床に腰を下ろす。それからセックスの話が始まり、卑猥な言葉が飛びだす――親友の姉だの兄だの母親だのが登場して、若者や娘たちを誘惑し、手ほどきをする。現実ではまずありえないほど寛容に、束縛もせずに。ありとあらゆる性交について長々と念入りな講義をぶちかますのは、頬に傷のあるミスター・エンコーマという変わった男だった。その話題は昼休みが終わるまで続き、おかげで僕は気持ちを切り換えられないまま、午後じゅう皿や鍋を洗うはめになった。そして運よく翌日かその次の日にでも、「一番シンク」でミスター・エンコーマと隣りあわせると、物語は――僕の新たな友人の、若き日の長く入り組んだドラマとして――さらに性的なエピソードたっぷりで続けられた。彼が語るのはめくるめく魅惑の世界で、そこには悠久の時が流れ、亭主も子どもも存在していないかのようだった。若きミスター・エンコーマは、ミセス・ラファティーとかいうご婦人からピアノのレッスンを受けていたそうだが、作りごとめいた話のすべてを最高の山場にもっていく出来事が、ある日の夕方に起こった。僕たちが十数人で、その晩に予定されている催しのためにバンケットルームのステージの飾りつけをしていたとき、ミスター・エンコーマが丸椅子を滑らせてピアノに向かい、みんなの働くかたわらで華麗なメロディーを弾きはじめたのだ。演奏は一〇分ぐらい続き、一同は静まり返った。歌声はなく、ただ彼の熟練した手が、鍵盤をなまめかしく、慣れた感じでさらさらとなでるのだった。それで、彼の若かりしころの作り話だと思っていたことが事実だとわかり、驚かずにはいられなかった。やがて弾き終えると、彼はそのまま三〇秒間そこに座ってから、ようやく静かにピアノのふたを閉めた。まるでその行為自体が物語の終わりを告げ、それが事実であると証明するかのように。ピカデリーサーカスから六〇〇〇キロ以上も離れたティ・ロシェの町のミセス・ラファティーから、本当に手ほどきを受けたということを裏づけるかのように。

そうした物語の断片をうかがうことは、少年だった僕に何をもたらしたのだろうか。あのときの話を振り返ると、頬に傷のある四六歳のミスター・エンコーマではなく、当時の僕と同じ少年のハリー・エンコーマが見えてくる。ミセス・ラファティーがサワーソップのジュースを作って細長いグラスに注ぎ、お掛けなさいと言って、将来何をしたいのかと静かにあれこれ問いかけてくる。たとえどこかがでっちあげだったとしても、それはただ彼が昼休みにわずかな聴衆に向けて自由に語った、性のきわどい描写の部分だけだと僕は信じている。おそらくその後の人生で得たおとなの知識が層のように重なって、無垢な若者を包みこんでいたのだ。傷があったにしろ、まだなかったにしろ、ほかのふたりの配達少年と一緒にミセス・ラファティーの家に来た少年にこそ、真実は存在していた。そして彼女は、初対面の若者にこう言ったのだ。「あなた、うちの息子と同じ学校でしょう?」ハリー・エンコーマは答えた。「はい、そうです」

「それで、あなたは将来何をしたいの?」彼は窓の外を眺め、彼女にはあまり注意を払っていなかった。「バンドのメンバーになりたいんです。ドラムを叩くんだ」

「まあ」彼女は言った。「ドラムなんて誰でも叩けるわ。いいえ、それよりピアノを学ぶべきよ」

「彼女は実に美しかった」ハリー・エンコーマが僕たちに話してくれたことが今もよみがえる。彼はまるで小説のような語り口で、彼女の色物のワンピース、ほっそりした素足、浅黒い足の指、その爪に塗られた淡い色のマニキュアを描写した。歳月を経ても、彼女の腕のすっきりしたラインを彼はよく覚えていた。だから僕は何の迷いもなく、ハリー・エンコーマと同じようにその女性に恋をした。若者にどう話しかければいいか心得ていて、時間をかけて彼の言葉を聞き、じっくり考え、自分の言うべきことも熟慮する。一息つき、冷蔵庫から何か出してきて、おとなになったハリーによれば、それがすべてセックスへの準備につながっていたという。僕たちにはそんなことは想像もつかず、気持ちの用意もないまま〈クライテリオン〉の流しのそばで床に座り、その頭上でミスター・エンコーマは二脚しかない椅子の片方に座っていた。

　身体に触れてくる彼女の手は、木の葉のように感じられたという。彼女のなかに入ったあと――なんと奇妙で驚くべき魔法の行為だろう――髪を後ろへなでつけられ、やがて胸の鼓動がおさまった。あらゆる神経がやっと静まったような感じがした。ふと気づくと彼女は服をほとんど着たままだった。すべてが慌ただしく、不安もなければ焦らされることもなく終わった。それから彼女はゆっくりと服を脱ぎ、横たわって身をかがめ、彼の最後の一滴を舐めた。ふたりは戸外の水道で水を浴びた。彼女がバケツに三、四杯、彼の頭から水をかけ、その水が身体を伝っていくと、ふいに全身の力が抜けていった。彼女はバケツを持ち上げて自分にも水をかけ、その流れにそって片手を滑らせて身体を洗った。「よその国に行ってコンサートができるのよ」また別の日の午後に彼女が言った。「やってみたい?」

「うん」

「じゃあ教えてあげる」

　僕は黙って床に座ったまま耳を傾けていた。これほどに美しい結びつきは、この世のどこにもない、夢のなかでしか起こらないことだとすでに知っていた。

　宴会場のフロアに料理を運び上げる業務用エレベーターと厨房のあいだにあるワゴン置き場では、「スクラッチボール」の試合が繰り広げられた。物語がどの段階に進んでいても、従業員たちがどれほど疲れていても、昼休みの最後の一〇分間は五人ずつの二チームに分かれ、長さ二メートルもないコンクリートむき出しの四角い空間で、互いに体当たりしあう。「スクラッチボール」はパスしたり走ったりする技能より、バランスと暴力の勝負だ。チームでスクラムを組んでぐいぐい前に出ていくのだが、声を出すわけにいかないので、よけいに闘志が燃えあがる。罵(ののし)りの言葉も、うめき声も、痛みの叫びも、ワゴン置き場の騒乱を外に洩らすものは一切なく、まるで昔の暴動の無声映画だ。靴のこすれる音と、人の倒れる音だけが、我々の無法ぶりをさらけ出す。やがてみんなその場に倒れこみ、荒い息をついてから、起き上がって仕事に戻っていく。ミスター・エンコーマと僕は持ち場の大きな流しに戻り、きゃしゃなグラスを回転式のブラシに突っこんで、〇・五秒後にはそれを煮えたぎる湯に放りこむ。乾燥の担当はグラスが浮いてきたらそのままつかんで並べていく。僕たちはそうやって一五分間で一〇〇個以上のグラスを洗い上げた。皿や銀器はもっと時間がかかるが、さしあたりほかの人間がやっているので、ハリー・エンコーマと僕だけが、さっきの昼休みの物語を胸に、うとうととまどろみに落ちるのだった。そこは物語たちがそもそも存在していた世界だ。耳には厨房の騒音だけが響き、蛇口から水がほとばしり、濡れた巨大なブラシが目の前でうなりをあげていた。

なぜ僕は、〈クライテリオン〉での昼や夜のことを今もこんなに覚えているのだろうか――ある少年にとっての青春の断片、一見どうでもよさそうな時間なのに。この先〈リュヴィニー・ガーデンズ〉で出会う人々のほうがはるかに刺激的で、僕の人生の道筋においてもっと大きな意味を持つのに。もしかすると、あの少年が独りきりでいられた唯一の時だったからかもしれない。よそ者のなかにいるよそ者として、流しで並んで働く人々やスクラッチボールのチームでプレーする人々から、味方と敵を自分で選べたのだ。僕がティム・コーンフォードの鼻をうっかり折ってしまったとき、彼は給料が減らないように午後の終わりまで仕事を続けるため、怪我を隠さなければならなかった。しばし呆然と座りこんでいたが、やがて立ち上がると、シャツについた血を水道で洗い流し、床板の削れたところを塗り直してお客が来るまでに乾かす仕事に戻った。というのも午後六時までには、一階の従業員はほとんど帰っていたからだ。まるで童話の小さな靴屋たちが、本物の店主が戻る前に姿を消さなければならないように。

このころには、僕がどうやって仕事を切り抜けているかとか、どんな面倒を起こしているかについて、〝蛾〟がまったく無関心なのをありがたく思うようになった。僕は自分の学んでいることを、〝蛾〟だけでなく、以前はすべてを分かちあっていた姉にも隠していた。ハリー・エンコーマによる性のおとぎ話はそれより先には進まなかったけれど、ミセス・ラファティーとの午後はこの先も心に残り、そしてハリーとはごくつかの間の縁に終わった。覚えているのは、サッカーの試合に二度ほど出かけて大騒ぎしたことや、くたくたになるまで働いた日の終わり、茹でたような手や、指のしわを比べあったことだ――驚くほど見事にピアノを弾き、部屋にいる〈クライテリオン〉の従業員たちを一斉に静まり返らせた、あの器用な指さえもしわだらけだった。あれほどの技術をもちながら、彼はけっきょくどうなったのだろう。すでに中年になっていたけれど。もしかしたら、あのままみんなに話を聞かせつづけたのかもしれない。だが、ミセス・ラファティーが約束してくれた将来はどうなってしまったのか。僕には知る由もない。彼とはもうそれきりだ。僕たちは、同じ時間に仕事が終われば一緒にバス停まで歩いていった。僕の家までは三〇分もかからなかった。彼のほうはバスを乗り換えて、一時間半もかかった。相手の住まいを訪ねることなど、お互い思いつきもしなかった。

*

〝蛾〟はときおり〝ウォルター〟と呼ばれることがあったが、レイチェルと僕は自分たちのつけたぼんやりした感じの名前のほうがふさわしいと思っていた。僕たちはまだ彼という人間がよくわからなかった。本当に僕たちを守ってくれているのか。僕は何らかの真実と安心を切望していたのに違いない。かつて危険な父親から逃れるために彼のもとへ行った六歳の坊やのように。

たとえば、〝蛾〟はどんなふるいを使って、我が家に詰めかける客のひとりひとりを選んだのだろうか。レイチェルと僕は、どこか妙だと感じながらも、胸をときめかせて彼らを眺めていた。もしも母がどこかから電話しようなどという気を起こしたとしても、僕たちはきっと用心深く嘘をつき、すべて順調だと答えたに違いない。たとえその瞬間に赤の他人が大挙してうちに押し寄せてきたとしても、告げ口はしなかっただろう。彼らは普通の家族とは似ても似つかず、『スイスのロビンソン』で孤島に漂着した一家でさえなかった。家はむしろ夜の動物園といったありさまで、モグラやカラスや千鳥足の獣たちが、たまたまチェスプレーヤーや庭師、犬泥棒やのろまなオペラ歌手だったりするという具合だった。たとえ今、あのなかの誰かの行動を思い出そうとしても、浮かび上がるのは非現実的で順序を無視した一瞬一瞬だけだ。たとえばミスター・フロレンスが、ふだんは蜂どもをおとなしくさせるのに使う燻煙器を、ダリッチ美術館の守衛の顔に吹きかけたこと。燃料の薪には催眠作用のある炭が混ぜてあり、その煙を思いきり吸わせたのだ。制服を着た男は、このとき椅子の後ろで手を組んでいたが、しばらくすると頭が前にのめり、眠った蜂のように静かになった。こうして僕たちが水彩画を二、三点、美術館からまんまと持ちだすあいだ、ミスター・フロレンスは意識を失っている守衛の顔に煙をもう一吹きお見舞いした。「よし！」彼は静かに声をあげた。まるで非の打ちどころのない直線を描いたかのように悦に入った様子で、燻煙器を安全に片づけるよう僕に手渡した。こんなふうに不完全で罪深い瞬間を、僕はいくつも胸にしまいこんでいる。母のスーツケースに入っていた未使用の品々のように、なんの意味もない。そして、何かを守るためなのか、出来事の順序がめちゃくちゃになっている。

毎日レイチェルと僕はバスに乗り、ヴィクトリア・ステーションで電車に乗り換えて、それぞれの学校に向かった。そして僕は始業ベルの一五分くらい前に、ほかの少年たちに混ざるのだった。みんなは前の晩に聴いたラジオ番組についてうきうきと話していた。「ミステリー・アワー」とか、決まり文句をひたすら繰り返すだけで面白くしようとする三〇分のコメディーとか。でも、僕はもう、その手の番組をめったに聴かなくなっていた。ラジオを聴こうとしても、〝蛾〟に会いにくる訪問客にきまって邪魔されたり、あるいは〝蛾〟に町を連れまわされ、帰ったらくたくたで「ミステリー・アワー」を気にするどころではなかった。レイチェルも僕と同じように、うちの暮らしが本当はどうなっているか、外では決して明かさなかったに違いない――〝ダーター〟の存在や、過去にヤバいことをしていそうな養蜂家、そして何より、両親が「姿を消した」こと。おそらく姉も僕のように、そうしたラジオ番組をぜんぶ聴いたふりをしていたのだと思う。うなずいたり笑ったり、聴いてもいないスリラー物が怖かったと調子を合わせたりしていたのではないだろうか。

ときどき〝蛾〟は、予告もなしに二、三日いなくなることがあった。僕たちはふたりきりで夕食をとり、翌朝はとぼとぼと登校した。〝蛾〟は後になってから、〝ダーター〟が車で見回って、この家が「大火に見舞われていない」ことを確かめていたから、きみたちは実に安全だったんだよ、などとうそぶいた。だが、そうした晩に〝ダーター〟が近くにいると思うと、かえって安心できなかった。別の日、真夜中に彼が僕たちの後見人を送ってきて、モーリスのエンジンを激しくふかし――アクセルとブレーキを同時に踏みこんで――去り際に酔っぱらいの高笑いがあたりに響き渡るのが聞こえたこともあった。

音楽を愛する〝蛾〟には、〝ダーター〟が明らかにハチャメチャであることがわからないらしかった。ボクサー上がりのやることなすこと、危なっかしく不安定で、今にも破綻しそうだった。最悪なのは車にぎゅう詰めで乗せられるときだった。ふたりが前に座り、レイチェルと僕は三頭のグレイハウンドと一緒に後ろに乗って、ホワイトチャペルへ向かうことがあった。彼の犬なのかさえあやしかった。〝ダーター〟が名前もろくに覚えていない犬たちは、緊張して震えながら、骨張った膝を僕たちの脚に押しつけてきた。なかの一頭は、僕の首に温かな腹をくっつけて、スカーフのようにからみつくのが好きだった。あるとき、クラッパムあたりのどこかで、その犬がビビったのか我慢できなかったのか、僕のシャツにおしっこをしてしまった。ドッグレースのあと学校の友だちの家に行く予定だったので文句を言うと、〝ダーター〟は大笑いしすぎて、標識にあやうくぶつかるところだった。そう、彼のそばで安心だなんて思えなかった。僕たちに辛抱しているだけで、できれば「ウォルターの家」で留守番していてほしいと思っているのが見え見えだった。僕たちの両親の家を彼はそう呼んでいたのだ。この車だって本当に自分の物なのか。青いモーリスのナンバープレートがしょっちゅう替わるので、あやしいとにらんでいた。けれど、〝蛾〟はいそいそと〝ダーター〟にくっついて行動していた。内気な人はそれをごまかそうとして、あの手の人間に惹かれるのだ。とにかく、〝蛾〟が家を空けるたびに僕たちが不安になったのは、後見人の不在のためではなく、〝ダーター〟が嫌々ながら無関心に僕たちを監督する許可を得ているせいだった。

ある日、僕はなくした本をめぐってレイチェルと喧嘩していた。姉は盗っていないと言ったが、ちゃんと姉の部屋にあるのを僕は見つけた。姉は僕の顔を目がけて両腕を打ちつけてきた。僕が首をひっつかむと、姉はぴたっと動きを止め、僕の手から崩れ落ちた。がくがく震えて、頭とかかとを木の床に打ちつけだした。それから猫のような声をあげ、瞳孔が外側にずれて白目になり、両腕を激しく動かしつづける。そのときドアが開いて、階下の人々の騒ぎが聞こえ、〝ダーター〟が入ってきた。ちょうど部屋の前を通りかかったのだろう。「出てけ！」僕は叫んだ。彼は入ってきてドアを閉め、膝をついて僕の本を取った。盗まれた『ツバメ号とアマゾン号』だ。そしてレイチェルが息を吸おうとあえいだ瞬間、その本を口にねじこんだ。ベッドから毛布を引きはがして姉にかけ、そばに横たわると、両腕で姉を抱きかかえた。やがて、姉の呼吸の音だけになった。

「僕の本を盗んだんだよ」おそるおそる小声で言った。

「冷たい水を持ってこい。顔にすりこんで落ち着かせるんだ」言われたとおりにした。二〇分後、三人はまだ一緒に床の上にいた。階下から〝蛾〟の知人たちの声が聞こえる。

「こういうこと、前にもあったのか？」

「ううん」

「以前飼ってた犬が」――彼は何気なさそうに言った――「てんかんを持っていた。ときどき爆竹みたいに破裂してたな」〝ダーター〟はベッドに寄りかかり、僕にウインクしてから、煙草(たばこ)に火をつけた。レイチェルがそばで煙草を吸われるのをひどく嫌がっていると知っていたのだ。今、姉は黙って彼を見つめている。「そいつはくだらない本だ」彼はそう言って、本の表紙についたレイチエルの歯形を指でこすった。「お前が姉さんの面倒を見てやらないといけないよ、ナサニエル。どうすればいいか教えてやろう」

〝ピムリコの矢魚(ダーター)〟は、そういう別の一面が現れるたび、なんと意外な人になることか。あの晩、階下で〝蛾〟の仲間の集まりが続くあいだ、彼はどれほど善良だったか。

当時、てんかんという病気は今よりもっと恐れられており、ひんぱんな発作は記憶力を低下させると考えられていた。レイチェルが図書館で調べてきて、そうした影響について教えてくれた。人は自分がもっとも安全に感じられる生き方を選ぶものだと思う。僕の場合は、はるか遠くの村で、塀に囲まれた庭で暮らすことだ。ところがレイチェルは、不安をポイと捨て去った。「ただの〝シユヴエーア〟だもの」と、引用符に見立てた両手のチョキをクイクイッとさせて、僕に言うのだった。

*

〝ダーター〟とつきあっている女性が、我が家に入りこんでくるようになった。彼と一緒のときもあれば、ここで落ちあう約束をしているときもある。初めて訪ねてきた日、彼女を紹介してくれるべき〝ダーター〟がなかなか現れなかったので、ちょうど学校から帰ってきた姉と僕は、彼の不在でぽっかり空いた時間に自己紹介するはめになった。つまり彼女をじっくり観察できたということだ。これまでに〝ダーター〟が連れてきた女たちの話はしないように気を遣ったので、彼女の質問にちょっと間抜けな返答をしてしまった。彼の友人関係についても、何をしているか、今どこにいそうかさえも、思い出せないふりをした。彼が手の内を見せたがらないことを僕たちは承知していたのだ。

それでも、オリーヴ・ローレンスには驚かされた。〝ダーター〟は、世の中で女性が担うべき役割についてひどい偏見を持っているくせに、交際相手にはきわめて自立した女を選ぶ、自滅的といってもいい傾向があるようだった。女たちはまずお試しのためにホワイトチャペルやウェンブリー・スタジアムのドッグレースに連れていかれた。混みあって騒がしく、私的な会話などまったくできない場所だ。三倍の予想に賭けるだけで、女たちは十分にドキドキを味わえるらしい。それに、〝ダーター〟にとってほかに興味のもてる公共の場所はなかった。生まれてこのかた、劇場なんて入ったことがない。誰かが別の人間のふりをしたり、前もって書かれたとおりの台詞を舞台上で言ったりするなんて、信用ならない気がする。違法すれすれに生きる男としては、耳にする真実が信じられるという安心感が必要だったのだ。ただし映画だけは好みに合うらしい。どういうわけか、映画には真実があると信じていた。けれど、彼の惹かれる女性たちは、決してつつましい乙女や容易く手なずけられるお嬢さんではなく、彼の言うとおりに従うのが幸せというタイプとは程遠かった。ひとりは壁画の画家だった。もうひとり、オリーヴ・ローレンスが去ったあとの女性は、理屈っぽいロシア人だった。

その午後ひとりでやってきて、僕たちと自己紹介しあうはめになったオリーヴ・ローレンスは、地理学者で民族誌学者だった。しょっちゅうスコットランドのヘブリディーズ諸島で気流を観測したり、ときには極東をひとりで旅していると話してくれた。こういう専門職の女性には、〝ダーター〟がその人を選り抜いたわけではなく、その女性が彼を選んだのだと思わせる何かがあった。まるで、異国の文化の専門家オリーヴ・ローレンスが、絶滅寸前の中世の人間を思わせる男にとつぜん出くわしたかのように。それは、この一〇〇年に導入された主な礼儀作法をまだこれっぽっちも知らない男。野菜しか食べない人や、女性が先に入れるようにドアを開ける人の存在を、話に聞いたことさえないのだ。時の流れに取り残されたこの男以外の誰が、オリーヴ・ローレンスのような人を魅了できるだろう。あるいは、彼女の故郷で奇跡的に存在を知られるようになったばかりのカルト集団から抜け出してきた男。それでも、女性たちが〝ダーター〟とどう関わるかについては、ほとんど選択の余地がなさそうに見えた。とにかく彼のやり方に従うしかないのだ。

オリーヴ・ローレンスは新しい恋人を待ちながら僕たちと過ごすあいだ、ふたりが初めて一緒に食事をしたときのことを、驚きに満ちた口調で語ってくれた。〝ダーター〟は〝蛾〟の友人のなかにいた彼女を見つけ、車に乗せてギリシャ料理の店に連れていった。細長い店内にはテーブルが五卓あり、潜水艦のような照明が灯っていた。そして〝ダーター〟は、ヤギ料理と赤ワインで新たな出会いを親密なものにしようと持ちかけた（実はこのときはまだだったが、まもなくそうなる）。そのとき彼女の脳裏には強風警報めいたものがよぎったのではないか。だが、しぶしぶ従ったのだった。

「それと、頭を料理して運んでくれ」彼はウェイターに注文した。どす黒くおぞましい言葉が、フェンネルの小枝でも頼むようなさりげなさで発せられた。ヤギの頭と聞いて彼女は青ざめ、近くの客たちはまもなく始まる内輪もめを見届けようと、食べるペースを落とした。〝ダーター〟が劇場嫌いだったにしても、このあとの展開はまるでストリンドベリの戯曲よろしく、五、六組の観客が見つめるなか一時間半の舞台が繰り広げられた。僕たちは〝ダーター〟が早食いなのを知っていた。ドッグレースの時期に一緒に出かけると、いつもモーリスを運転しながら生卵を二個割って飲みこみ、殻を後部座席に投げ捨てるのだった。けれど、〈スター・オブ・アージロピュロス〉では、じっくり時間をかけた。オリーヴ・ローレンスは背もたれがまっすぐなキッチンの椅子に座り、僕たちの前でそのときの様子を再現してみせた。要求と拒絶の繰り返し。そして彼女は説得され、納得し、あるいは脅され、同時に魔法をかけられたのかもしれない――もはや自分でもわからないほど、悪夢のように何もかもが混乱していた。そしてパディントン近くのどこぞの地下室で、屠（ほふ）られたヤギの死骸を食べることになると腹をくくったのだった。

そして、頭が運ばれた。

〝ダーター〟が勝ったようだった。彼の望んでいた親密さも、数時間後にアパートで現実となった。ワインを二本も飲んだせいね、と彼女はうつむいたまま言った。それとも、もしかしたら、彼が自分は正しく、ヤギの頭を食べることについて口論などしなかったと本気で信じていたせいかもしれない。彼女は片方の目玉を復讐でもするように飲みこむしかなかった。目玉は鼻水の食感だった。彼女はまさにそう表現したのだ。そして頭の食感は……ええと……何だかわからなかった。彼女がヤギの頭を食べたのは、彼がそれを心から良いものだと思っているとわかったからだった。そのことを決して忘れないだろう。

〝ダーター〟がやってきて、あまり説得力のない遅刻の理由を並べるころには、僕たちは彼女のことが好きになっていた。

彼女はアジアや世界の果てについて話してくれたが、まるでロンドンの辺鄙（へんぴ）な町と同じくらいすぐにでも行けそうな口ぶりだった。そうした場所について語るときは、ギリシャ料理を説明したときの切迫した声とは違っていた。仕事は何をしているのか僕たちが尋ねると、正確に教えてくれた。「みん・ぞく・し・がく・しゃ」と、一語一語を書き取れといわんばかりに、言葉を区切ってゆっくり発音した。旅人として味わう喜びを語り、南インドの三角州の奥深くで、2サイクルの最小エンジンしかついていないボートで漂流した話を聞かせてくれた。モンスーンのスピードについても語った――ずぶ濡れになっても、五分後には陽射しで服が乾いてしまう。外界が暑さに打ちのめされているときも、ピンク色の明かりの灯るテントには、小さな神像が日陰にゆったりと安置されているという。彼女の描写する景色は、僕たちのはるかな母が手紙に書いてくれそうなものだった。アンゴラのシロアンゴ川地帯に行くと祖先崇拝があって、幽霊が神々の座を奪っているとか。彼女の話はキラキラと輝いていた。

彼女は〝ダーター〟と同じように長身でほっそりしており、まばゆく光る髪は伸ばしっぱなしで、きっとさまざまな気候にもまれて繰り返しスタイルを変えてきたのだろう。独立心にあふれた人だ。彼女がトルコの草原あたりで自らヤギを殺したなら、きっとそれを食べたはずだと思う。ロンドンの閉ざされた世界は、居心地が悪かったに違いない。今にして思えば、彼女と〝ダーター〟の仲が僕たちの予想より長続きしたのは、ふたりがあまりにも異なっていたからだろう。だが、〝ダーター〟のどこに魅力を感じていたとしても、彼女は自分の道へ進みたくてうずうずしているようでもあった。もしかすると休暇中で、ロンドンにとどまって研究報告を書かねばならず、それが済んだらまた旅立つつもりだったのかもしれない。ピンク色のテントにいる小さな神だって再び訪れなければならない。つまり、すべてのつながりも世帯道具も置き去りにするということだ。

けれど、僕たちが何より興味をそそられたのは、〝蛾〟と彼女の関係だった。〝ダーター〟とオリーヴ・ローレンスの意見は何かにつけて食い違い、うちのリビングや、下手をすれば〝ダーター〟の狭くて音の響く車内でも衝突したが、〝蛾〟はそのたびに板ばさみになりながらも、決してどちらの側にもつこうとはしなかった。〝蛾〟が理由はともかく仕事のうえで〝ダーター〟を必要としているのは明らかだったが、おそらくつかの間の存在にすぎない彼女にも関心を抱いているのが見てとれた。僕たちはそばにいて三人の喧嘩を目の当たりにするのが楽しかった。今や〝ダーター〟は、自分に盾つく女性とのつきあいを好むという大いなる弱点のせいで、より複雑で陰のある人物に見えてきた。だからといって、女性に合わせて意見を変えるわけではない。それから、〝ダーター〟とオリーヴ・ローレンスのあいだで火花が散るとき、〝蛾〟が対応に困っておどおどするのも面白かった。突然、割れたガラスを掃いて片づけるしかないボーイ長さながらになるのだった。

オリーヴはわが家に来たなかでただひとり、明晰な判断ができる人物に思われた。〝ダーター〟についての見立ても首尾一貫していた。しゃくに障るところもあれば、頭が切れて特別な魅力もあると認めたうえで、〈ペリカン・ステアーズ〉の散らかったアパートに象徴される男っぽさに、あきれながらも心惹かれるのだと言っていた。そして、彼女が〝蛾〟については、プラスの存在なのかマイナスの存在なのかどうもよくわからないと考えていることにも、僕は気づいていた。現時点では彼女の恋人である〝ダーター〟に対して、〝蛾〟がどんな影響力を持っているのか。また、自分が知りあった、まるで孤児のような少年と少女にとって、本当に優しい保護者なのか。彼女は常に相手がどんな人物かを注視していた。人間性を評価し、ふとした一面、あいまいな沈黙にさえ、人となりを見いだすのだった。

「町の暮らしの半分は、夜のうちにおこなわれているのよ」オリーヴ・ローレンスは僕たちに警告した。「そのあいだは倫理が不確かになるの。夜になると、必要に迫られて、肉を食らう人々がいる――鳥や小さい犬なんかを食べるのよ」オリーヴ・ローレンスの話しぶりは、むしろ自分の思考をひそかにかき混ぜ、知識の暗がりのなかで独り言をつぶやき、まだ自信のない思いつきをほのめかすかのようだった。ある晩、ストリータム・コモンまでどうしても一緒にバスに乗ろうと誘われ、そこからルーカリーまでゆるやかな坂を登った。レイチェルはあたりに広がる闇のなかで不安に駆られ、家に帰りたくなって、寒いと訴えた。でも、三人はそのまま進みつづけ、とうとう森にたどりつくと、町は背後に消えてしまった。

僕たちのまわりは表現しがたい音に満ち、何かが飛ぶ音や、足音が続いたりした。レイチェルの呼吸の音は聞こえたが、オリーヴ・ローレンスからはいっさい音がしなかった。やがて暗闇のなかで彼女が口をひらき、かすかに聞こえる音について説明をはじめた。「暖かな晩ね……コオロギたちの声はレの音だわ……あんなふうに静かで美しい音色の笛だけど、息ではなくて羽根をこすりあわせて音を出しているのよ。これほどさかんにおしゃべりしているのは、雨が降るということ。だから今とても暗いの。わたしたちと月のあいだに雲が広がっているわ。ほら、聞いて」彼女の青白い手が僕たちのすぐ左側を指した。「あのこすれるような音はアナグマよ。地面を掘っているんじゃなくて、手を動かしているだけ。本当に優しい動物なの。もしかすると怖い夢を見たのかも。頭のなかに悪夢のかけらがバラバラに残っているのね。誰にでも悪夢はあるわ。レイチェル、あなたにとっては発作の恐怖を想像することかもしれない。でも、夢のなかでは恐れる必要がないの。木の下にいるときに雨に濡れる心配がないのと同じようにね。この時期は雷もめったに鳴らないから安全よ。さあ、もっと歩きましょう。コオロギたちも一緒に進んでいくかもしれないわ。枝ややぶにコオロギがたくさんいて、高いドの音やレの音があふれている。夏の終わりに卵を産むときには、ファの音まで上がるのよ。コオロギたちの叫びが上から降ってくるような感じでしょう？　どうやら彼らにとって重要な晩みたいね。それを覚えておいて。自分の物語なんて一例にすぎず、もしかしたら重要ではないかもしれない。自己が何よりも大事なわけじゃないのよ」

彼女の声は、僕が少年のころに知っていたどんな声よりも穏やかだった。そこには議論の気配が一切なかった。彼女にはただ、興味を惹かれるものに触れたいという好奇心があるだけで、その穏やかさのおかげでこちらも親密な空間に引きこまれるのだった。日の光の下で、彼女は話すときも聞くときも人と視線を合わせ、完全に寄りそう。あの晩、僕たちふたりのそばにいてくれたように。今夜のことを覚えていてほしいと彼女が望んだとおり、僕はちゃんと覚えている。レイチェルと僕だけだったら、あんなに真っ暗な森を通り抜けることはなかっただろう。だが、僕たちは、オリーヴ・ローレンスが頭のなかに進路を描いていると信じて疑わなかった。遠くに見えるかすかな光、あるいは風向きの変化から、自分がどこにいてどこへ向かっているか、正確に把握しているのだと。

だが、別の夜には、何かの具合で気がゆるんだのか、〈リュヴィニー・ガーデンズ〉で父の革張りの椅子に横座りしたまま、平気で眠りこんでしまうこともあった。部屋に〝蛾〟の仲間が大勢いるのもかまわず、一心に集中した表情のまま、情報を仕入れつづけているかのようだった。他人の面前で罪悪感もなくあれほど不用意に眠ってしまうなんて、そんな女性を見るのは初めてだった。いや、男性だって見たことがなかった。三〇分ほどしてみんなが疲れてくるころに、彼女はすっきりと目覚め、つかつかと夜の闇を歩き去っていく。車で送るという〝ダーター〟のあまり説得力のない申し出を断り——今は新たな考えを胸に、ひとりで町を歩きたいとでもいうふうだった。僕は二階に上がって寝室の窓から、街灯の落とす光の輪に入っては出ていく彼女の姿を眺めた。僕の知らない何かのメロディーを思い出そうとでもするように、口笛を吹くのがかすかに聞こえた。

一緒に夜の遠足に出かけていても、オリーヴが普段は日中に働いていることは知っていた。海岸線における自然の影響の調査だ。戦争の初期段階に、まだ二十歳(はたち)そこそこで、海流と潮流に関して海軍本部内の仕事をしていたらしい（彼女がそのことをようやく控えめに認めたのは、〝蛾〟の仲間に暴露されてからだった）。彼女の頭のなかにはあらゆる景観が収まっていた。森の音を読み取ることもできるし、バタシー橋の土手沿いの潮のリズムを計ったこともある。いつも不思議に思うのだが、レイチェルと僕はなぜ彼女のような人生に足を踏み入れなかったのだろう。自立し、まわりのすべてに共感するという鮮明な実例になぜ倣(なら)わなかったのか。だが、忘れてはいけないのは、僕たちとオリーヴ・ローレンスのつきあいが、さほど長くなかったということだ。それでも夜の散歩は――彼女にくっついて、爆破された波止場あたりを歩いたり、音の響くグリニッジ・フット・トンネルのなかで、教わりながら「冬の凍てつく星の下でも、八月の燃える月の下でも……」と三人で歌ったことは――これからも忘れない。

彼女は背が高かった。しなやかだった。きっとしなやかだったに違いないと思う。意外なカップルが成立していた短い期間、〝ダーター〟の恋人として。わからない。僕にはわからない。子どもに何がわかるだろう。僕はあのころいつも、彼女を自立した女性だと考えていた。たとえば、人がずいぶん大勢いるうちのリビングで、ほかのみんなにはおかまいなしに眠っていたとき。そんな見方をするなんて、検閲のつもりか、それとも若さゆえの鋭さなのか。もっと容易に思い浮かべられるのは、彼女が犬を抱いているところだ。床に並んで寝そべり、喉に犬の頭がのって息が詰まりそうなのに、犬をそのままにさせておくことで心を満たされている。だが、男と踊っているところはどうだろう。彼女はきっと閉所恐怖症じみた反応を見せる。ここでは落ち着けない、あるいは自分を解放しきれないかのように。広々した場所と、夜の屋外にときめくのだ。それでも、〈リュヴィニー・ガーデンズ〉の家に出入りしていた知人や赤の他人たちすべてのなかで、彼女はもっとも際立っていた。まるで偶然うちのテーブルにまぎれこんだ、よそ者みたいだった。その彼女が〝ダーター〟の目に留まって、意外にも親密になり、すぐに「〝ダーター〟の恋人」として知られるようになったのだ。

「ふたりにハガキを送るわね」オリーヴ・ローレンスはいよいよロンドンを去るときにそう言った。そして僕たちの人生から消えた。

けれど、黒海沿いのどこかや、アレクサンドリア近郊の小さな村の郵便局から、彼女は本当に便りをくれた。山の雲系についてなど、いわば無害な「恋文」だったが、彼女にとって別の人生、代わりの世界があることを示唆していた。こうしたハガキは僕たちの宝物になった。今では彼女と〝ダーター〟の音信が途絶えていると知っていたからなおさらだった。彼女は振り向きもせずに彼の人生から旅立っていったのだ。遠く離れた子どもたちとの約束を守ってハガキを送ろうというのは、おおらかさと同時に、孤独感、隠された欲求の現れとも思われた。まったく異質な二つの状態を示している。だが、それも見当はずれかもしれない。子どもにいったい何がわかっただろう……。

オリーヴ・ローレンスについてのこうした考察を書き留めたあと、僕はたまに、どこで何をしているかわからなかった頃の、母のかりそめの姿を創作しているような錯覚に陥りかける。どちらの女性もあてどない旅の空にいたが、義理もないのに行く先々からわざわざハガキを送ってくれたのは、もちろんオリーヴ・ローレンスだけだった。

そして、このふたりの女性の作った三角形に、第三の頂点があることを、今、僕は考える。それはレイチェルだ。当時の姉は、母親との深い結びつきを必要とし、母親らしく庇護してくれる存在を求めていた。あの夜、姉はオリーヴと僕のあいだを歩き、ゆるやかな坂を登ってストリータムの森へ入っていった。一緒に暗がりを歩いていれば何の危険もないと、夢のなかでも、発作による混乱のあいだでさえも危険はないと、姉は言い聞かされたのだった。聞こえるのはコオロギの歌声と、アナグマの引っかくのんびりした音だけ。そして静寂と、不意に近づいてくる雨のささやきだけ。

母は自分が留守のあいだ、僕たちがどうなると考えていたのだろうか。あのころ人気だった芝居『あっぱれクライトン』〔J・M・バリー作の戯曲〕のようになるとでも思っていたのか——母に連れられてウェストエンドに行き、初めて観た演劇だった。そこでは執事（うちの場合でいうなら〝蛾〟に相当する立場だろう）が、無人島のいわばめちゃくちゃな世界で、貴族の一家に規律を保たせ、それによって安全に過ごさせるのだ。母は僕たちの世界を包む殻が割れることはないと、本気で考えていたのだろうか。

ときどき、〝蛾〟は何かを飲んで陽気に酔っぱらい、わけがわからなくなった。そのくせ自分が話しているつもりのことについては、自信があるようだった——たとえその前の話の流れとは食い違うことを口走ったとしても。ある晩、レイチェルが寝つけなかったとき、〝蛾〟は母の本棚から

『黄金の盃』〔ヘンリー・ジェームズの長編小説〕という本を引っ張りだして、読み聞かせはじめた。文章が迷路のような道筋をたどったあげく蒸発してしまうような文体は、僕たちふたりにとって、〝蛾〟が酔っぱらって偉そうな態度になるときの話しぶりとそっくりに思われた。まるで言葉が礼儀正しく彼の身体から離れていったかのようだった。また別の夜にも、彼は妙な振る舞いをしたことがある。ある晩、ラジオから、異常な行動をした男のニュースが流れてきた。サヴォイホテルの前で、ヒルマンミンクスに乗っていた人たちを引きずりおろし、車に火をつけたというのだ。〝蛾〟は一時間前に帰宅したばかりで、その報道を熱心に聴きながら「なんてことだ。俺じゃなければいいが」とうめいた。パラフィンの跡でも探すように自分の両手に目を走らせたが、こっちが心配していることに気づくと、ウインクして可能性を打ち消した。僕たちには彼の冗談を理解することさえできなかった。それとは対照的に〝ダーター〟は、もっとひどいでっちあげをするが、ユーモアのかけらもなくて、いかにも法をきちんと守っていない人間らしかった。

　それでも〝蛾〟には、信頼が置けるほどに動じないところがあった。そしてもしかしたら、彼はやっぱり僕たちの〝あっぱれクライトン〟だったのかもしれない。もとは洗眼液の瓶についていた小さな青いガラスのコップを使って、あの濁った液体をはかり、シェリー酒のように飲み干すときでさえ。僕たちはその習慣を気にしなかった。そのときばかりは僕たちの願いを穏やかに受けいれてくれたし、レイチエルはいつもこうしたタイミングを狙って〝蛾〟を説き伏せ、彼のなじみらしい地域に連れていってもらうのだった。〝蛾〟は廃(すた)れた建物に関心があった。例えば、麻酔が使われるよりずっと前にさかのぼる、サザーク区の一九世紀の病院。彼が僕たちをなかへ入らせ、ナトリウム灯をつけると、その光が暗い手術室の壁をちらちらときらめかせた。彼は町のなかの使われていない場所を実にたくさん知っており、そうした場所が一九世紀の明かりに照らされると、影ができて僕たちには不吉に感じられた。のちにレイチェルが演劇に関わる人生を送るのは、酔っ払いとつきあったあの日々が下地になったからではないだろうか。おそらく姉は、人生を見舞う不幸や危機を、翳(かげ)らせて見えなくしたり、少なくとも遠ざけることができると気づいたのに違いない。彼女はやがてスポットライトや作り物の雷を扱う技術を身につけることで、真実と嘘、安全と危険を、自分なりに見きわめられるようになったのだと思う。

その後〝ダーター〟はロシア人とつきあうようになっていたが、この女性がひどいかんしゃく持ちなので、住処(すみか)がばれないうちに逃げ出すことにした。そうなるともちろん彼女もまた変な時間に〈リュヴィニー・ガーデンズ〉に出没し、彼の気配を探して空気の匂いをかぎまわるようになった。〝ダーター〟は用心して、うちの前の通りには決して車を停めなかった。

〝ダーター〟のお相手が次々と現れるので、僕にとって母と姉のほかには縁のなかった女性たちが急に身近になった。なにしろ通っているのは男子校だ。考えることも友だちづきあいも、すべて男ばかりで当然の時期だった。だが、オリーヴ・ローレンスとうちとけて会話し、彼女が自分の望みや欲望さえも率直に話すのを聞くうちに、僕はそれまでとはまったく異なる場所へ連れていかれた。血のつながりもなければ性的な対象でもない、本来なら別世界の女性たちに、興味をそそられるようになった。そうした親交は相手まかせで、ほんのつかの間だった。家族の代わりのようでありながら、僕は距離を置いたままでいた。そういうところが今も僕の欠点だ。けれど、他人から真実を学ぶことは好きだった。恋人に捨てられたロシア娘が日参してきた印象深い時期にも、僕は用もないのに家のなかを歩きまわり、学校からも大急ぎで帰ってきて、彼女が不満そうな表情でうちのリビングをうろうろする様子をただ眺めていた。わざわざ腕がふれるほどそばを通ったりして、その瞬間を味わおうとした。あるときなど、ホワイトチャペルのドッグレース場につきあおうかと声までかけた。〝ダーター〟を探すのを手伝うという名目だったが、彼女はその申し出をはねつけた。もしかしたら自分を家から追い出すという別の狙いがあると察したのかもしれない。実のところ彼女は、自分がどれほど〝ダーター〟のそばにいるか気づいていなかった。彼は僕の部屋に隠れて、コミック雑誌の「ザ・ビーノ」を読んでいたのだ。いずれにしても、今や僕の心には、女性と近づきになることへの興味と喜びが芽生えていた。

## アグネス・ストリート

その夏、僕はワールズエンドにある安レストランで働き口を見つけた。皿洗いに戻り、誰かが休めば代わりにウエイターを務めた。ピアノ弾きの語り部ミスター・エンコーマに会えたらいいなと思っていたが、知り合いは誰もいなかった。従業員の多くはよく気の回るウエイトレス――北ロンドンっ子と地方出身の娘たち――で、僕は、彼女たちが上司に口答えしたり、大笑いしたり、仕事はきつくても楽しいと言い張ったりする様子に、目が釘づけだった。ウエイトレスは厨房の僕たちより立場が上だったので、めったに口もきいてもらえない。それでもかまわなかった。遠くから観察して、いろいろ知ることができた。絶えず大忙しの店のなかで気後れしながらも、彼女たちがポンポン言いあったり笑ったりする様子を楽しんでいた。彼女たちはお盆を三枚も持って通りかかり、ちょっかいを出してきては、こちらが口ごもっているあいだに去っていく。袖をまくりあげて、引き締まった腕を見せつける。近づいたかと思うとさっと遠ざかる。ある日、緑色のリボンで髪を束ねた娘が、隅っこでランチを食べていた僕を見つけて、サンドイッチのハムの切れ端を「貸して」くれないかと言ってきた。どう答えればいいかわからなかった。たぶん黙って差しだしたに違いない。僕が名前を訊ねると、彼女はその厚かましさにぎょっとしたというような顔になった。同僚たちのほうに駆けもどると、三、四人集めてきて僕を取り囲み、欲望とはいかに危ういものかというような歌を歌った。僕はちょうど青年とおとなの境い目に足を踏み入れようとしていた。

それから二、三週間後、空き家のすりきれた絨毯の上で、服を脱ぎ、その娘とふたりになったけれど、どうやって彼女に近づけばいいのか、僕には見当もつかなかった。情熱なんてまだ頭のなかにあるだけで、未知の障害や決まりごとに幾重にも覆われていた。何が正しくて、何が正しくないのか。彼女は隣に横たわったが、動きを起こそうとはしなかった。僕と同じように緊張していたのだろうか。それに、この出来事の本当に劇的なところは、僕たちではなくてその状況だった。不動産屋に勤める彼女の兄から借りた鍵を使って、アグネス・ストリートにある家に不法に忍びこんだのだ。外には「売り家」の看板が立ち、家のなかはがらんとして絨毯が敷かれているだけだった。夕暮れどきで、彼女の反応を読みとるには街灯の光だけが頼りだった。あとでマッチを何本か擦って絨毯を照らし、殺人の痕跡でも探すみたいに、血がついていないか確認した。およそロマンスの感じはなかった。ロマンスとはオリーヴ・ローレンスの持つエネルギーときらめきであり、〝ダーター〟に捨てられて疑念を強めるほど美しくなっていったロシア女のように、性に衝き動かされて激しく燃えさかる怒りだった。

真夏のまた別の夜。僕たちはアグネス・ストリートの家で水風呂を浴びる。水を拭きとるタオルもないし、体をこすりつけるカーテンさえもない。彼女は濃いブロンドの髪をかきあげ、それから頭を振ると、髪がなびいて独特の雰囲気をかもしだす。

「ほかのみんなは、今ごろきっとカクテルでも飲んでるわね」彼女が言う。

僕たちは空っぽの部屋を歩きまわって体を乾かす。六時ごろにここへ忍びこんでから、今がいちばん親密な感じがする。もはやセックスの段取りも激しい欲望も消え、ただ暗闇のなかふたりとも裸で、お互いの姿も見えない。ふいに車のライトが射しこんで、それに気づいた彼女が微笑むのが見える。ふっとふたりの意識がつながる。

「見て」彼女がそう言って、暗闇で逆立ちをする。

「見えなかった。もう一回やって」すると、以前は一見よそよそしかったこの娘が、こちらへでんぐり返しをしながら言う。「今度は足をつかんで」そしてゆっくり彼女の足を下へ降ろしてやると、「ありがとう」と言う。

彼女は床に座る。「窓を開けられたらいいのにね。通りを走ろっか」

「もうここがどこの通りかもわからないや」

「アグネス・ストリートよ。庭があるでしょ！　ほら――」

一階の廊下で、彼女は僕を押して先を急がせようとし、僕は振り向いて彼女の手をつかむ。僕たちはお互いが見えないまま、もがくように階段を上がっていく。彼女が身を乗り出して僕の首にかみつき、手を振りほどく。「さあ！」と言う。「こっちよ！」壁にぶち当たる。まるでふたりとも必死にこの親密さから逃げたがり、しかもこの親密さがなければ逃げられないかのようだ。僕たちは床にころがり、届くところに片っ端からキスをする。ファックしながら彼女の手が僕の肩を叩きつける。愛を交わすという感じではない。

「だめ。離さないで」

「うん！」

締めつけてくる彼女の腕から逃れたとき、壁だか手すりだかに頭をぶつけ、彼女の胸に勢いよく倒れこんだとたん、その身体の小ささにハッとする。どこかの時点でお互いに対する意識を失い、ただその行為の悦びだけを見いだす。その悦びに気づくことのない人もいれば、二度と味わえない人もいる。やがて僕たちは暗闇のなかで眠りに落ちる。

「ねえ。ここはどこ？」彼女が言う。

僕は彼女を抱いたまま仰向けになり、彼女を上にする。彼女は小さな手で僕の唇をひらく。

「ハ、ハ、ハフネス・ス、スティ、ティ、ーフだよ」僕が答える。

「お名前はなんでしたっけ？」彼女が笑う。

「ナサニエル」

「ああ、ステキ！　愛してるわ、ナサニエル」

僕たちはどうにかこうにか服を着る。互いを失うまいとするかのように手を握りあい、暗がりを抜けてゆっくりと玄関へ向かう。


〝蛾〟はしょっちゅう留守にしていたが、彼がいてもいなくても、大した違いはなかった。今では姉も僕も自力で腹を満たし、自分のことは自分でできるようになりつつあった。レイチエルは夜になると姿を消した。どこに行くか教えてくれなかったが、僕がアグネス・ストリートでの出来事を隠しているのと同じだった。僕たちにとって、今や学校はまるで無縁の場所に思われた。ほかの連中と話すときも、ふつうなら心を許せる友人のはずなのに、うちがどうなっているかは決して打ち明けなかった。その件は片方のポケットにしまいこみ、学校生活はもう片方のポケットに入れたままだった。若いときは、自分のおかれた現実に戸惑う以上に、他人にそれを知られてとやかく言われることを恐れるものだ。

ある晩、レイチエルと僕は七時からの映画を観に出かけ、ゴーモント映画館の最前列に座った。映画のなかで主人公の乗った飛行機が落ちていくが、彼は足が操縦装置にはさまって逃げられない。張りつめた音楽が響きわたり、飛行機のエンジンが悲鳴をあげる。僕はすっかり夢中になり、まわりで何が起こっているか気づかなかった。

**「どうした？」**

右側に目をやった。「どうした？」と言った声と僕のあいだにレイチェルがいて、身を震わせ、うめき声をあげている。姉の発する牛のような声が、これからさらに大きくなることを僕は知っていた。体を左右に揺らしている。姉のショルダーバッグを開け、木の定規を取り出して歯のあいだに入れようとしたが、すでに遅かった。指を使って口をこじ開けようとしても、薄く小さい歯をきつくかみしめている。姉をひっぱたき、息を切らした隙に定規を押しこんで、床に横たわらせた。僕たちの頭上で、飛行機が地面に突っこんだ。

レイチェルのうつろな目が、安心を求めて僕を見つめている。今の状況からなんとか無事に抜けだそうとしているのだ。声をかけてくれた男の人も、こちらへ身をかがめている。

「誰なの？」

「僕の姉です。発作なんです。食べ物を与えなくちゃ」

彼は手にしていたアイスクリームを僕に差しだした。受け取って姉の唇に押しあてた。姉は頭を引いてから、それが何か気づくとがつがつ食べはじめた。僕たちふたりはゴーモント映画館の汚れた絨毯の上で、暗闇にうずくまっていた。僕は姉を抱えて外へ連れ出そうとしたが、その身体はずっしりと重くなっていたので、僕も床に横たわり、〝ダーター〟がやったように姉を抱き寄せた。スクリーンからこぼれる明かりに照らされて、姉はまだ何か恐ろしいものでも見ているような顔をしていた。もちろん見ているのだ。姉はこうした事件が起こるたび、何を見たか、あとで静かに語ってくれるのだから。スクリーンの声が劇場を満たし、映画の筋が進むなか、僕は姉が安心できるよう自分のコートをかけてやり、そのまま一〇分ほど床の上にいた。今ならこうした発作を避けるための薬があるが、当時はそんなものはなかったのだ。少なくとも僕たちの知る限りでは。

通用口をそっと抜けて、暗幕の向こうの明るい世界へ出ていった。レイチェルを〈ライアンズ・コーナー・ハウス〉に落ち着かせた。精も根も尽きた様子だった。何か食べさせようとすると、ミルクを飲んだ。それから歩いて家に帰った。姉は発作について話そうとしなかった。ついさっき死の淵を渡ったが、今はもう取るに足らないことだとでもいうように。その話をする必要が出てくるのはいつも翌日だ――姉の感じた戸惑いや混乱についてではない。すべてが砕け散るまでに起こること、そこに向かって高まる興奮の意味を明らかにしたいからだった。その先はもう何も思い出せなくなる。その時点で脳が思い出す気をなくすようだ。けれど、映画館でパイロットが必死に脱出しようとするのを見て、姉自身もなかば興奮しながら、彼と一緒に逃げようとしたわずかな時間があったことを、僕は知っていた。

僕がこの物語で姉についてあまり語らないとしたら、それは僕たちの記憶が別々だからだ。お互いに相手についての手がかりを目撃しても、それをあえて追求しなかった。姉が隠し持っていた口紅や、バイクに乗った青年。夜中にばか笑いしながら這(は)うように帰宅したこと。あるいは、やけに〝蛾〟と話したがるようになったこと。おそらく姉は〝蛾〟を懺悔師(ざんげし)に見立てたのだろうが、僕は秘密を胸にしまって距離を保ちつづけた。いずれにしても、〈リュヴィニー・ガーデンズ〉の日々についてのレイチェルの見解は、僕と一致する点もあるにはあるだろうが、おそらく違う調子で語られ、違うことに重きが置かれるだろう。結局、僕たちが近しい関係だったのは、どちらも二重生活を送っていたあの早い時期だけだった。しかし、歳月を経た今、姉と僕は互いに隔たりを感じ、どうにか自力で生きている。

絨毯の上には、茶色の包装紙に包まれた食べ物がある――チーズとパン、ハムの薄切り、瓶入りサイダー――どれも勤め先のレストランでちょろまかしてきたものだ。僕たちはまた別の家の、別の部屋にいる。家具はなく、壁もただ真っ白だ。彼女の兄さんの見通しによると、この家は売れるまでしばらくかかるから、お客が来そうにない一日の終わりにここで過ごすことが恒例になった。

「窓を開けていい？」

「だめよ、閉め忘れちゃうから」

彼女は兄さんの決めたルールに厳しい。彼は僕と顔合わせまでして、上から下まで眺めまわし、ちょっと若すぎるようだな、と言った。奇妙なオーディションだ。マックスというのが兄さんの名前だった。

僕たちはおそらく食堂だった場所でファックする。絨毯の上にテーブルの脚がのっていたらしい窪(くぼ)みがあって、そこに指が触れる。僕たちはテーブルの下にいて、本当なら頭上に料理があったのだろう。暗くて何も見えないけれど、見上げながらそう言ってみる。

「あんたって変わってるわね。こんなときにそんなこと考える人いないわよ」

嵐が上空にとどまって、スープ皿を粉々にし、スプーンを床にぶちまける。後ろの壁は爆弾で破壊されたまま修理されていない。雨も降っていないのに雷がやかましく響いてきて、裸のふたりを暴きだすようだ。僕たちは無防備に横たわっている。家具もなく、ここで何をしているという言い訳すらもなく、あるのは皿がわりの包装紙と、水を入れた犬用の古い皿だけだ。「週末に、あんたとファックしてる夢を見たの」と彼女が言う。「すると、部屋のなかに何かあったのよ。すぐ近くに」僕はセックスの話をすることに慣れていない。でもアグネス――彼女は自分をそう呼ぶようになっている――はチャーミングにその話をする。彼女にとっては自然なことなのだ。彼女をオーガズムに導くのに最適の方法とか、具体的にどこを、どれくらい優しく、どれくらい激しく触るのがいいかとか。「ほら、教えてあげる。手を貸して……」僕がものも言えずにいるのを彼女はちょっとからかい、恥ずかしがるのを見てにっこりする。「あらまあ、このことに慣れて成長していくには、この先何年も何年もかかるわね。奥が深いんだから」ちょっと間をおいてこう言う。「ねえ……あんたのことを教えてちょうだい」

僕たちはもう、互いに欲望を感じるのと同じくらい、相手を好きになっている。彼女は性にまつわる過去を語る。「デートのためにカクテルドレスを借りたの。酔っぱらって――それが初めてだった。目覚めるとどこかの部屋で、誰もいなかった。それにドレスもなかった。レインコートだけ着て、地下鉄の駅まで歩いて家に帰ったのよ」言葉を切って、僕が何か言うのを待っている。「あんたにもそんなことある？　フランス語で教えてくれてもいいわよ。そのほうが簡単だったら」

「フランス語は落としたんだ」僕は嘘をつく。

「そんなはずないわ」

彼女のおしゃべりの突飛さに加え、その声も、話が錯綜したり詩のようになったりするところも大好きだった。学校の男どもの話しぶりとはまったく別物だった。しかし、それとはまた別の何かが、アグネスをほかの人とは異なる存在にしていた。あの夏に僕が知っていたアグネスは、その後のアグネスではない。当時でも僕にはそれがわかっていた。僕が想像した未来の女性は、彼女自身の理想とつながっていたのだろうか。僕にも何かもっと可能性があると彼女が信じていたのと同じように。そうした姿勢は、僕が人生のあの時期に知っていたほかの誰とも違っていた。あのころの十代の若者は、自分はすでにこういう人間で、ゆえにこの先もずっとそのままだという考えにとらわれていた。それが英国の習わしであり、時代の病だった。

夏の最初の嵐に見舞われたあの夜――僕たちは互いに無我夢中で抱きしめあった――しばらくして家に帰り着いたとき、ズボンのポケットに贈り物が入っていることに気づいた。皿代わりにしていた茶色い包み紙のくしゃくしゃになった切れ端を開くと、炭で描いたスケッチが現れた。僕たちふたりがあおむけになって手をつなぎ、その上にさっきは見えなかった大きな嵐が広がっている――黒い雲、稲妻、危険な天。彼女は絵を描くのが好きだった。僕は人生の道のどこかでその絵をなくしてしまった。取っておくつもりだったのに。どんな絵だったか今も覚えていて、ときおり似た絵を探してみる。どこかの画廊で昔のあのスケッチを偲(しの)ばせるものを見つけたいと願いながら。けれど、そんなものは見つかっていない。長いあいだ彼女について僕が知っているのは、ふたりで初めて忍びこんだ家が「アグネス・ストリート」にあったことだけなのだから。あちこちのがらんどうの家で不法に過ごした昼や夜に、彼女は身を守るためのユーモアなのか、それを自分の「筆名(ノム・デ・プルーム)」にすると言い張った。「ノム・デ・プルーム」と彼女は威厳たっぷりに発音した。「意味、知ってるでしょ?」

僕たちはそっと家を出た。翌朝も早くから仕事だった。バス停のそばを行ったり来たりしている男がいて、僕たちが近づくのを見ると、なぜそこから出てきたのか気になるかのように、家のほうに目をやった。男もバスに乗り、後ろの席に座った。これはただの偶然なのか? ふたりが侵入した建物にとりつく戦時中の幽霊だろうか? そのとき感じたのは恐怖ではなく、後ろめたさだった。アグネスは兄さんの仕事のことを心配していた。だが、降りようとして席を立つと、男も立ち上がってついてきた。バスが停車し、僕たちは降り口で立ち止まった。バスが動きだしてスピードを上げはじめたとき、アグネスがふいに飛び降り、よろめいてからこちらに手を振った。手を振り返し、男の横を通って後ろに戻った。しばらくしてロンドンの中心あたりで僕も飛び降りると、男は追ってこられなかった。

## ムール貝の漁船

テムズ川での初日、レイチェルと僕と〝ダーター〟は、町からほぼ離れるぐらい西へ行った。僕たちが通過した場所や停泊した場所を示すには、くわしい川の地図が必要だろう。僕はあの数週間のあいだにそうした地名を暗記した。それから潮汐表や、複雑な土手道、古い料金所、立ち寄り先のドックも頭に入れたし、建設現場や集会所も船から見分けられるようになった——シップ・レイン、ブルズ・アリー、モートレイク、ハロッズ・デポジトリー、いくつかの発電所。それから名前があったりなかったりする運河が二〇ほど。一、二世紀前に切り開かれて、テムズ川から北へ車輪のスポークのように突き出している。僕はよくベッドのなかで、川沿いの地名の移り変わりを記憶にとどめるためにすべて復唱した。いまだにそうしている。それはまるで英国王の名前のようで、僕にはサッカーチームや掛け算表より心ときめくものになった。ときにはウーリッジやバーキングよりさらに東に行き、暗闇でも川の水音や潮の引き加減だけで位置がわかった。バーキングの向こうには、カスピアン・ワーフ、エリス・リーチ、ティルベリー・カット、ロウアー・ホープ・リーチ、ブリス・サンズ、アイル・オブ・グレイン、そして河口を経て、ついに海に達するのだった。

テムズ川沿いにはほかに秘密の地点があり、僕らはそこに船を停めて、とんでもない積み荷を運んでくる航洋船と落ちあった。一本の長いロープにつながれ、ためらいながら上陸した動物たちに、そのあたりを歩かせる。彼らはカレーの港から四、五時間の船旅をしてきて、ここで用を足すのだ。それからうまくなだめて僕らのムール貝漁船にのせ、短い旅のあと、名前も知らない連中にさっさと引き渡される。

そもそもこうした川での営みに関わることになったのは、ある午後、僕たちが次の週末について話していたのを、〝ダーター〟がふと聞きつけたからだった。彼はまるでレイチェルと僕が部屋にいないかのように、ひょっとしてあの子たちはあれやこれや手伝ってくれる暇があるだろうか、とさりげなく〝蛾〟に尋ねた。

「昼の仕事か、それとも夜の仕事なのか？」

「たぶん両方だな」

「で、安全か？」

僕たちに聞かれてはまずいとでもいうように、〝蛾〟は声を忍ばせた。

「間違いなく安全だ」と〝ダーター〟は大声で答え、僕たちふたりのほうを見て作り笑いを浮かべると、無造作に手を振って、絶対に心配はないということを示してみせた。合法かどうかについてはまったく話題にならなかった。

〝蛾〟は小声で訊いてきた。「ふたりとも、泳げるんだろう？」そして僕たちはうなずいた。〝ダーター〟も口をはさんできた。「あの子たち、犬は好きだよな？」今度は〝蛾〟がうなずいた。僕たちが犬好きかどうかなんて、知りもしないくせに。

*

「きらびやかだな」最初の週末、〝ダーター〟は片手を舵輪にのせ、もう一方の手でポケットからサンドイッチを取りだそうとしながら言った。はしけの舵にちゃんと集中しているようには見えない。冷たい風が水を波立たせ、四方八方から激しく吹きつけてくる。〝ダーター〟と一緒なら安全だ、と思う。僕は船について何一つ知らないが、陸地と切り離された匂いや水に浮かぶ油、海水、船尾から飛び散る霧がたちまち気に入った。また、川の発するさまざまな音も大好きになった。その音たちに包まれると、慌ただしい世の中でとつぜん深遠な宇宙に放りこまれたように、僕たちは言葉を失った。確かにきらびやかだった。橋のアーチをかすめそうになると、〝ダーター〟はぎりぎりのところで体をそらせた。まるでそうすれば船も同じ動きをするとでもいうふうだった。それから、四人組の漕ぐ船と危うく衝突しかけ、相手はこちらの波をかぶるはめになった。彼らの叫び声が聞こえ、〝ダーター〟がこれは誰の責任でもなく運命だとでもいうように手を振るのを僕たちは見た。その午後には、チャーチ・フェリー・ステアーズの近くで、無言のはしけから二〇頭のグレイハウンドを受け取り、やはり無言のまま下流の別の場所へ届けた。そんなふうに生きた積み荷があるなんて知らなかったし、英国内への動物の違法な輸入を禁じる厳しい法律があることも知らなかった。だが、〝ダーター〟は何もかも承知の上らしかった。

僕たちのイメージする〝ダーター〟はいつも背を丸めて歩いていたが、あのムール貝漁船に一緒に乗るとそれががらりと変わった。レイチェルと僕が滑りやすいスロープをおそるおそる進んでいくのに対し、〝ダーター〟は用心するそぶりも見せず、後ろにいるレイチェルが足を踏み外さないように気を配りながら、揺れる船と堤防のわずか一〇センチの隙間に吸いがらを投げこむのだった。僕たちにとっては危険な階段が、彼にとってはなだらかなダンスフロアだ。雨や油にまみれた狭い船べりを歩くときも、いつもの身構えた感じではなく、ざっくばらんな雰囲気になった。あとで聞いた話では、彼が母親の腹に宿ったのは川の上で、二四時間の嵐に見舞われている最中だったそうだ。先祖は代々はしけの船頭で、だから彼の身体は川にふさわしく、陸に上がるとどこかいびつになってしまう。トウィッケナムとロウアー・ホープ・ポイントのあいだの潮路をすべて知り尽くし、荷を積む音や匂いでどこのドックか識別できる。父親は「川の名誉住民」だったと自慢した。一方で、息子が十代のとき無理やりプロのボクサーにさせた冷酷な男だとも言っていたけれど。

また、〝ダーター〟は何種類もの口笛を吹いた。はしけにはそれぞれ独自の信号があるのだと教えてくれた。新しい船で働きはじめるときにはまずそれを覚えるのだ。水上で承認や警告として使うことが許されているのはこの信号だけで、どの口笛も鳥の鳴き声に基づいている。彼の話では、前に会った川の住人が内陸の森を歩いていたとき、あたりに川など見えないのに、とつぜん自分たちのはしけの口笛が聞こえてきたという。それは巣を守っていたチョウゲンボウ〔小型のハヤブサ〕の鳴き声だとわかった。この種類の鳥は、おそらく一〇〇年前に川辺に住んでいて、その声をはしけの船頭が借用して何世代も受け継いできたに違いない。

その週末のあと、僕は〝ダーター〟を手伝って犬の仕事を続けたいと思ったが、レイチェルはそれよりも〝蛾〟と一緒にいることが多くなってきた。姉はもっとおとなになりたいのだろうと思った。でも僕は防水コートを着て、〝ダーター〟が車でうちに立ち寄るのを待っていた。〈リュヴィニー・ガーデンズ〉で初めて会ったころは、彼は僕にほとんど洟(はな)も引っかけなかった。たまたま訪れた家にいるただの坊やにすぎなかったのだ。でも今は、〝ダーター〟からはいろんなことが学べるとわかった。彼は〝蛾〟と違って他人などお構いなしだが、相手にやってもらいたいことや、自分に関して隠しておきたいことを、明確に指示してくれる。「自分の札は見せないようにな、ナサニエル」と言い聞かされた。「いつでも自分の札は見せるんじゃないぞ」結局、彼が求めているのは僕のようにそこそこ頼れる人間で、週二、三回、ヨーロッパの無言の船からグレイハウンドを引き受ける手伝いをしてほしいというわけだった。そこで僕は彼に説き伏せられ、レストランの仕事をやめて、代わりに暗いなかムール貝漁船で犬たちをさまざまな場所へ運ぶのに手を貸すことになった。生きた積み荷はそこからライトバンでさらに遠くへ連れていかれる。

僕たちは船に乗るたび、二〇頭ほどの内気な旅行者の世話をした。ときには真夜中までかかる旅のあいだ、犬たちは震えながらデッキに座って、大きな物音がしたり、突然ランチが横づけしてサーチライトで照らしたりするたびに、いちいち怯(おび)えた。〝ダーター〟は「予防隊」とやらを心配しており、つまりは水上警察がそばを通ると、僕は毛布の下にもぐりこんで猛烈な悪臭のなかで犬たちをなだめる羽目になった。「連中はもっとデカいヤマを追ってるのさ」と〝ダーター〟は言い放ち、自分の小さな罪を正当化するのだった。

はっきりしてきたのは、僕たちがこうして運んでいるものは実のところ儲かるかどうかまったく保証がないということだった。この犬たちは速いか遅いかの情報もなく、果たしてレースに通用するのかどうかあやしかった。役に立つのは、「未知の要素」を提供することだけ。価値が不確かとなれば、必ずや無謀な賭けがおこなわれる——正しい血統がわからないので、お墨つきなのか駄犬なのか見当がつかず、シロウトは見た目だけに頼って賭けるからだ。無謀な賭けとはすなわち大きな金が動くということ。綱につながれた犬の心得たような目つきや肢(あし)の筋肉を見たり、知り合いならまだしも知らない人々のささやきを小耳にはさんだり、そんなことで実績のない犬に何ポンドも賭けてしまう。僕たちの犬は素性の知れないポンコツで、どこぞのお城からさらわれてきたか、食肉工場から救われてやり直しの機会を得たか、そんなところだ。雄鶏と同じように無名なのだ。

月のない夜の川で、犬たちが吠えようとするたび、僕は十代なりに精いっぱい厳(いか)めしく顔を上げ、それだけで犬たちを落ち着かせた。オーケストラを静まらせるような気分で、支配者の喜びと陶酔を味わった。〝ダーター〟は操舵室に立って夜の闇を進みながら、「バット・ノット・フォー・ミー」を口ずさんでいた。ひそやかなその歌声はいつもため息のように聞こえ、心ここにあらずで、口にしている歌詞をほとんど意識していないようだった。それに僕は、この歌の表す悲しみが、〝ダーター〟の複雑に絡みあった女性関係とは程遠いものだと知っていた。だって、彼のためにアリバイを証言したり、会えない言い訳をするために公衆電話から嘘のメッセージを伝えたりしなければならなかったのだから。女性たちは、彼が実際に何の仕事をしているのかはもちろん、働いている時間も決して知りえなかった。

あのころ、昼も夜も、〝ダーター〟のあやしげな日程表に加わっていくにつれ、いつしか僕も、密輸船や獣医、偽造業者、ロンドン周辺の諸州のドッグレース場となじみになっていった。買収された獣医たちは、外国から来た犬たちにジステンパーの予防注射をした。一時的に犬舎が必要になることもある。偽造業者が出生証明書を作って、犬の出生地ということになっているグロスターシャー州やドーセット州に飼い主がいる証拠をでっちあげた——今まで英語なんて一言も聞いたことのない犬たちなのに、である。

僕にとって人生で初めての魔法をかけられたようなあの夏、レースシーズンの最盛期には週に四五頭以上もの犬を密輸した。ライムハウス近くのドックで、怯えた犬たちをムール貝漁船に乗せ、暗闇のなか川を進んでロンドンの中心に入り、ロウアー・テムズ・ストリートへ向かう。それから来たほうへ引き返して川を下る。夜遅く、犬のいなくなった船で川を戻るときだけ、〝ダーター〟は面倒なスケジュールから解放され、なんの邪魔も入らない。そんなとき僕は〝ダーター〟の世界が知りたくなる。そうした宵に、彼は自分自身のことやドッグレースの複雑な事情などをあけっぴろげに語り、そしてたまに僕に質問する。「小さいころにウォルターと会ったんだって？　そうなのか？」あるときそう尋ねてきた。僕がぎくっとして彼を見ると、太腿に大胆に置いた手を引っこめるみたいに、さっとその話を切り上げた。そして「うーん、そうか」とだけ言った。

僕がオリーヴ・ローレンスとの出会いについて尋ねたときは、まず彼女が好きだと打ち明けるところから話を始めた。「ああ、知ってたよ」と彼は答えた。これには驚いた。〝ダーター〟はいつも僕の反応に気づかないようだし、関心もなさそうだったから。

「で、どんなふうに出会ったの？」

彼は雲一つない空を指差した。「ちょっとアドバイスが必要で、彼女はその専門家だった……地理学者で、みん・ぞく・し・がく・しゃ、だ」本人と同じように言葉を区切ってゆっくり発音した。「そんな人間がいるなんてびっくりだよな？　いまだに月の様子とか、雲の形とかで、天気を予測するなんてさ。とにかく、彼女は俺が関わっていた件に役立ってくれた。それに俺は自分より頭のいい女が好きなんだ。いいか、彼女は……そう、驚かせてくれるんだ。あの足首！　まさか俺とつきあってくれるとは思わなかった。あの女はメイフェアなんだ、意味わかるか？　口紅だの、シルクだのが好きなんだ。弁護士の娘だが、もし俺が困ったことになっても、親父さんは助けてくれないだろうな。とにかく、彼女はレンズ雲や鉄床雲、青空の読み方なんてのをしゃべりまくっていた。まあ、俺が惹かれたのは足首だけど。グレイハウンドのようなラインが見事だったが、絶対にかなわないよ、彼女が相手じゃや。彼女の人生のほんの一端しかつかめない。だってさ、今どこにいるんだ？　なしのつぶてだよ。それでも、なあ、ヤギを食ったあの夜は、気に入ったんだと思う。もちろん本人は認めないだろうが、あの食事のあいだに、平和条約にサインしたようなものさ。たいしたご婦人だよ……だが俺向きじゃない」こんなふうに〝ダーター〟が僕を対等に見て、移ろいやすい女心の機微がわかる相手として話してくれるのが嬉しかった。それに、ヤギの件について別の見解を聞くと、これから入ろうとしている世界がさらに多層になっていくようだった。僕は自分が色を変えつつあるいも虫で、危なっかしくバランスを取りながら、一枚の葉から別の葉へ移ろうとしているような気がした。

　僕たちは黒く静まった川面をさらに進みながら、河口まですべてを独り占めしているように感じていた。通り過ぎる工業用の建物は、ひかえめな照明が星のようにかすかな光を放ち、まるで戦争中のタイムカプセルのなかにいるようだ。あのころは灯火管制と外出禁止令が布かれ、戦時用のほのかな明かりが灯るばかりで、無灯火のはしけだけが川のこのあたりを移動することを許されていた。僕は、少し前まで辛辣で敵対的だと思っていたウエルター級のボクサーが、こちらを向いて穏やかに語る姿を見つめた。彼はオリーヴ・ローレンスの足首と、シアンブルーの色チャートや風系の知識を表すのにふさわしい言葉を探していた。おそらく仕事上の理由でそうした情報を心にとめていたのだろうが、そのために彼女の首でゆっくり脈打っていた青い血管から気持ちがそれてしまったのかもしれない。

　〝ダーター〟は僕の腕をつかんで舵輪にのせると、船の端に歩いていき、テムズの流れに向かって放尿した。うなり声をあげている。彼はいつも動きに合わせて何かしら声を発するのだが、もしかすると秘めごとのさなか、オリーヴ・ローレンスの首がうっすらと汗に包まれて脈打ったときも、そうだったのではないか。ダリッジ・ピクチャー・ギャラリーに下見に行ったとき、〝ダーター〟が小便するのを初めて見たことを思い出す。口笛を吹きながら、右手の指に煙草をはさんだままペニスを持ち、小便器の縁に狙いを定めていた。「ムスコでオマルを狙い撃ち」とか何とか言っていた。今こうして僕がはしけの舵を取っていても、おなじみの独白が聞こえてくる。「どんなロシアの悲劇より――おいらの空は雲ばかり」恋人に会えないこんな夜更けに、ひとりでこっそり口ずさむのだった。

はしけが速度を落とす。ドックの防舷材に船をしっかりつないで、陸に上がった。夜中の一時だ。ふたりで彼の愛車モーリスまで歩いていき、車のシートに座ってしばらくそのままじっとしていた。なんだか別の物質に体をなじませるかのようだった。やがて彼はクラッチを踏みこみ、キーを回し、車の騒音が静寂を破る。彼はいつも危険なほどスピードを出して、入り組んだ暗く細い道を抜けていく。町のなかでこのあたりは、戦後になってところどころしか人が住んでいない。彼は煙草に火をつけ、窓を開け放つ。まっすぐ家に帰ることはなく、右へ左へ道を折れる。スピードをゆるめるタイミングも心得ていて、まるで逃走経路を試すかのように、いきなり見知らぬ道に入っていく。あるいは、この時間に目覚めているためには、こうした危険を冒さなければならないのだろうか。いかにも安全なのか？　僕は声には出さず、口だけ動かして〝蛾〟の質問を窓の外に向かって言ってみた。一度か二度、〝ダーター〟は僕が疲れていないようだと思ったらしく、消耗しきったふりをして助手席に移り、僕に運転をまかせた。クラッチを踏みこんで、コビンズ・ブルック・ブリッジをガタガタ渡っていくのを、彼は横目で見ていた。やがて、郊外に入るころには、僕たちの会話は途絶えていた。

こうしたさまざまな仕事を与えられるせいで、僕はしょっちゅうくただだった。犬の骨や血液の検査結果もでっちあげなければならない。大ロンドン・グレイハウンド協会の印章を偽造し、うちの「移民」たちが国内に一五〇あるドッグレース場のどこかで出走できるようにする。まるでモンテ・クリスト伯の舞踏会に偽名で集まる準備をするみたいだ。純血種の犬がどんどん交配されており、グレイハウンド業界は立て直せそうにない状況だった。オリーヴ・ローレンスは去り際に〝ダーター〟の企みを知ると、あきれ顔でこう言った。「次は何を持ちこむつもり？　フォックスハウンド？　それともボルドーから子どもでもさらってくる？」

「もちろんボルドーさ」〝ダーター〟は言い返した。

それでもムール貝漁船で過ごす夜が、僕は大好きだった。もともとは帆船だったが、今は近代的なディーゼルエンジンが取りつけられている。〝ダーター〟にこの船を貸しているのは、「波止場の立派な商人」で、週に三日しか船を使わないそうだ。ただし、王族の結婚がとつぜん発表されたら、そうはいかなくなる。フランスのル・アーブルのあこぎな工場で作って出荷する、王族の肖像つきの安い陶器を、急遽輸入することになるからだ。そうなったら犬の運搬は延期しなければならない。この灰色の長い船はオランダで造られて、かつては海岸沿いのムール貝の漁場を回っていたという。ほかのはしけとは明らかに異なり、テムズ川ではめったに見られない。船倉のバラストタンクに海水をためて、採ったムール貝を貯蔵し、港に着くまで鮮度を保つことができる。だが、僕たちにとっての何よりの利点は、喫水が浅いことだ。そのおかげで、河口からはるか西のリッチモンドまで、テムズ川を端から端まで移動できる。たいていの引き船やはしけには浅すぎるテディントンでも大丈夫だ。〝ダーター〟はほかの取引にもこの船を使い、テムズ川から北や東に延びる水路や運河を通って、ニュートンズ・プールやウォルサム・アビーに出かけていた。

僕の頭には今でもいろんな名前がこびりついている……イアリス・リーチ、カスピアン・ワーフ、それに真夜中をとうに過ぎたころ、〝ダーター〟と車で市内に戻るとき通った道も。僕たちはまたしてもてんやわんやの船旅を終えたばかりで、彼は僕が眠ってしまわないように、お気に入りの映画のストーリーを語ってくれるのだった。紳士ぶった声色で、『極楽特急』の台詞を再現する。「覚えておいでかな、コンスタンチノープル銀行を訪れ、コンスタンチノープル銀行を丸ごと持ち去った男を？　わたしがその男です！」明かりの消えた道を飛ばしながら、彼はこちらを見て、口論のときのオリーヴ・ローレンスの面白い癖を教えてくれたり、僕たちが通っている主な通りの名前をすらすらと言ったりする――クルックト・マイル、スアードストーン・ストリート、あるいは通りかかった墓地など。そしてこうつけ加えるのだった。「暗記しておけよ、ナサニエル。そのうちひとりで行かせることになるかもしれないからな」僕たちは猛スピードで走り、たいていは三〇分もかからずに市内に着いた。ときおり〝ダーター〟がばかでかい歌声を響きわたらせた。「花嫁よ――隣に彼をはべらせて」とか、「炎の女として知られた人よ」とか。はつらつと歌いながら急に片手を振る様子は、ふと心に浮かんだ偽りの情熱を記憶から追い払うかのようだった。

グレイハウンドのレースは、違法ながらすでに大活況のビジネスになっていた。なにしろ法外な金が動くのだ。大勢の人々がホワイト・シティ・スタジアムやブリッジ・アット・フラムに詰めかけたり、国中のあちこちにできる臨時のレース場を訪れたりした。とはいえ〝ダーター〟はこの商売にすぐさま飛びついたわけではない。まずは実状をくわしく調べた。この賭けごとはのけ者扱いされており、そのうち政府の規制を受けるようになると予測がついた。「デイリー・ヘラルド」紙の手厳しい社説は、グレイハウンド・レースが「消極的な余暇の過ごし方によるモラルの低下」を引き起こす、と国民に警告した。だが、〝ダーター〟は、これが消極的な余暇の過ごし方だとは感じていなかった。以前ハリンゲイで、オッズ四倍の本命が失格になったあと、観衆がスタートの飛び出し口を焼き払ったとき、彼も警察の持ちこんだホースでたたきのめされた大勢のなかのひとりだった。彼の読みでは、まもなく犬の管理許可、血統書、ストップウォッチ、機械仕掛けのウサギの公式スピードに関する規定まで導入されそうだ。そうなれば賭けは理にかなったものとなり、参入できる可能性は減るだろう。この商売にすばやく入りこめる狭き門、これまで見えていなかった隙間を、探り当てるか、あるいはこじ開けなければならない。すでに考えられたことと、まだ検討されていないことのぎりぎりのところに、なんとか割りこんでいかなければ。そして、〝ダーター〟がドッグレース場で目にしたのは、見分けのつかない犬たちの、判断不能な素質だった。

〈リュヴィニー・ガーデンズ〉で出会ったころ、彼はすでに未登録の外国の犬たちを数もわからないほど運びこんでいた。それまでに何年か、予想屋の移動テントで暮らしていたのだ。ドーピングの技術をものにして、犬に筋力と持久力を与えるだけでなく、てんかんの発作に使う鎮静剤ルミナールで催眠状態にして動きを鈍らせることもあった。この段取りには慎重なタイミングが必要だった。処方がレース開始の間際すぎると、犬が出走ゲートで眠りこんでしまい、山高帽をかぶった世話係に運びだされてしまう。だが、薬の摂取からレースまで二時間あれば、犬はひとまずまともに走り、最終コーナーを曲がるころにふらふらする。ルミナールを加えたレバーは、特定のグループの犬に与えるので――たとえばぶちの犬とか、雄犬とか――そいつらには賭けないようにできる。

ほかにも、誰かの家の科学実験で作られた調合薬が試されたりした。性病患者の生殖器から採取した液体を与えられた犬は、とつぜんの痒(かゆ)みで気が散ったり、予期せぬ勃起で取り乱したりして、最後の一〇〇メートルでペースが落ちた。それから〝ダーター〟は、クロロブタノールの錠剤を使いはじめた。歯医者から大量に仕入れて、お湯に溶かすのだ。これでまた催眠状態を起こせるようになった。〝ダーター〟いわく、北米の公園管理官がマスにタグづけをする際、使っていたものだそうだ。

〝ダーター〟はいったいいつどこで、化学や薬学のそんな知識を得たのだろうか。確かに彼は好奇心が強く、誰からでも情報を引き出すことができる。バスで隣りあわせたお人よしの薬屋からでさえも。オリーヴ・ローレンスから気象システムについて詳しく教わったのと同じようなやり方だ。けれども、自分のことはなかなかさらけ出さない。そうした性分は、もしかしたらピムリコ出身のボクサーとして過ごしたころの名残りかもしれない。フットワークは軽く、口は重く、得体がしれないが、他人のボディーランゲージには関心が高い――カウンターパンチを打ち、注意深く観察し、そして相手のスタイルをまねる。ずっとあとになってから、彼が薬物に詳しいことと、姉のてんかんに気づいたことが、ようやく頭のなかで結びついた。

僕が彼のもとで働きはじめたころには、ドーピングの黄金時代はほぼ終わっていた。年間三四〇〇万人もの観客がグレイハウンドのレースに足を運ぶ。だが、今ではレース協会が唾液と尿の検査をおこなうようになり、〝ダーター〟は再び理屈や才能だけを当てにせず犬に賭けてもらえるようにするため、別の方策を編みだす必要に迫られた。そこで次にやったのは、レースを混乱させて運を取り戻すべく、サクラを雇ったり替え玉を使ったりすることだった。僕もその企みにすっかり巻きこまれ、できるだけ頻繁に彼に同行した。上げ潮に運ばれてロンドンの町に出入りした船旅の夜を、今もときどき懐かしく思う。

あれは灼けつくように暑い夏だった。僕たちはいつもムール貝漁船に閉じこもっているわけではなかった。ときどき、イーリング・パーク・ガーデンズにひそかに置かれているアンダーソン収容所から、犬を四、五頭連れ出して後部座席に乗せ、ロンドンから出かけていった。犬たちは王族のように無表情に、モーリスの窓から外をのぞいていた。小さな町の草レースで、そいつらを地元の犬たちと走らせ、野原を仕切ったコースをモンシロチョウみたいにすっ飛んでいく姿を眺める。やがてロンドンに戻るときには、〝ダーター〟のポケットの金は増え、犬たちはくたくたになって後ろで寝そべっていた。やつらはいつでも走りたがっていて、どこへでも突進していくのだった。

輸入した替え玉たちが、まともなレース犬になるか、あるいはジステンパーで倒れるか、僕たちには見当もつかなかった。だが、それを知る者など誰もおらず、そこが金銭的な魅力でもあった。サマセットやチェシャーに向かって車を走らせるとき、後ろでぐったり寝ている犬たちについて僕たちが知っているのは、彼らが船から降りてきたばかりだということだけだった。〝ダーター〟はその犬たちには決して賭けなかった。彼らはただ、役に立たないトランプのカードのように、本命をごまかすためにだけ存在するのだ。シロウトのレース場がそこらじゅうにできて、僕たちはその評判をいちいち把握していた。僕は地域の大きな地図を広げては、非公認の三流レース場がある村や難民キャンプを必死に探した。なかには鳩の羽根を束ねて枝に結わえつけ、野原で車に引きずらせて、それを犬が追いかけるというところもあった。また、あるレース場を訪れたときには、機械仕掛けのネズミを使っていた。

そうしたドライブで僕の記憶にあるのは、信号で止まるたびに〝ダーター〟が後ろに身をよじらせて、怯える犬たちを優しくなでてやっていたことだ。犬好きだからというわけではないと思う。ただ、彼らが英国の地に降り立ってから一日かそこらしかたっていないことを、〝ダーター〟はよく知っていた。もしかしたら、そうすることで犬たちが落ち着いて、数時間後に遠くのレース場で走るとき、彼に何かしら恩義を感じてくれると考えたのかもしれない。犬たちが〝ダーター〟のもとにいるのはごく短い時間に過ぎず、その日の終わりにロンドンに帰るときには数が減っていた。なかにはレースをやめようとせず、森のなかへ消えてしまい、二度と姿を見せなかった犬もいる。一、二頭、ヨーヴィルの牧師に売ったり、ドディントン・パークでポーランド人の難民キャンプの誰かに売ったりもしたようだ。〝ダーター〟には所有することや受け継ぐことへの感傷がいっさいなかった。犬でも人間でも、血筋といったものをばかにしていた。「問題なのは家族ではない」彼の口ぶりは、意外にも見過ごされていた聖書の「ヨブ記」の一節でも引用するかのようだった。

「クソみたいな肉親だよ。そんなやつらは無視しろ！　立派な父親になれそうなやつを見抜くんだ。優れた血統に取り替え子を入れてかき混ぜるのが大事なんだ」〝ダーター〟は自分の家族といっさい連絡を取っていなかった。なにしろ一六のとき、ピムリコのボクシングのリングに売り飛ばされたようなものだったから。

ある晩、彼は〈リュヴィニー・ガーデンズ〉の一三番地に重い本を抱えてきた。近所の郵便局のカウンターに鎖でつないであった冊子を、苦労して持ち帰ったのだ。「レース詐欺」への注意を促すべくグレイハウンド協会が発行した台帳で、法を犯している疑いのある人物がずらりと一覧になっていた。顔写真が並び――ぼやけたものや、見分けのつかないものもあった――その横に事件のリストがついている。文書偽造から犬券の印刷に始まり、ドーピングや八百長、スリ、さらには口説こうとして近寄ってくる連中がいるので注意しろという呼びかけまであった。〝ダーター〟はレイチエルと僕に、三〇〇ページもある犯罪者のリストに目を通して俺を見つけてみろ、と言った。だが、もちろん見つからなかった。「やつらには俺の正体がまったくわかってないんだな！」彼は誇らしげに声をあげた。

今や彼はドッグレースのルールをくぐりぬける手法に長けていた。そしてある日、初めてルールをめちゃめちゃにしたときのことを、ちょっと恥ずかしそうに僕たちに打ち明けた。レース中に、本物の猫をコースに投げこんだのだ。彼が賭けていた犬は――それが彼にとって最初で最後の賭けとなった――第一コーナーで誤ってフェンスにぶち当たった。一方、ほかの犬たちは目の前に猫を投げこまれて、すっかり気が散ってしまった。結局レースを続けたのは、毎分一五〇〇回転する二馬力のモーターで動かされている機械仕掛けのウサギだけだった。レースは無効とされ、猫は姿を消し、〝ダーター〟も元の掛け金を取り戻したあとその場を去った。

〝ダーター〟の女友だちは誰ひとりとして町の外への遠出についていきたがらなかった。でも、犬を飼った経験がなかった僕は、バックシートに座り、犬たちが鼻先を温めようとして肩にのせてくることを好んだ。孤独な少年にとって、彼らは利口でお茶目な仲間だった。

僕たちは日が暮れるころ、市内に戻った。犬たちはくっつきあって眠りこけている。きらめく街の灯りも、三〇分前に〝ダーター〟が肩越しに投げてやったサンドイッチの食べかすさえも、彼らを目覚めさせなかった。〝ダーター〟はどうしてもはずせない夕食の約束があるとのことで、モーリスの運転を代わり、イーリング・パーク・ガーデンズのアンダーソン収容所に犬たちを返してくるよう、僕を言いくるめた。一生恩に着るから、と。彼は途中の地下鉄の駅で降り、グレイハウンドの臭いを服につけたまま、新しい愛人に会いに出かけていった。僕には免許がないが、とにかく車がある。犬たちを乗せたまま、町なかを出てミル・ヒルに向かった。

僕はまた別の空き家でアグネスと会うことになっていた。車を停めて窓を下げ、犬たちのために空気を入れてやった。家に向かって歩きながら振り向くと、犬たちは悲しげに僕を見つめ、うらめしそうな顔をしている。アグネスが玄関ドアを開けた。「ちょっと待って」僕は言った。駆け戻って、犬たちを小さな前庭に連れていき、用を足させた。犬たちを集めてモーリスに戻そうとしたとき、みんな入ったら、と彼女が言いだした。とたんに犬たちは僕の横をすり抜け、真っ暗な家のなかへ飛びこんでいった。

僕たちは玄関の下に鍵を置き、興奮して吠えまくる声のあとを追った。今回も明かりをつけることは厳禁だ。三階建てで、ふたりともこんな大きな家には入ったことがないし、しかもまったく傷(いた)んでいない。彼女の兄は戦後の不動産業界でのしあがりつつあった。僕たちはガスこんろの青い輪で缶入りスープを二つ温めてから、二階の床に落ち着き、街灯からこぼれる光のなかで、見つめあいながら話をした。今では気持ちが楽になり、ふたりのあいだで何が起こるか、何ができるか、何をしてはいけないかといった緊張がずいぶん和(やわ)らいでいた。僕たちはスープを飲んだ。犬たちは駆け回って、部屋に入ってきたりまた出ていったりしている。会うのはちょっと久しぶりで、情熱的な夜を求めていたとしたら、まあそうなったが、予想していたふうではなかった。アグネスの過去はよく知らなかったが、僕はすでに書いたとおり、子どものころに犬と暮らしたことは一度もなかった。それが今、貸家の広く仄暗い部屋で、僕らは犬たちと床に転がっている。犬たちのとがった口が僕らの裸の胸に当たって温かい。街灯の光の入る窓を避け、口笛で合図しあいながら、部屋から部屋へ走った。一頭の犬を、彼女と僕の腕が同時につかまえた。彼女は天井に向かって顔を上げ、その先にある月に吠えた。おぼろな光を浴びた犬たちは、まるで色白なアリクイのように見えた。犬たちを追って離れた部屋まで走る。狭くて暗い階段から降りてくる犬と出くわす。

「どこにいるの？」

「後ろよ」

自動車のライトが窓を照らし、上半身をあらわにしたアグネスが目に入った。一頭の犬を腰のあたりで抱え、階段のいちばん下に降ろそうとしている。階段を怖がっていた犬だ。あの時期の記憶はわずかばかりだし、整理も分類も中途半端なままだけれど、僕の人生におけるあの聖なる瞬間だけは、しっかりと心にとどめ続けている。犬を抱いたアグネス。ほかの記憶と違って、そこには場所と日付がちゃんとある――灼熱の夏の終わりの日々だった。そして僕には、はるか昔、若き日のわが相棒が、ロンドン東部や北部のいくつもの借家のこと、ミル・ヒルの三階建ての家のことを、今も覚えているか、はたして思い出すことはあるのか、知りたいという願いがある。車の後部座席に何時間も閉じこめられていたあと、解放されてめちゃくちゃにはしゃぎまわる犬たちに、僕たちも思いきり体当たりしたことを。犬たちはレース用の爪をハイヒールのようにカツカツと鳴らして、むき出しの階段を昇り降りしていたっけ。まるでアグネスも僕も、犬たちの甲高い吠え声と、無駄な元気につきあって駆け回ること以外、あらゆる欲望を捨て去ったかのようだった。

僕たちは犬のしもべか執事になり果てた。汲みたての水を出せば、犬たちは行儀悪く音をたてて飲み、盗んできたサンドイッチの残りを放り投げれば、僕たちの頭の高さまでジャンプして食いついた。雷が鳴ったときは知らん顔だったが、雨が降りだすと、動きを止めて大きな窓のほうを向いて首を傾げ、どこか暗示的なポツポツという音に聞き入っていた。「泊まっていこうよ」と彼女が言った。そして、犬たちが丸まって寝てしまうと、僕たちもそのそばの床で眠った。まるでこの動物たちに囲まれることが、僕たちのあこがれの暮らしであり、望んでいた仲間を得たかのようだった。それはあのころロンドンで味わった、イカレていてちっぽけで、なのにとても大切で忘れられない、人間らしい瞬間だった。ふと目覚めると、眠っている犬の細い顔がすぐそばにあり、僕の顔に静かに寝息を吹きかけながら、さかんに夢を見ていた。犬は僕の呼吸が変わったのを聞きつけて目を開けた。それから体の位置を変えて、前脚をそっと僕の額にのせた。こまやかな思いやりの仕草か、あるいは優位の主張なのか。そこには叡智が感じられた。「どこから来たの？」僕は訊ねてみた。「どこの国？　教えてくれよ」ふと気づくとアグネスが立ってこちらを見ていた。すでに服を着て両手をポケットに突っこみ、僕を見つめ、声を聞いていた。

世界の果てのアグネス。アグネス・ストリートの、ミル・ヒルの、そしてあのカクテルドレスを失くしたライムバーナーズ・ヤードの、アグネス。あのときすでにわかっていたのだ、僕の人生のこの部分だけは、〝ダーター〟や〝蛾〟から遠ざけておかなければいけないと。彼らの世界は、両親が消えたあと僕が住んでいたところ。そして、アグネスの世界は、今や僕がひとりで逃げこむ場所だった。

*

秋になった。レース場も田舎の草レースも休みに入ろうとしていた。けれど僕はまだ〝ダーター〟の世界にどっぷり関わり、大事な仲介役を務めていたので、新学期が始まっても、学校をサボるよう僕をそそのかすのは簡単だった。最初のうちは週に二日休む程度だったが、まもなくさまざまな病気を口実にしはじめ、本で読んだばかりのおたふく風邪から、まわりで流行しているどんな病気でも理由にした。新しいコネのおかげで偽物の健康診断書も提出できた。レイチェルはこうした状況をいくらか察し、特に週三日も休むようになれば気づかないわけがなかった。けれど、〝ダーター〟は僕に、〝蛾〟には決して知らせるなと、おなじみの複雑なやり方で手を振って忠告した。そのころには僕もそれをどう解釈すればいいかわかるようになっていた。とにかく、中等教育修了試験の準備に費やすはずだった時間より、ずっと魅力的な活動だった。

〝ダーター〟のムール貝漁船は、新たな目的を持って動きはじめていた。最近は「波止場あたりの立派な商人」のために、ヨーロッパの磁器を運んでいる。箱詰めの荷物は犬よりよほど扱いやすかったが、彼は腰痛を理由に手伝いが必要だと訴えた――「暗い路地や隠れ家で立ったままヤリすぎたんだ……」そんな言葉を芝居の一節のように言い放つのだった。こうして彼はレイチェルを丸めこみ、週末にはまた小銭稼ぎに船に乗せるようになった。今度はテムズ川から北に流れる細い運河を上るルートで、それまで知らなかった場所だ。出発地と目的地はいつも違っていた。カニング・タウンの税関の裏口に行ったり、ロザハイズ・ミルのそばの浅い小川を漂うこともあった。もはや二〇頭の犬を静かにさせる必要はない。昼間の仕事で、あたりは秋の静けさ。日に日に寒さが募っていた。

〝ダーター〟と長く過ごすうちに、一緒にいるのが気楽になった。日曜の朝、はしけが木々の下を進むとき、彼は木箱に腰かけて新聞をめくり、上流階級のゴシップを見つけては、好みの記事を声に出して読みあげた。「おいナサニエル――ウィルトシャー伯爵が誤って窒息死したそうだ。首にロープを巻き、もう一方の端を芝生用の大きなローラーに縛りつけて、本人は半裸だった……」高貴な身分の人がなぜそんなまねをしたのか、〝ダーター〟は説明するのを拒んだ。とにかく、芝地がゆるやかに傾斜していたのでローラーは静かに下りつづけ、服を脱いだ伯爵の身体を引きずって、ついには絞め殺したのだった。その芝生用ローラーは伯爵の一族で三世代にわたって受け継がれていた、と「ニューズ・オブ・ザ・ワールド」紙は締めくくっていた。僕よりも真面目な姉は、そんな話を無視して『ジュリアス・シーザー』の台詞を覚えることに集中していた。今学期、学校の劇でマルクス・アントニウスを演じるのだ。僕のほうはこの時点で、卒業試験には間違いなく落ちるだろうと考え、『ツバメ号とアマゾン号』を読み返そうともしなかった。〝ダーター〟に言わせれば「クソみたいな本」だ。

ときどき〝ダーター〟は頭を後ろにそらし、僕と会話しようとした。学校の勉強はどうかと気遣いを見せてくれた。「まあね」と僕は答えた。

「それから数学はどうだ——二等辺三角形って知ってるか？」

「うん、もちろん」

「すばらしい」

若いうちは、気遣いなどというものに、かりそめにも心を動かされたりはしない。だが、今になって思い返すと、ぐっときてしまう。

僕たちは狭い運河を上流へ進んでいった。あたりの雰囲気が変わり、黄色く色づきかけた木の葉の向こうに日が落ちて、湿った地面の匂いが土手から立ちのぼる。ライムハウス・リーチではしけに荷物を積んできたが、そこは何世紀も前に石灰を作っていた場所だと〝ダーター〟が教えてくれた。東インドからの移民はそこで船を降り、通じる言葉も知らぬまま新しい国に踏みだしたのだ。

僕は〝ダーター〟に、ラジオでシャーロック・ホームズ物の「唇のねじれた男」というミステリーを聴いたら、ちょうどその朝に磁器を積みこんだ場所が舞台になっていたという話をしたが、彼は疑わしげに首を振った。文学なんて自分の住む世界とはまったく無関係だとでもいうように。彼が読むのはせいぜい西部物か、暴力的な官能小説で、特に記憶にあるのは、その二ジャンルを混ぜあわせたような『じゃじゃ馬峠』とかいう本だった。

ある午後、僕たちのはしけは、ラムフォード運河の狭くなっている土手のあいだを急がなければならなかった。姉と僕はデッキの向こうとこっちに立ち、舵輪を握る〝ダーター〟に大声で方向を指示した。運河の最後の一〇〇メートル近くは、一面に木々が生い茂っていた。その先に大型トラックが待っており、ふたりの男が船に近づいてきて、無言で積み荷を降ろした。〝ダーター〟はろくすっぽ挨拶もしなかった。それから、水路が少し広くなるまで四〇〇メートルほど、追い詰められた犬が後ずさりするように、はしけをバックさせた。

ラムフォード運河は目的地の一つに過ぎなかった。別の日には、ガンパウダー・ミルズ運河に船を出した。かつては浅喫水船とバラストいかだだけがそこを通り、軍需品を運んでいた。無垢な顔をしたこの運河は、二〇〇年近くもそうした目的のために利用されてきたが、それは運河の先にウォルサム修道院があるからだった。この壮大な建物には一二世紀から修道士が暮らしていた。先の戦争中には、数千人が修道院の敷地内で働き、製造した爆薬はこの運河や支流を通ってテムズ川へ運ばれた。軍需品を運ぶには、公道を通るよりも静かな水路を行くほうが、常に危険が少なかった。ときには、はしけにロープをかけて馬に引かせたり、両岸から数人のチームで引っぱったりした。

だが、もはや軍需工場は取り壊され、使われなくなった運河は沈泥でふさがれて、草ぼうぼうの土手にはさまれて幅が狭くなっている。週末になると、レイチェルと僕は〝ダーター〟の助手としてここに来て、静まりかえった水路を漂い、新世代の鳥のさえずりに耳を傾けた。僕たちが運んでいるのは、おそらく危険なものではないだろうが、確証はなかった。〝ダーター〟によると、ドッグレースのシーズン中にはしけを貸してくれている商人に借りを返すために、ヨーロッパの磁器を配送しているという話だったが、こうしょっちゅう経路と行き先が変わると、レイチェルも僕ももはやそれを鵜呑みにはできなくなっていた。

いずれにしても、気候が厳しくなるまで、僕たちはほとんど使われていない運河を通り、狭い水路に船を進めていった。〝ダーター〟はシャツを脱いで、肋骨の浮いた白い胸を一〇月の太陽にさらし、僕の姉は『ジュリアス・シーザー』での自分の登場と退場のきっかけを覚えようとしていた。やがてウォルサム修道院の褐色砂岩の壁が見えてきた。

斜めに進んで土手につけると、またもや口笛が聞こえ、そしてまたもや男たちが現れて、船荷を近くの大型トラックに積みこみだした。今回もお互い無言だった。〝ダーター〟は半裸のまま突っ立って眺めるだけで、挨拶も会釈すらもしなかった。片手を僕の肩にのせていて、それが彼と僕を深くつないでいるように思われ、心が安らいだ。男たちが引きあげ、トラックは覆いかぶさる枝の下をくぐって、泥道を跳ねるように遠ざかっていった。船には十代の若者がふたり、ひとりは熱心に勉強に取り組み、もうひとりは粋な学生帽をかぶっている、そんな光景はさぞ罪とは無縁に見えたに違いない。

あのころの僕たちは、どんな家庭の一員だったのだろう。今にして思えば、レイチェルと僕は、偽の証明書つきの犬たちと似たり寄ったりの、素性も知れない存在だった。あの犬たちと同じように僕たちも解き放たれ、規則にも秩序にもなじまなくなっていった。だが、それで僕たちはどうなったか。若いころ進むべき道が見えないと、自分を押し殺しそうに思われるが、むしろ法を犯す人間になってしまう場合もある。自分が簡単に姿をくらまし、世間から認識されずに済むと気づくのだ。今となっては、「スティッチ」とは誰だったのか。「レン」とは何者だったのか。アグネスとの密会のせいで、僕の心には泥棒の狡猾さが入りこんだのか。それとも、学校をさぼって〝ダーター〟と過ごしたせいだろうか。喜びや苦しみではなく、緊張やスリルを味わったからだろうか。成績表が届くと、僕はやかんで湯を沸かし、蒸気をあてて公用封筒を開け、自分の成績を見た。教師たちの評価があまりに冷ややかだったので、〝蛾〟に渡すのはばつが悪い気がした。両親が戻ってくるまで彼が保管することになっていたのだ。僕は成績表をガスこんろで燃やした。情報があまりにも多すぎた。欠席日数は数えきれないほどだ。「並」といった言葉が、ほぼすべての項目にお経のように現れる。燃え殻を封筒に戻すみたいにして階段の絨毯の下に押しこみ、その週のあいだずっと、レイチェルの成績表は届いたのに僕のはまだだ、と文句を言っていた。

人生のあの時期に僕が犯した法は、ほとんどがささいなものだった。一方アグネスは、働いているレストランで食べ物を盗んでいた。ある晩、職場を出る前に、冷凍ハムの分厚い切り身を脇の下に押しこんだ。帰りがけに用事で引きとめられるうちに体温が下がり、出口で気を失いそうになって、ハムがブラウスの裾からリノリウムの床に滑り落ちた。どういうわけか雇い主は彼女を気遣い――彼女は人気者だった――そのまま罪を見逃した。

〝蛾〟は相変わらず〝シュヴェーア〟という言葉を繰り返し、ゆゆしき事態に備えるよう僕らに言い聞かせていた。でも僕は、困難なことや理解しがたいことを、避けたり無視したりするばかりだった。僕にとって非合法な世界は、危険というよりむしろ魅惑的に思えた。〝ダーター〟から「レッチフワースの偽造王」のような人物に紹介されることにも胸がときめいたし、アグネスの決めた移動ルールもそうだった。

僕たちの両親が消えてから、約束の一年が過ぎて――レイチェルのなかで傾きのようなものが生じていた。今や姉は夜型の人間だった。〝蛾〟が友人のオペラ歌手にレイチェルを推薦し、夜、コヴェント・ガーデンでアルバイトをするようになった。レイチェルは舞台の仕事に関わることなら何でも夢中になった――雷の音を出す柔らかい金属の板、セリ、舞台で焚かれるスモーク、スポットライトの青い反射。僕が〝ダーター〟によって変わったのと同じように、今レイチェルは劇場の世界へ歩みだし、舞台のプロンプターを務めるようになった。といっても合図を送る先は、イタリアやフランスのアリアを歌うテノール歌手ではない。舞台上に大急ぎで布の川を作ったり、六〇秒の暗転中に城壁を片づけたりする道具係に、タイミングを知らせる役目だった。そんなわけで僕たちの昼や夜は、〝蛾〟に警告されていた〝シュヴェーア〟な時期という感じではなかった。僕たちにとっては世界へのすばらしい入口だったのだ。

ある晩、アグネスとふたりでゆっくり過ごしたあと、僕は地下鉄に乗って家に向かっていた。ロンドン中心部に戻るには何度も乗り換えなければならず、ひどく眠かった。ピカデリー線をオルドウィッチ駅で降りてエレベーターに乗りこんだ。ここはいつも地下鉄の駅から三階上まで、ガタガタ音をたてて揺れながら上がっていく。のろのろ動く寂れたエレベーターは、ラッシュアワーには五〇人の通勤者を乗せることもあるが、今は僕ひとりだった。その真ん中で丸い電球が仄暗い光を放っていた。僕のあとから、杖を持った男がひとり乗ってきた。さらにもうひとりの男が続く。蛇腹の格子扉が閉まり、エレベーターは暗闇をゆっくりと昇りだした。一〇秒ごとに各階を通過するとき、彼らがこちらをじっと見ていることに気づいた。ひとりは何週間か前にバスでアグネスと僕をつけてきた男だった。その男が杖を振りあげて電球を割り、もうひとりが非常レバーを引いた。警報が鳴り響く。ブレーキがかかる。僕たちはふいに宙づりになり、つま先立ちで飛び跳ねて、暗闇に吊るされた籠のなかでバランスを取ろうとした。

〈クライテリオン〉で過ごした退屈な夜は無駄ではなかった。たいていのエレベーターには肩か足首の高さにブレーキをはずすスイッチがあることを僕は知っていた。いちかばちかだ。ふたりの男が迫ってくるなか、かごの隅までさがった。くるぶしのあたりにスイッチを探りあて、蹴飛ばしてブレーキのロックを解除した。かごのなかで赤いライトが点滅する。エレベーターが再び動きだし、地上階で蛇腹の扉が開いた。ふたりの男たちは後ずさり、ひとりは杖を床の真ん中に投げつけた。僕は夜の闇に駆けだした。

怯えて半分笑いながら帰宅した。〝蛾〟がいたので、巧みに逃げてきた話をした――〈クライテリオン〉での経験が、知恵を授けてくれたのだ、と。金を持っていると思ったんだろうね、と僕は言った。

＊

翌日、アーサー・マキャッシュという男が、うちに入りこんできた。〝蛾〟は、友だちを食事に招いたのだと言った。長身でがりがりに痩せている。眼鏡に、もじゃもじゃの茶色い髪。大学卒業前の青年の風貌をずっと保ちつづけるタイプだとすぐにわかる。チームスポーツにはちょっとひ弱すぎる。やるならスカッシュあたりか。だが、こうした第一印象は見当はずれだった。よく覚えているのだが、初めてのその晩、食卓を囲んだ人々のなかで、古いからしの瓶の蓋を開けられたのは彼だけだった。さりげなく蓋を回して、それをテーブルに置いたのだ。袖をまくり上げていて、腕の筋肉のたくましさが目についた。

アーサー・マキャッシュについて、僕たちは実のところ何を知っていたのか、何を理解していたのか。彼はフランス語や、ほかの言語も話せたのに、その能力についていっさい触れようとしなかった。もしかしたら、ばかにされると思ったのかもしれない。さらには、噂なのかジョークなのか、誰も話さない世界共通語のエスペラント語も知っているとささやかれていた。アラム語ができるオリーヴ・ローレンスなら、そうした知識を高く評価しただろうが、そのころにはもういなくなっていた。マキャッシュが言うには、最近まで海外に駐在しており、レヴァント地方で農作物の調査にあたっていたとのことだった。あとで聞いた話によると、オリヴィア・マニング著『戦火燃ゆる時』の登場人物サイモン・ボルダーストーンは、マキャッシュをモデルにしているらしい。思い返すと、かなり真実味がありそうだ――確かに彼は別の時代から来たように見えた。砂漠の気候に身を置くほうが幸せという英国人の手合いだった。

ほかの客たちと違って、マキャッシュは無口で控えめだった。いつもどういうわけか、誰にせよ大声で議論している人間のそばにいた――要するに、仲裁に入ることは求められていなかった。いかがわしい冗談にも相槌を打つが、自分から口にすることは決してなかった――ただし一度だけ、驚くべき宵があった。酔っぱらっていたのか、アルフレッド・ラントとノエル・カワードの出てくる滑稽五行詩を暗唱して、部屋じゅうの人を仰天させたのだ。翌日にはもう、まわりにいた人々の誰も正確には記憶していなかったが。

アーサー・マキャッシュは、〝蛾〟の活動に対する僕の理解を混乱させることになった。彼はこの集まりでいったい何をしているのか。自説を曲げない人々のなかで、ほかの連中とは違って見えた。無力で自信なさげに振る舞うが、ひょっとしたら実はとても自尊心が高くて、それがばれないようにしているのではないか。人づきあいを避けていた。今になってようやく気づいたが、彼には恥じらいがあって、別の自分を装っていたのではないだろうか。レイチェルと僕だけが若者だったわけではないのだ。

両親の家に入りこんできた人たちの正確な年齢は、今もわからない。少年の目を通して見たのでは、年齢のちゃんとした記録にならないし、それに戦争のせいで、年齢や階級の読み取りがよけいに難しくなっていたのだと思う。〝蛾〟はうちの親たちと同じ世代に感じられた。〝ダーター〟はいくつか若そうだったが、それはただ跳ねっ返りだったせいかもしれない。オリーヴ・ローレンスはさらに若い。そう見えたのはたぶん、彼女がいつも目を向けていたのが、これから目指すもの、自分の心をとらえるもの、人生を変えるものだったからだと思う。彼女は進んで変化を受けいれた。一〇年あれば、違うユーモア感覚を身に着けることだってできるだろう。一方〝ダーター〟は、謎と驚きに満ちているけれど、自分が踏み固めてずっと進んできた道をひたすらに歩みつづけていた。まったく救いがたいやつであり、そこが彼の魅力だった。それこそが僕たちにとって安全に感じられる点だった。

翌日の午後、ヴィクトリア・ステーションで電車を降りると、肩に手が置かれた。「来いよ、ナサニエル。お茶しよう。ほら、かばんを持ってやる。ずいぶん重そうだな」アーサー・マキャッシュは僕の学生かばんを持ち、駅のカフェテリアのほうへ歩きだした。「何を読んでるんだ？」と振り向いて尋ねたが、足は止めない。スコーン二つとお茶を買った。僕たちは席についた。彼はテーブルクロスを紙ナプキンで拭いてから、そこに両肘をついた。僕は彼が背後から近づいてきて肩に触れ、かばんを持ってくれたことについてまだ思いをめぐらせていた。見知らぬ人も同然なのに、そんなことをするのは普通ではない。列車のアナウンスが頭上で鳴りつづけ、やかましいが何を言っているのかわからなかった。

「僕が好きなのはフランスの作家なんだ」彼が言った。「フランス語は話せる？」

僕は首を振った。「母さんはフランス語が話せます」と答えた。「でも、どこにいるかわからないんだ」この話をこんなに簡単に口にできるなんて、自分でも驚きだった。

　彼はカップの側面を見つめた。ちょっとしてからカップを持ち上げ、熱いお茶をゆっくりと飲んで、カップの縁ごしにこちらを眺めた。僕も見つめ返した。この人は〝蛾〟の知りあいで、うちにも来ていた人なんだ。

「きみにシャーロック・ホームズを何冊かあげなくちゃ」と彼は言った。「きっと気に入ると思うよ」

「ラジオで聴いたことがあるけど」

「でも、本も読んでみるといい」そして何かを暗唱しはじめた。恍惚としたように、早口で高い声になった。

**「あんなところできみに会うとは実に驚いたよ、ホームズ」**

**「だが、きみを見つけた僕ほどではないだろう」**

**「僕は友を見つけにきたんだ」**

**「僕は敵を見つけにきた」**

　物静かなマキャッシュが自分の熱演に高揚したらしく、そのせいで台詞が滑稽になった。

「地下鉄のエレベーターで危ない目にあったそうだね……ウォルターから聞いたよ」さらに、あれこれ詳しく尋ねはじめた。具体的にはどこだったのか、相手はどんな風貌だったのか。そして、一呼吸置いてからこう言った。「お母さんはきっと心配しているだろうね。そう思わないか？　そんなに夜遅く外にいるなんて」

僕は彼をじっと見つめた。「母さんはどこにいるの？」

「お母さんは遠くにいる。大事なことをしているんだ」

「どこにいるの？　危険なんですか？」

彼は口をおおうような仕草をして、立ち上がった。

僕の心は乱れていた。「姉に話してもいいですか？」

「レイチェルとは話したよ」と彼は答えた。「お母さんは大丈夫だ。とにかく気をつけろ」

僕は彼が駅の雑踏に消えていくのを見送った。

まるで謎解きの夢でも見たようだった。だが翌日、再び〈リュヴィニー・ガーデンズ〉にやってきた彼から、コナン・ドイルの小説のペーパーバックをそっと渡されて、僕はさっそく読みはじめた。とはいえ、いくら自分たちの人生に起こっていることへの解答を知りたくても、母の居所や、アーサー・マキャッシュがうちで何をしているかについて、手がかりが見つかりそうな霧深い街角も裏道も、僕にはなかった。

＊

「『以前は夜通し、まんじりともせず、大きなパールを望んだものだ』」

僕は眠りかけていた。「えっ？」と聞き返す。

「本で読んだの。あるおじいさんの願い。今も覚えてる。毎晩、自分に言い聞かせているのよ」アグネスは頭を僕の肩にのせ、その眼は暗闇のなかで僕を見つめていた。「何か話して」とささやいた。「覚えていること……そんなふうな」

「ぼ……僕、何も思いつかない」

「なんでもいいの。好きな人でも、好きなことでも」

「それじゃ、姉さんかな」

「どんなところが好きなの？」

　僕が肩をすくめると、彼女にもそれが伝わった。「さあね。このごろはめったに会わないんだけど。お互いそばにいると安心できる気がする」

「つまり、いつもは安心できないってこと？」

「どうかな」

「なんで安心できないの？　肩をすくめないで話して」

　僕たちの寝ている広い空き部屋の暗闇を見上げた。

「ご両親ってどんな方なの、ナサニエル？」

「ちゃんとしてるよ。父は市内で働いてる」

「もしかしておうちに招いてもらえるかしら」

「いいよ」

「いつ？」

「さあね。きみはうちの親のこと気に入らないと思うよ」

「ちゃんとした人たちなのに、気に入らないの？」

僕は笑い声をあげた。「ただ面白くないってだけ」と言った。

「わたしみたいに？」

「ううん。きみは面白いよ」

「どんなふうに？」

「よくわかんないけど」

彼女は黙りこんだ。

僕は言った。「きみとなら何だって起こりそうな気がするんだ」

「わたしは働いてる。訛りがある。だからご両親に会わせたくないんでしょ」

「わからないだろうけど、今うちは奇妙なんだよ。本当に奇妙なんだ」

「なぜ？」

「いつもたくさん人がいるんだよ。おかしな連中が」

「それならわたしもなじめるわ」僕の答えを待って、また黙りこんだ。「じゃあうちのアパートに来る？　わたしの親に会う？」

「うん」

「うん？」

「うん。そうしたい」

「びっくりだわ。自分の家には呼びたくないのに、こっちには来るわけね」

僕は何も言わなかった。それから、「きみの声、好きだな」

「ばか」暗闇のなかで彼女が顔をそむけた。

あの晩、僕たちはどこにいたのだろう？　どの家に？　ロンドンのどのあたりに？　どこでもかまわない。あれほどそばにいてほしいと思う人はいなかった。そして同時に、ふたりには、もしかしたらこれで終わるかもしれないという安堵もあった。というのも、あちこちの空き家に僕を出入りさせるこの娘といるのは、僕にとっていちばん心が安らいだけれど、彼女にしてみれば当然わいてくる疑問を投げかけられて、僕の二重生活の言い訳をするのはひどく難しくなってきていたのだ。ある意味、僕は彼女について何も知らないことが心地よかった。親の名前も知らなかった。何をしているのか尋ねたこともない。僕はただ彼女だけに関心を持っていた。アグネス・ストリートというのが名前ではなく、今ではもうどのあたりかも忘れてしまった初めての家があった場所にすぎないとしても。彼女は以前レストランで並んで仕事をしていたとき、本当の名前をしぶしぶ教えてくれた。気に入らないのとこぼして、僕の名前を聞いたあとはなおさら、もっといい名前がほしいと言った。最初は「ナサニエル」という名のいかにも上流気取りのもったいぶった感じを嘲（あざけ）り、四音節に区切って長く引き伸ばして発音した。それから、みんなの前で僕の名前をからかったあと、昼休みに黙ってこっちまで来て、僕のサンドイッチのハムを「貸して」と頼んだのだ。僕は何を言えばいいかわからなかった。

彼女が相手だといつもそうだった。彼女は話し上手だったが、聞き上手にもなりたがっていることとを僕は知っていた。まわりで起こる何もかもを受けいれたがっているのと同じように。僕が〝ダーター〟の車に乗っていったあの夜、グレイハウンドを家のなかに入れると言い張ったときもそうだった。犬たちは彼女の脚のあいだで跳びはね、あとで僕たちが抱きあうと、ふたりの呼吸の音のほうへ矢のような形の頭を向けて耳をすましていたっけ。

けっきょく僕は、本当に彼女の両親と食事をした。彼女の働くレストランを何度も訪ね、古巣の厨房に顔を出し、ようやく心から信じてもらえたのだった。おそらく彼女は、僕がただ義理立てしているだけだと思ったに違いない。彼女が暗闇でその提案をした夜から、一度もふたりきりになっていなかった。一家の住まいは一部屋半の公営アパートで、彼女は夜になるとリビングにマットレスを運ぶのだった。物静かな両親と一緒にいる彼女は優しく、僕のせいで居心地の悪そうなふたりを和ませようとしていた。アグネスが職場や逢引きをする家で見せる奔放さや冒険心は、ここにはなかった。代わりに僕が気づいたのは、今の世界から脱出するという強い決意だった。だからこそ一日に八時間働き、年齢を偽っていつでも夜勤ができるようにしているのだ。

彼女はまわりの世界を思いきり吸収していた。あらゆる技術を知りたがり、人が話す何もかもを理解したがっていた。だんまりを決めこむ僕は、たぶん彼女にとって悪夢だっただろう。何を恐れているか隠し、家族についても隠して、根っから水くさいやつだと思われたに違いない。そしてある日、僕は〝ダーター〟と一緒にいるとき彼女と出くわし、父親だと紹介した。

〈リュヴィニー・ガーデンズ〉に入りびたっていた雑多な人々のなかで、アグネスに会ったのは

〝ダーター〟ひとりだけだ。僕は母がしょっちゅう旅に出ているという設定をこしらえなければならなかった。彼女を煙に巻くためというより、苦しみを取り除いてやるために、嘘つきになったのだ。僕の人生の不可解な状況を、彼女から――ひょっとすると自分自身からも、遠ざけておくためだ。だが〝ダーター〟に会ったことで、アグネスは認められたという気持ちになってくれた。これで僕の暮らしが少しは明らかになったわけだ。僕にすればさらにやや こしくなったとしても。

僕の父親という新しい役割をいきなり与えられた〝ダーター〟は、アグネスに対して保護者のような慈愛あふれる態度で接した。その様子に彼女はびっくりして、〝ダーター〟を「変わり者」だと考えた。ある土曜日に〝ダーター〟は彼女をドッグレース場に招待した。それでとうとう、僕がなぜあの晩ミル・ヒルに四頭のグレイハウンドを連れていったか、その理由を彼女は知ったのだった。「今まで生きてきて最高の夜でした」と彼女は〝ダーター〟に小声で言った。彼女は〝ダーター〟との議論を大いに楽しんだ。そして僕は、オリーヴ・ローレンスが彼といるとき何を面白がっていたか、たちまち見てとった。〝ダーター〟は口を滑らせて問題発言をしては、アグネスに首根っこを押さえられて首を絞められそうになり、それでもされるがままになっていた。僕は彼女の内気な両親から、お父さんも一緒にどうぞとふたたび食事に招かれた。彼は手土産に外国の酒を持参して、先方にいい印象を与えようとした。当時はそんなまねをする人などめったにいなかった。たいていの人はコルク抜きさえ持っておらず、そこで彼はボトルを持ってバルコニーに出ると、手すりでボトルの首をぶち割った。「ガラスにご注意を」と明るく告げた。それから、このなかで誰かヤギを食べたことはあるかと問いかけた。「ナサニエルの母親の好物なんですよ」と言った。さらにはラジオのチャンネルをBBCホーム・サーヴィスから陽気な音楽に替えて、アグネスのお母さんと踊りたいと言いだした。お母さんは怯えたように笑って椅子にしがみついた。僕はその晩、まるで法廷にでも立っているみたいに、彼の一言一句に耳を澄ましていた。僕の学校の名前や母の名前、用意した筋書――たとえば母は今、仕事でヘブリディーズ諸島に行っている、といったことを間違えはしないかと神経をつかった。〝ダーター〟はおしゃべりな一家の主の役割を楽しんでいたが、本当は人に話をさせるほうが好きだったのだ。

彼はアグネスの両親とうまくやってくれたが、何よりアグネスのことが気に入り、それで僕もよけいにアグネスが好きになった。〝ダーター〟の目を通して彼女のさまざまな面に気づきはじめた。彼はたちまち人を見抜くことができた。食事のあと、アグネスは僕たちを送りに出て、一緒に公営アパートの階段を降り、車まで来てくれた。「やっぱり！　モーリスよね」と彼女は声をあげた。「犬たちを乗せてきた車だわ！」そして僕は、〝ダーター〟に実の父親の代わりをさせることに多少は不安を感じていたとしても、その気持ちがおさまってしまった。それ以降、アグネスと僕は、僕の父の大げさな態度を面白がって笑いあった。だから僕は、姉と、かりそめの父と一緒に、借り物のはしけに乗ってリー川を上っていたとき、三人を本物の家族と錯覚しそうなほどだった。

ある週末、〝蛾〟が姉をどこかへ連れていくと言いだしたので、僕は代わりにアグネスをはしけに乗せようと提案した。〝ダーター〟はためらいつつも、あの鉄砲娘（と彼は呼んでいた）が一緒に来るという思いつきが気に入ったようだった。彼女は〝ダーター〟の職業がどうもよくわからないと思っていただろうが、連れていかれた先には面食らっていた。そこは彼女の知っているイギリスではなかった。ニュートンズ・プールに沿って一〇〇メートル足らず進んだあたりで、彼女はコットンドレスを着たまま、はしけから水に飛びこんだ。そこから土手に這い登った彼女は、磁器のように白い顔をして、泥にまみれていた。「ありゃあ檻に閉じこめられてたグレイハウンドだな」後ろから〝ダーター〟の声が聞こえた。僕はただじっと見つめていた。彼女はこちらに手招きしてから、戻ってきて船によじ登り、そこにすっくと立った。陽射しを受けた彼女に冷たい秋の気配がまとわりつき、足元には水たまりができていた。「シャツ貸して」彼女は言った。ニュートンズ・プールに船を係留して、サンドイッチの昼食をとった。

　僕が記憶し、今も脳裏に刻まれている地図がもう一つある。テムズ川の北部の水路のうち、川と運河と掘割をはっきり区別するものだ。それから、三つの閘門（こうもん）の場所。そこでは二〇分間、水門に仕切られた暗い空間にとどまらねばならない。河水が注がれたり放出されたりして、次の水路の高さまで水面が上がったり下がったりする。まわりで古い産業機械が回転したりせりあがったりするのを見て、アグネスは圧倒されていた。それは彼女にとって未知のすばらしき旧世界だった。一七歳の彼女の日常は、下層の貧しさの許す範囲に限られていた。おそらくそこから抜け出す道はなく、真珠の夢を悲しげに暗唱していた。あの何度かの週末は、彼女にとって初めての田舎の冒険だった。船の持ち主だと思っているから、乗せてくれた〝ダーター〟をこの先もずっと大好きでいるだろう。彼女は僕のシャツを着てまだ震えながら、川の旅に招いてもらった感謝をこめて僕を抱きしめた。生い茂るたくさんの木の下を行くと、その木々の姿は同時に下方の水にも浮かんでいた。狭い橋の落とす影に入るときは口をつぐんだ。橋の下では話すことも口笛を吹くことも、ため息をつくことさえも災いを招くと、〝ダーター〟がしつこく言うからだった。彼から与えられたそうしたルール――梯子の下を通るのは不吉ではない、とか、道でトランプを拾うのはすばらしい幸運である、など――はその後もずっと僕の人生についてまわったし、もしかしたらアグネスもそうかもしれない。〝ダーター〟は新聞や競馬新聞を読むときにはいつも、組んだ足の一方の腿にそれを広げ、疲れたように頬杖をついていた。決まって同じ姿勢だった。例によって川で過ごしていたある午後、〝ダーター〟が新聞の日曜版のゴシップ欄に没頭しているとき、ふと見るとアグネスがその姿をスケッチしていた。僕は立ち上がって彼女の背後にまわり、足を止めずに、彼女の描いた絵にすばやく目をやった。あの夜の嵐のあとにくれた包み紙の絵を別にしたら、僕の見た彼女のスケッチはその一枚きりだ。だが意外にも、彼女が描いていたのは〝ダーター〟ではなく、この僕だった。何か、あるいは誰かのほうを見ている、ひとりの若者。まるでそれが本当の僕であり、将来の僕でもあるようだった。あえて自分を知ろうとせず、ほかの人にばかり気を取られている人間だ。当時でさえそのとおりだと僕にはわかっていた。それは僕の絵ではなく、僕についての絵だった。つい気後れしてしまい、ちゃんと見せてほしいと頼むこともできず、結局あの絵がどうなったかわからない。ひょっとしたら、「僕の父親」にあげたのかもしれない。彼女は自分の才能が特別だとは思っていなかったけれど。一四歳から働きはじめ、学校はまともに卒業しなかった。水曜日の夜に工芸専門学校の美術コースに通い、それがささやかな逃避の窓口になっていたのかもしれない。別の世界に触れることで元気をもらい、翌朝また仕事に行く。さまざまにしがらみのある生活のなかで、自分だけの喜びを得られる場所だったのだ。忍びこんだ建物で過ごした夜、彼女は深い眠りからふと目覚め、僕が見つめていることに気づくと、どこか後ろめたそうな、とても素敵な笑みを浮かべるのだった。それこそが、僕は彼女のものだともっとも強く感じる瞬間だったと思う。

その秋の船旅の日々は、彼女にとって、手の届かなかった子ども時代を垣間見るひとときだったに違いない――ボーイフレンドと、その父親とともに過ごす週末。アグネスはくり返し歌うように言っていた。「ああ、あなたのパパ大好き！　あなたもきっと大好きよね！」そしていつも決まって僕の母親のことを知りたがるのだった。〝ダーター〟は一度も母に会ったことがないくせに、服装や髪型までやたらこまごまと描写してみせた。それがオリーヴ・ローレンスをモデルにしているとはっきりわかってからは、僕も加わってさらに詳しく説明しやすくなった。こうした偽りの情報に助けられて、船上での僕たちの時間はいっそう家庭的になった。船はがらんとしていたが、それでもアグネスと僕がふだん会う家と比べたら、よほど設備が整っていた。そして、今では彼女は水門管理人たちの顔を覚え、通るときには手を振るまでになっていた。それまで名前も知らなかった樹木や池の生物についてのパンフレットも持ってきた。さらにはウォルサム修道院についての冊子も読んで、そこで製造されていたものについての知識をすらすら並べたてた――一八六〇年代には綿火薬、それからボルトアクション・ライフル、カービン銃、サブマシンガン、信号銃、迫撃砲、そうしたすべてがテムズ川の北わずか数キロのあの修道院で生み出されたのだ。アグネスは乾いたスポンジのように知識を吸収し、船に一、二度乗ったあとは、あの修道院でどんなことがあったか、水門管理人たちより詳しくなっていた。修道士なのよ、と彼女は言った。一三世紀の、なんと修道士が火薬の組成を書き残しているが、そんな発見をしたことが怖くなって、ラテン語で詳細を記したのだという。

　ときおり、テムズ川の北の掘割や運河で過ごした時間について、誰かの意見を聞いてみたい気持ちになる。自分たちに何が起こっていたかを理解するために。それまで僕はずっと匿(かくま)われるように暮らしていた。だが、今では両親から切り離されて、まわりの何もかもを貪(むさぼ)るようになった。母がどこで何をしていようと、不思議に充足した気持ちだった。たとえ真相が僕たちには隠されていたとしても。

　ブロムリーのジャズクラブでアグネスと踊った晩のことを思い出す。〈ホワイト・ハート〉という店だった。混んだダンスフロアにいると、隅のほうにちらっと母が見えた気がした。振り返ったが、もう消えていた。その瞬間に僕がつかんだのは、興味をあらわにした顔がこちらを見ている、ぼんやりした映像だけだった。

「どうしたの？　何かあった？」アグネスが尋ねてきた。

「何でもない」

「教えてよ」

「母さんが見えた気がしたんだ」

「どこか遠くにいるんじゃなかった？」

「うん、そう思ってた」

　人の波がうねるダンスフロアで、僕は身じろぎもせず立ちつくした。

真実とはこのようにして見つけ、導き出すものなのか。なんの確証もない断片をつなぎ合わせることによって？　母の断片だけでなく、アグネスやレイチェル、ミスター・エンコーマ（今どこにいるんだろう？）の断片も。振り返ったら、中途半端なまま消えてしまった人たちすべてがはっきりと現れてくるのか。そうでなければ、本当の自分もわからずに歩んでいく青春のはるかな悪路を、どうやって乗り越えられるだろう。「自己が何よりも大事なわけじゃない」とは、かつてオリーヴ・ローレンスが僕にささやいた格言めいた言葉だ。

今さまざまなことを思い出す。あのあやしげな大型トラックが出迎えにきて、貼り札のない箱を無言のまま回収していったこと。アグネスと踊る僕を見つめていた女性。思い返せば、その顔には好奇心と喜びがにじんでいるようだった。そして、オリーヴ・ローレンスが去り、アーサー・マキャッシュが登場し、〝蛾〟が貫いた沈黙……現在を踏まえて、そうした昔に戻っていく。その世界がどんなに暗くとも、光を当てないままにはできない。おとなになった自分を連れてそこへ行く。追体験するわけではなく、あらためて目撃するのだ。ただし僕の姉のように、何もかもを呪い、報復したいと望んでいるなら、話はもちろん違ってくる。

## 〝シュヴェーア〟

クリスマス間近のその日、レイチェルと僕はモーリスの後部座席に乗っていた。〝蛾〟が〝ダーター〟の車を運転して、〈バーク〉という小さな劇場に出かけたのだ。そこで〝ダーター〟と落ちあう予定になっていた。〝蛾〟が劇場沿いの裏通りに車を停めたとき、男が助手席に乗りこんできて、〝蛾〟の後頭部を片手でつかんでぐいと前に倒し、まずハンドルに、そしてドアに叩きつけ、後ろに引いてからまたそれを繰り返した。さらに別の誰かがレイチェルの隣に乗ってきて顔に布をかけ、姉がもがくのもかまわず押さえながら、僕をにらみつけた。「**ナサニエル・ウィリアムズだな?**」それはまさに、僕がアグネスと一緒にいるときバスで会った男、そして再びあの夜のエレベーターで乗りあわせた男だった。レイチェルの身体がそいつの膝に倒れこんだ。そいつは手を伸ばしてきて僕の髪をひっつかみ、同じ布を顔に押し当てながら「**ナサニエルとレイチェルだな?**」と言った。クロロフォルムに違いないと思ったので息を止めたが、やがて仕方なく吸いこんでしまった。「〝シュヴエーア〟だ」意識があったらきっとそう思っただろう。

目を覚ますと、広くて薄暗い部屋にいた。歌声が聞こえる。ずっと遠くから聞こえる気がする。忘れないように、「バスで会った男」と口だけそっと動かしてみた。レイチェルはどこにいるんだろう。それからまた眠ってしまったらしい。暗闇のなかで手が触れてきて、はっと目覚めた。

「ハロー、スティッチ」

母の声だった。そのまま離れていく足音がした。頭を持ち上げると、母が椅子を引きずっていくのが見えた。部屋の向こう端に長いテーブルがあり、アーサー・マキャッシュが背を丸めて座っていた。白いシャツに血がついている。母がその隣に座った。

「血だわ」母が言った。「誰の?」

「僕のだ……ウォルターの血もついたかも。抱き上げたときに。彼の頭は……」

「レイチェルのじゃないわね？」

「ああ」

「確かなの？」母は言った。

「僕の血だよ、ローズ」彼が母の名前を知っているとは驚きだった。「レイチェルは大丈夫だ。劇場のどこかにいる。なかに運ばれるのを見たんだ。そして息子さんも今ここにいる」

母は振り向いて、ソファーに横たわる僕をじっと見つめた。マキャッシュのほうに向きなおり、声を低くした。「娘の身に何かあったら、わたしは表立ってあなたがたにそむくわ。みんな無事じゃ済まないでしょうね。これはそっちの責任でしょ。約束したはずよ。どうしてやつらがうちの子たちにこんなに近づいたの？」

マキャッシュは身を守ろうとするかのように、上着の前を引っぱって重ねあわせた。「ナサニエルをつけまわしているのは知っていた。ユーゴスラビアの連中だ。あるいはイタリア人か。まだはっきりしない」

それからふたりは、僕の知らない場所の話をした。母は首からスカーフをはずして、彼の手首に包帯のように巻きつけた。

「ほかには？」

彼は自分の胸を指差した。「主にここだ」と答えた。

母がさらに近づいた。「大丈夫よ。ええ、大丈夫……大丈夫」母はその言葉を繰り返しながら、彼のシャツを開き、乾いた血から引きはがした。

母はテーブルの花瓶に手を伸ばし、入っていた花を投げ捨てると、そこから彼の裸の胸に水を注いで、傷がよく見えるようにした。「決まってナイフね」とつぶやいた。「フェロンがよく言ってたわ、やつらが追ってくるだろうって。復讐のために。生き残った本人じゃなくても、親類とか、子どもが」母は彼の腹の傷を拭いている。そうか、レイチェルと僕を守ろうとして受けた傷に違いない。「人間は忘れないわ。子どもだってそう。なぜこんな……」辛辣な口調だった。

マキャッシュは何も言わなかった。

「ウォルターはどうなったの？」

「おそらくだめだろう。息子さんと娘さんをここから連れ出したほうがいい。一味が残っているかもしれないから」

「そうね……大丈夫。大丈夫よ……」母は僕のそばに来て、膝をついた。片手を僕の顔に当ててから、ソファーの上で僕のそばに横たわった。「ハロー」

「ハロー。どこにいたの？」

「もう帰ってきたわ」

「すごく変な夢を見た……」どちらがそう言ったのか、もう思い出せない。僕たちのどちらが、どちらの腕のなかでつぶやいたのか。アーサー・マキャッシュが立ち上がる音がした。

「レイチェルを探してくる」彼は僕たちの横を通って出ていった。あとで聞いたところによると、彼は細長い建物のすべての階に昇り、〝ダーター〟とどこかに隠れている僕の姉を探したそうだ。

すぐには見つけることができなかった。危険な連中がほかにまだ建物内にいるかどうかわからないまま、明かりの消えた廊下を進んだ。部屋に入っては「レン」と小声で呼びかけた。母からそうするように言われていたからだ。ドアがふさがれていたら、こじ開けて入った。傷口からまた出血している。呼吸の音がしないか耳を澄まし、合言葉のように「レン」とまた呼びかけては、信じてもらうために時間を置いた。「レン」「レン」何度も何度も繰り返すうちに、ようやく「はい」と心もとなげな答えが返ってきて、ついにレイチェルが見つかった。壁に立てかけられた色鮮やかな舞台背景の陰にうずくまり、〝ダーター〟の腕に抱かれていた。

それからしばらくして、レイチェルと僕は絨毯敷きの階段を一緒に降りていった。ロビーに数人が集まっていた。母と、私服警官が五、六人。僕たちを保護するために来てくれたのだと母が言った。それからマキャッシュと〝ダーター〟。手錠をされて床に横たわる男がふたり。そこから離れてもうひとり、身体に毛布をかけられ、血まみれで見分けのつかない顔がじっとこちらを見つめている。レイチェルがハッと息をのんだ。**「誰なの?」**警官が身をかがめて、毛布を顔まで引き上げた。レイチェルが悲鳴をあげる。それから誰かが姉と僕の顔をコートでおおい、素性がわからないようにして通りに連れ出した。レイチェルのくぐもった泣き声が聞こえるなか、僕たちは別々のライトバンに押しこまれ、それぞれの目的地に運ばれていく。

いったいどこへ向かうのか。違う人生にだろうか。

# 第二部

# 受け継ぐこと

一九五九年一一月、荒野をさまようような数年間を過ごして二八歳になった僕は、ロンドンから電車に乗って二、三時間で行けるサフォーク州の村に、自分用の家を買った。塀に囲まれた庭のある、つつましい家だった。購入にあたって、家主のミセス・マラカイトに値段を交渉するようなまねはしなかった。人生の大半を過ごしてきた家を売るはめになって、見るからに落ちこんでいる人を相手に、議論などしたくなかった。それに、その物件を手に入れそこねる危険を冒すのも嫌だった。僕の大好きな家だったから。

彼女はドアを開けたとき、僕を覚えていなかった。「ナサニエルです」と名乗って、訪問の約束を思い出させた。僕たちは玄関のそばにちょっとたたずんでから、客間に入った。僕が「塀に囲まれた庭があるんですよね」と言うと、彼女は急に足を止めた。

「なぜそれを知っているの？」

彼女は首を振って、また歩きだした。もしかしたら、この家には似つかわしくないほど美しい庭を見せて驚かせようと、準備していたのかもしれない。僕がそのお披露目をだいなしにしてしまったのだろう。

提示された価格どおりでいいと、僕は即座に返事をした。そして、彼女がまもなく老人ホームに入居する予定だと知っていたので、もう一度訪れて一緒に庭を見て回る約束を取りつけた。そうすれば目に見えない庭のあれこれを教わり、手入れについてアドバイスをもらえるからだ。

数日後に再び訪れると、今度も彼女は僕をほとんど覚えていないようだった。スケッチ帳を持参し、植物や野菜の種が今どこに植えてあるか、教えてもらいたいのだと説明した。彼女はそのアイデアを気に入ってくれた。彼女にしてみれば、僕が初めてまともなことを言ったというところだろう。こうして僕たちは彼女の記憶をもとにして庭の図面を作り、それとあわせてどの花壇にいつなんの植物が芽を出すかもすばやく書き留めた。温室のまわりとれんが壁沿いの野菜もリストにした。彼女はこまごましたことまで、実に正確に知っていた。それははるか昔の記憶のなかにある、今も手が届く部分のようだった。また、二年前に夫のミスター・マラカイトが亡くなったあとも、庭の手入れをちゃんと続けてきたこともよくわかった。もはや分かちあう人のいない最近の記憶だけが、消えはじめているのだ。

僕たちは白く塗った蜂の巣箱のあいだを歩いていった。彼女がエプロンのポケットからくさびを取り出して、巣の下段を覗けるように濡れた仕切り板を持ち上げると、蜂たちは突然の日光にさらされた。前の女王は殺されたの、と彼女はこともなげに言った。巣には新しい女王が必要ね、と。彼女が燻煙器にぼろ切れを詰め込んで火をつけ、煙が噴きだすと、女王を失った蜂たちは煙の下でたちまち痙攣しだした。それから彼女は、二段の箱にいるなかば意識のある蜂たちを選り分けた。彼らの世界が、自身の世界をどんどん忘れつつある女性によって、神のようなやり方でこんなふうに整理されるというのも、考えてみれば奇妙なものだ。それでも彼女の様子を見て話を聞けば、庭の手入れや三つの巣箱、とんがり屋根の温室の暖房などの詳細は、決して忘れていないことがよくわかった。

「蜂たちはどこまで飛ぶんですか、放されたときは？」

「そうね……」彼女はただ丘のほうを指差した。「向こうのスゲの木のほうへ。ヘイルスワースまで行くこともあるでしょうね」どうやら蜂たちの好みや習性についても自信があるようだった。

彼女の名前はリネット、年齢は七六歳だ。僕はそれを知っている。

「いつでも好きなときに戻ってきてくださいね、マラカイトさん。庭や蜂の様子を見に……」

彼女は何も言わずに僕から顔をそらした。首を振ることさえせずに、そんな提案はばかげているということをあらわにした。夫と長年ずっと暮らしてきた家に戻るなんて。かける言葉はいくらでもあったが、彼女をさらに侮辱することになりかねない。それに、僕はすでに感傷的になりすぎていた。

「あなたアメリカのご出身？」彼女がやり返してきた。

「昔いました。でも、育ったのはロンドンです。しばらくはこの村の近くに住んでたんですよ」

彼女はそれを聞いて驚いたが、あまり真に受けていないようだった。

「お仕事は？」

「ロンドン市内で働いていています。週に三日」

「何の仕事？　お金関係ね、きっと」

「いえ、まあ政府の仕事みたいなものです」

「何をしているの？」

「ああ、そういう質問ですか。さまざまなことを……」そこで言葉を切った。なんだかばかみたいだ。続けて言った。「僕はずっと、塀に囲まれた安全な庭のおかげで慰められたんです。十歳のころから」少しでも興味を示してくれないかと見つめたが、感じられたのは自分が好印象を与えていないことだけだった。彼女は僕への信頼をすべて失ったらしい。やけに気軽に自分からこの家を買い取った、行き当たりばったりにしか見えない男というわけだ。僕は茂みからローズマリーの小枝を摘み、指でこすって香りを吸いこみ、それからシャツのポケットに差した。彼女はその動きを眺めながら、何かを思い出そうとしているように見えた。僕は大急ぎで描いた庭の略図をしっかりつかんでいた。そこにニラネギやユキノハナ、アスターやフロックスを植えた場所が記されている。塀の向こうには大きく枝を張ったクワの木が見えた。


午後の陽射しが塀に囲まれた庭にあふれる。ここは東海岸からの貿易風を防ぐように造られている。僕はこの場所にしょっちゅう思いを馳（は）せていた。塀のなかの暖かさ、やわらかな光、ここでいつも味わった安心感。彼女はまるで自分の庭によそ者が入ってきたような目で僕を見つめつづけているが、実のところ僕は彼女の人生の一部だったといってもいいほどなのだ。サフォーク州のこの小さな村で彼女が夫と暮らしてきた歳月について、僕はずいぶん知っている。ふたりの結婚生活の物語のなかに入りこんでうろつくことだってできたくらいだ。少年時代にまわりにいた人たちや、僕の自画像の一部だった人たちの暮らしに、みずから入りこむくらいやすやすと。ちょうど今、大事に世話をしてきた庭に立ち、まもなくそこを手放そうとしているミセス・マラカイトが、僕の目に映っているように。

マラカイト夫妻のつながりはどれくらい愛情に満ちた親密なものなのか、僕はよく思いを巡らせた。なにしろ十代後半のころ、学校の休みに母と暮らすあいだ、たびたび会う夫婦といえば彼らだけだったのだ。ほかに参考にできる夫婦はいなかった。夫妻の関係は安らぎに根ざしているのだろうか。互いに苛立つことはあるのか。まったくわからなかった。僕はたいてい畑か家庭菜園だった場所で働くミスター・マラカイトとふたりきりだったから。彼には独自の世界、土壌や天候についての信念があり、ひとりで仕事をしているほうがどことなく気楽で生き生きしているようだった。僕の母との会話をよく耳にしたが、そんなとき彼の声はいつもと違っていた。芝生の東側の生け垣をなくしたほうがいいと熱心に勧めたり、自然界について母が無知なのを笑ったりしていた。一方、妻のミセス・マラカイトが相手だと、晩の予定も会話の流れもまかせっぱなしにしがちだった。

サム・マラカイトは僕にとってずっと謎だった。誰かの人生や、あるいは死でさえも、本当に理解することなどできはしない。知り合いの獣医がオウムを二羽飼っていた。鳥たちは彼女に引き取られる前から、長年ずっと一緒に暮らしていた。鳥たちの羽根は緑色と焦げ茶色が混ざっていて、僕はそれを見て美しいと思った。オウムは好きじゃないが、その二羽の見た目は気に入った。やがて一羽が死んだ。僕は獣医にお悔やみの手紙を送った。そして一週間後、彼女に会ったとき、残された鳥はしょげているか、少なくとも戸惑っているのではないかと尋ねてみた。「いいえ、ぜんぜん」彼女は答えた。「大喜びしてるわ!」

とにかく、ミスター・マラカイトが亡くなって二年後、僕はあの塀のある庭に守られた木造の小さな家を買って移り住んだ。そこをよく訪れていたころから長い時間がたっていたが、すっかり消えたと思っていた過去がたちまちよみがえりはじめた。そして僕はそれを渇望していた。瞬く間に日々が流れていたころには決して感じたことのない気持ちだった。僕は〝ダーター〟のモーリスに乗っている。あれは夏で、ピンと張っていた布製のルーフが、ゆっくりとたたまれていく。ミスター・エンコーマと一緒にサッカーの試合を観ている。川の真ん中でサム・マラカイトとサンドイッチを食べている。「ほら」と彼が言う。「ツグミが鳴いてるよ」そして裸のアグネス。すべてを脱ぎ捨て、髪を結わえていた緑色のリボンをほどく。

忘れられないあのツグミ。忘れられないあのリボン。

*

ロンドンで襲撃されたあと、レイチエルはすぐさま母によってウエールズとの境界にある寄宿学校に入れられた。僕は安全のためひそかにアメリカの学校へ送られたが、そこには親しみを感じられるものは何一つなかった。自分の住んでいた世界、〝ダーター〟やアグネスや謎めいた〝蛾〟のいた世界から、突然引き離されてしまったのだ。ある意味、母が姿を消したときより、よほど大きな喪失感だった。僕は青春期を失い、ともづなを解かれたようだった。一か月後、学校から逃げだしたが、ろくに知り合いもいない土地では行くあてなどなかった。すぐに見つかって送り返され、大急ぎで別の学校へ放りこまれた。今度はイングランド北部だったが、孤独なことに変わりはなかった。春学期が終わると、大柄な男性が車で学校へ迎えにきた。ノーサンバーランドから南のサフォークまで六時間、疑い深く黙りこむ僕に、彼はほとんど立ち入ってこなかった。僕は母のもとへ連れていかれることになっていた。このとき母は、セイント地帯にある、かつて母の両親が暮らした〈ホワイト・ペイント〉と呼ばれる屋敷に住んでいた。そこは明るく広々とした田園で、隣の村と二キロ近く離れていた。僕は夏のあいだその土地で、学校に迎えにきてくれた大柄な男性に仕事をさせてもらうようになる。マラカイトという人だった。

　そのころ、母と僕は親密ではなかった。母が姉と僕を捨てる前の数週間に味わった家族の安らぎはもはや消えていた。母が旅立ったときの欺きを思うと、不信感は拭えなかった。ずっと後になってわかるのだが、一度か、もしかしたら二度、新たな指令を受けるためイギリスに戻ったとき、母はなんとかスケジュールを空けて僕の様子を見にきたらしい。そして、〈ブロムリー・ジャズ・クラブ〉で僕が熱狂してめちゃくちゃに踊りまくり、母の知らない娘が僕の腕に飛びこんだり離れたりするのを目の当たりにしたのだった。

　人生のなかで失われたシークエンスは、かならず探しだせるものだという。だが、十代後半に〈ホワイト・ペイント〉で母と過ごしたときには、なんの手がかりも見つからなかった。やがてある日、仕事から早く帰ってキッチンに入ると、シャツ姿の母が流しでポットを磨いていた。ひとりだから油断していたのだろう。母はいつもたいてい青いカーディガンを着ていた。痩せすぎなのを隠すためだと思っていた。ところが、このとき目にしたのは、園芸用の工具が樹皮に食いこんだ跡のような、点々と一列に並んだ土気色の傷痕だった――洗剤から手を守るためにはめているゴム手袋によって、ふいに、まるであっけらかんと途切れていた。母の身体にほかにどれだけ傷痕があるのか知る由もなかったが、腕の柔らかな肌に赤黒い傷がいくつもついているのは確かであり、それが行方不明だった時期の名残りだった。なんでもないわ、と母は低い声で言った。敵意だらけの世の中なのよ、と。

どうしてその傷を受けたのか、母はそれ以上何も語らなかった。僕は当時まだ知らなかったが、母ローズ・ウィリアムズは、僕たちが襲われたあと情報部との接触をすべて断っていた。バーク劇場での騒動は当局によって即座に揉み消されたが、戦時中の母の働きが新聞に少し取り上げられたせいで、母は短いあいだだが匿名のまま世間に知れ渡った。マスコミがつかんだのはヴァイオラというコードネームだけだった。各紙は政治的な信念に従って、誰だかわからないその女性を英国のヒロイン扱いしたり、戦後の政府による外国での陰謀の悪例として書きたてたりした。ただし実際に母に結びつくことは決してなかった。匿名性は確実に守られており、母が実家の〈ホワイト・ペイント〉に戻ったとき、地元の人たちはまだそこを、海軍本部で働いていた今は亡きお父さんの屋敷と呼んでいた。正体不明のヴァイオラはまもなく忘れ去られた。

＊

母が亡くなってから一〇年後、外務省に志願するようにという通知を受け取った。そんな勤め口に声がかかるなんて、当初は奇妙に思われた。初日は面接をいくつか受けた。話した相手は、一つが「情報収集組織」、もう一つは「情報分析チーム」だ。どちらも英国の情報部のなかで重要な位置づけにある、それぞれに独立した組織だと聞かされた。なぜ僕に接触してきたかは誰も説明せず、ややこしい内容をさりげなさそうに質問する人たちのなかに知り合いはいなかった。傷だらけの古い学歴は、予期したほど関心を持たれなかった。おそらく縁故主義と僕の血統が、この職につく資格として信用できると見なされたに違いない。なにしろ血筋と、秘密を守る素質を受け継いでいそうなことが期待される職業なので。それから、語学の知識があることはずいぶん評価された。面接のなかで母のことは誰も口にせず、僕もまったく触れなかった。

与えられた仕事は、戦中と戦後を対象にした保存記録のなかのさまざまなファイルを見直すことだった。調査中に発見したことや導き出した結論は、すべて秘密にしなければならない。調査の成果は直属の上司にだけ手渡して検討してもらう。上司はデスクに二種類のゴム印を用意している。一つは「継続」、もう一つは「承認」。もし調査結果が「承認」になったら、さらに上の段階に進む。それがどういうことか僕には見当もつかなかった――僕の職場のちっぽけな景色は、ハイドパーク近くの名もないビルの三階にある、ウサギ小屋のような記録保管庫に限られていた。

どうやら単調で骨の折れる仕事のようだった。けれど、戦争に関する細かな情報をふるいにかける職につけば、母が僕たちの後見役を〝蛾〟にまかせて姿を消した時期、何をしていたかわかるかもしれないと考えた。僕たちが知っているのは、戦争の初期段階にグローブナー・ハウス・ホテルの屋上の「鳥の巣」から無線放送を流していたことと、ある晩、チョコレートと冷たい夜風で眠けを覚ましながら海辺に向かって運転したことだけなのだ。それ以上は何も知らなかった。ひょっとして今なら、母の人生の欠けていた場面を見つけるチャンスがあるかもしれない。とにかくこれが、あの午後ミセス・マラカイトの庭で、僕が謎めかして答えた政府の仕事というやつだ。蜂たちが巣箱のなかでふらふら動き、そして彼女が僕のことを忘れてしまっていた、あのときに。

僕は毎日、保管庫から運びこまれるファイルの山に目を通した。その多くは軍事の末端で作戦行動に携わった人々による報告で、ヨーロッパや、のちには中東を縦横に移動した記録が残されていた。また、戦後のさまざまな小競り合いの記録もあった——特に一九四五年から一九四七年初めのあいだに発生したものだ。実感としてわかってきたのは、停戦後もなお、無許可の暴力的な戦いが続いていたことだった。大陸ではゲリラ組織やパルチザン戦士が、敗北を認めようとせず隠れ家から姿を現していた。ファシスト党員やドイツの支持者は、五年以上ものあいだ苦しんできた人々によって捕らえられた。やってはやり返すというたちごっこで小さい村々は破壊され、さらなる悲しみを後に残した。ヨーロッパで新たに解放された土地のあちこちで、さまざまな民族集団が報復に走った。

僕はごく数人の同僚とともに、残っていたファイルや調査書類をふるいにかけて、あらためて保管すべきか、完全に廃棄すべきかを提言するために、成功した事案と不首尾に終わったらしい事案を見きわめた。この作業は「無言の修正」と呼ばれていた。

実のところ、これは「修正」の第二の波だった。戦争の終盤から平和の到来までに、世の末かというほどの断固たる検閲がなされていたことを僕は知った。なにしろ一般大衆に知られてはまずそうな作戦行動が無数に繰り広げられていたので、不名誉な証拠はできる限りすみやかに破棄された——連合国も枢軸国も、世界各地の情報本部がそうしたのだった。よく知られる例として、ベイカー・ストリートにあった特殊作戦執行部のオフィスを引き上げるときに火を放ったという件がある。こうした意図的な大火事が世界中で起こった。英国軍がいよいよデリーを発つというときには、自称「火つけ将校」たちが、不名誉な記録をすべて灰にする役目を担い、「赤い城」〔ムガル帝国時代の城塞〕の中央広場で昼も夜も焼却をつづけた。

このように戦争の真実を隠そうという衝動に駆られたのは、英国軍だけではなかった。イタリアでは、トリエステにあるリジエラ・ディ・サン・サッバの煙突をナチスが破壊した。精米工場を強制収容所にしたその場所で、何千人ものユダヤ人やスロベニア人、クロアチア人、反ファシストの政治犯らが拷問にかけられて殺されたのだった。同様に、トリエステを見渡す石灰岩台地の陥没穴を利用した共同墓地についての記録も残されていない。共産党による政権転覆に反対した人々や、国外追放されてユーゴスラビアの収容施設で命を落とした数千の人々の遺体を、ユーゴスラビアのパルチザンが捨てた場所だ。あらゆる方面から、証拠の破壊が大急ぎで決然と進められた。問題のあるものはすべて無数の手によって燃やされ、あるいは切り刻まれた。そうすることで、修正された歴史が始められたのだ。

だが、真実の断片は家庭のなかに、あるいは地図から消されかけた村に、なおもとどまりつづけた。母が以前アーサー・マキャッシュに話すのを耳にしたのだが、バルカン半島ではどこの村でも、隣人に復讐を企てる動機があるそうだ。かつて敵だったと信じる相手なら誰でもかまわず――パルチザン、ファシスト、あるいは我々同盟国という場合もある。それが平和の残した波紋だった。

そして、一九五〇年代になって一世代あとの僕たちがやっている仕事は、歴史にとって不都合そうな動きがいまだにあるという証拠を片っ端から掘り出すことだった。そうした記載が、散逸した報告書や非公式の文書にいまだに見つけられた。一二年が過ぎた戦後の世界で、日々運ばれてくるファイルの上にかがみこんでいると、道義的に正しいのはいったい誰なのか、もはや見分けがつかないように感じられた。そして、政府からあてがわれたこのウサギ小屋で働く人間の多くが、なんと一年足らずのうちに辞めていくのだった。

## セイント地帯

ミセス・マラカイトから家を買った僕は、家主になった初日に野原を歩いて〈ホワイト・ペイント〉へ向かった。そこは母が育った家であり、今はもう見知らぬ人に売られていた。かつて母が所有していた土地の境界に立ち、高台からはるかに目をやると、ゆるやかに蛇行する川の流れが見えた。そして僕は、この場所で母が過ごした日々について知るわずかばかりのことを文章にしようと心に決めた。母の一族のものだったこの家も風景も、母の人生における本当の地図にはなり得なかったけれど。サフォーク州の片田舎で育った少女は、実のところ旅を重ねる人生を送ったのだ。

回想録を書こうとするなら、孤立した状態に身を置くべきだと言われる。すると自分に欠けているものや、警戒して及び腰になっていたことが、おかまいなしに押し寄せてくる。「回想録とは失われた遺産である」と気づき、そのため執筆中はどこをどのように見るかを学ばなければならない。結果としてできあがる自画像では、すべてが呼応しあっている。あらゆるものが反映されているからだ。過去に何らかの仕草が捨てられたのなら、今はそれが別の誰かのものになっているのを目にするだろう。だから僕は、母の何かが僕のなかで呼応していると信じた。母は母の、僕は僕の、小さな鏡の間で。

*

彼らは、戦時中の映画に記録されたなじみ深い時代に、田舎でつつましく控えめに暮らす一家だった。ある時期まで、僕は祖父母と母をそんなふうに思い描いていた。そうした映画に出てくるような人たちだったのだろうと。けれど近ごろは、映画の慎み深いヒロインたちの秘められた性を見るにつけ、かつて少年だった僕が〈クライテリオン〉のエレベーターで一緒に昇り降りした像のことが思い出されるのだった。

僕の祖父は姉たちのいる家庭に生まれ、女性に囲まれてすごすことに甘んじていた。ついには海軍大将の地位に登りつめ、海上で自分の厳しい命令に従う男たちを容赦なく指揮していたはずだが、それでも休暇にはサフォーク州での時間を楽しみ、妻とひとり娘との家庭の日常に安らぎを感じていた。こうした「家庭生活」と「外での人生」の組み合わせに影響されて、母もまた自分の人生の道を最初は受けいれ、のちに変えたのではないだろうか。母自身、やがては何か違うものを強く求めるようになったのだから。つまり母の結婚生活とのちの職業人生は、父親が同時に住んでいた二つの世界をそのまま映しだしていたということなのだ。

祖父は現役生活のほとんどを海軍で送るつもりだったので、近くに「活動的な川」がない場所をわざわざ選んでサフォーク州の家を買った。だから母が十代のとき釣りを教わった場所は、広いけれど静かな小川だった。水の流れはごくゆるやかだった。屋敷から川までは傾斜した湿原になっていた。ときおり、遠くにあるノルマン様式の教会から、鐘の音が聞こえてきた。古い世代の人々が野原で耳にしたのと同じ鐘だった。

この地域は、互いに四、五キロ離れた小さな村の集まりから成っていた。村同士をつなぐ道にはたいてい名前もなく、よそから訪れる者を混乱させた。村がそれぞれ似たような名を持つからなおさらだった――セイント・ジョン、セイント・マーガレット、セイント・クロス、といった具合だ。それればかりか「セイント」は二つの地域に分かれている――八つの村から成るサウス・エルムハム・セイントと、その半分の数の村から成るイルケッツホール・セイントだ。さらに問題なのは、地域にある道しるべに記された距離が、どれも当てずっぽうに過ぎないことだった。たとえばある村から別の村まで三キロと標識に書いてあったとする。旅人は五キロ進んでから、どこかで曲がりそこねたのだと思って引き返す。ところが実際は、さらに一キロ歩かなければ、こっそり隠れた村には行きつかないのだ。セイント地帯では道のりが長く感じられる。あたりの風景は何も保証してくれない。そしてここで育った人にとっても、保証は覆い隠されているように感じられる。幼いころときどきそこで過ごした僕が、ロンドンに戻ると近所の地図をひたすら描いて安心しようとしたわけも、それで説明がつきそうだ。僕は自分が見たり書き留めたりできないものは存在しなくなると考えた。ちょうど、そっくりすぎる名前を持ち、そこまでの距離さえ当てにならない、地上にでたらめに放り出されたような小さな村々のどこかで、父と母を見失ってしまったとしょっちゅう感じていたように。

戦争中、海に近いセイント地帯の村々は、よりいっそう閉鎖的になった。ドイツ軍侵攻の可能性に備えて、道しるべは不正確とはいえすべて撤去された。一夜にして地域じゅうから標識が消えたのだ。実際には侵攻はなかったものの、建設まもないイギリス空軍の飛行場に配属されたアメリカ空軍の兵士たちが、夜遅くパブから帰ろうとしては迷子になり、翌朝、戻るべき飛行場を必死になって探す姿がしばしば見られた。パイロットたちがビッグ・ドッグ・フェリーの船着き場を渡って名もなき道を歩き、気づけばまたビッグ・ドッグ・フェリーを今度は逆に渡っていて、それでもなお自分の飛行場にどうにかたどり着こうとしているのだった。セットフォードでは陸軍がドイツの町をそのまま再現し、連合軍がドイツに侵攻する前に町を包囲して攻撃する訓練をおこなった。思えば奇妙な対比だった。イギリス軍の兵士はドイツの町の構造をじっくりと記憶しているのに、ドイツ軍は標識もなく人を惑わせるサフォーク州の風景に入りこむ準備をしていたのだ。海沿いの町はひそかに地図から消された。軍事区域は表向き存在しなくなった。

今では明らかだが、戦時に母たちが携わっていた作戦の多くは、同じように隠れ蓑(みの)の下で実行された。子ども時代がえてしてそうであるように、本当の狙いはごまかされたままだった。三二の飛行場と、さらには敵を混乱させるためのおとりの飛行場が、ほとんど一夜にしてサフォーク州に造られた。そうした飛行場の多くは、酒場の流行(はや)り歌に出てくるくらいで、決して地図に記されることはない。そしてついに終戦を迎えると、飛行場は消えてしまい、同様に四〇〇〇人の空軍兵士が、都合の悪いことなど何もなかったかのように去っていった。セイント地帯はそっと日常に戻った。


僕は十代のとき、仕事の行き帰り、大昔はローマ街道だった道を車で送ってもらうあいだに、そんなふうに一時的に地図にのっていなかった町について、ミスター・マラカイトから話を聞いた。というのも、メットフィールドの使われなくなった飛行場の周辺で、今、彼は野菜を育てており、僕がふたたび、今度は合法的に運転を教わったのも、今は草におおわれた古い滑走路だった。マラカイト夫妻の暮らす場所は「ありがたき村」と呼ばれていたが、それは二度の戦争のあいだ死者を出さなかったからだ。母の死後一〇年ほどして僕が戻って暮らすようになったのは、まさにその村だった。いつも安らぎを与えてくれた、塀に囲まれた庭のある木造の小さな家だ。

〈ホワイト・ペイント〉で早起きして村のほうへ歩いていくと、サム・マラカイトが車で追いついてきて、煙草(たばこ)に火をつけながら、僕が助手席に乗りこむのを眺めるのだった。それからふたりでバンゲイの町のバター・クロスの市場など、あちこちの町の広場に出かけ、架台式テーブルに作物を山のように積んで昼まで商売をした。夏の暑い盛りには、川が浅瀬になっているエリンガム・ミルで車を停め、腰まで水につかって、ミセス・マラカイトのサンドイッチを食べた——中身はトマト、チーズ、オニオン、彼女の飼っている蜂からとったハチミツ。あの組み合わせは、あれっきり食べたことがない。その朝、彼の奥さんが何キロも離れたところで僕たちのためにこの昼食を作ってくれたことに、どこか親心のようなものを感じた。

サム・マラカイトは瓶底眼鏡をかけていた。牛のように大柄なせいでよく目立った。アナグマの革をはぎ合わせた長いコートを着ていたが、シダのような、ときにはミミズのような匂いがした。そして僕にとって彼と奥さんは、安定した結婚生活の見本だった。奥さんはきっと、僕が入りびたりすぎだと思っていたに違いない。彼女はまめで、猛烈にきれい好きだったが、彼のほうはまるで野ウサギで、行く先々で身ぐるみをはぐほどの嵐が通ったような跡を残した。靴、アナグマのコート、煙草の灰、布巾、栽培日誌、移植ごて、何でも床に落としっぱなしだし、ジャガイモを洗えば流し台は泥だらけだった。目についた物を食べ、片っ端から取り組み、読み、ポイと投げ捨てると、捨てた物はもう見えなくなってしまう。そんなどうしようもない欠点について、奥さんが何を言っても無駄だった。それどころか、僕が思うに、奥さんは夫のこうした性質に手を焼くのを楽しんでいたのではないだろうか。とはいえ、ちゃんと評価するなら、ミスター・マラカイトの畑は完璧に整っていた。どの作物も苗床にほったらかしして勝手に「自生植物」にさせてしまうことなど決してなかった。ホースから細く水を流してラディッシュを洗った。土曜の市では架台式テーブルに作物をきれいに並べた。

それが僕の春と夏の恒例になった。おかげでささやかな賃金をもらえたし、僕と母を隔てている、渡れそうにない距離のこちら側で長い時間を過ごさずに済むことにもなった。僕は不信感を抱え、母には隠しごとがあった。だから僕の生活の中心になったのはサム・マラカイトだった。遅くまで仕事をした日は彼と一緒に夕食をとった。〝蛾〟やオリーヴ・ローレンス、つかみどころのない〝ダーター〟、川に飛びこんだアグネスとの日々に代わって、おおらかで頼もしく、当時の言い方をするとオークの木のように強靭なサム・マラカイトと過ごすようになったのだ。

冬のあいだ、ミスター・マラカイトの畑は眠っていた。冬の畑は彼にとって管理しているだけの世界にすぎず、土質を保つための有機物を増やしていた。冬は彼にとって静かで動きのない期間だった。僕が戻るころには、マスタードが黄色い花を咲かせ、地中の畑はすでに野菜や果物でいっぱいになっていた。僕たちは朝早くから働き、正午に昼食をとり、クワの木の下で短い昼寝をしてから、夜の七時か八時まで仕事を続けた。サヤインゲンを大きなバケツに、フダンソウを手押し車に収穫した。家の裏にある、塀に囲まれた庭のプラムは、やがてミセス・マラカイトがジャムにした。海の近くで育ったスタピストマトは濃厚な味だった。僕はふたたび、市場向けの野菜生産者ならではの季節感ある文化に迎えられた。人々は胴枯れ病や春の雨不足についてテーブル越しに延々と論じあった。僕は黙って座って聞いていたが、客としゃべるミスター・マラカイトは実に口が達者だった。ふたりきりになると、彼は僕がどんな本を読んでいるか、大学で何を勉強しているかと尋ねてきた。僕のもう一つの世界をばかにする様子はまったくなかった。何を学んでいるとしても、それは僕の心にそうした欲求があるからだとわかってくれていた。とはいえ彼のそばにいるとき、学業について考えることなどめったになかったけれど。僕は彼の世界の一部になりたかった。彼のおかげで、子どものころから描いていた不明瞭な地図が、正確で信用できるものになった。

僕は彼と進む一歩一歩に信頼を置いた。彼は踏んでいく草の名前をすべて知っていた。石灰と粘土をそれぞれに入れた重いバケツを二つ庭に運びながらも、鳥の声に耳をすましていることに僕は気づいていた。ツバメが窓にぶつかって死んでいたり気絶していたりするのを見ると、半日は口を利かなかった。その鳥の世界が、運命が、彼から離れなくなるのだ。あとで僕がその出来事に踏みこむようなことを言おうものなら、彼の心にさっと影が差すのがわかった。彼は話を中断し、僕は取り残されて不意にひとりぼっちになってしまう。たとえ彼がすぐ隣でトラックを運転していても。彼は常に、幾層にも重なったこの世の悲しみも喜びも知っているのだ。ローズマリーの茂みに通りかかれば決まって小枝を摘みとり、香りをかいでからシャツのポケットにしまう。川があれば必ずそちらに気持ちが行ってしまう。暑い日ならブーツも服も脱ぎ捨てて、口からまだ煙草の煙を吐きながら、葦(あし)のあいだを泳ぎまわる。彼は珍しいカラカサタケをどこで探せばいいか教えてくれた。淡い黄褐色の傘に似た、裏に薄い色のひだがあるキノコで、ひらけた野原で見つけられるのだった。「ひらけた野原でなきゃ」とサム・マラカイトは言って、乾杯でもするように水のグラスを持ち上げるのだった。何年もたって、彼が亡くなったことを聞いたとき、僕はグラスを掲げて「ひらけた野原でなきゃ」と言った。そのとき僕はレストランでひとりきりだった。

彼の育てた一本の大きなクワの木陰。僕たちはたいてい強い陽射しのなかで働いていたから、今思い出すのは木そのものではなく木陰のほうだ。木と対照を成す翳(かげ)りの部分、その深さと静けさ。

彼はそこで若き日のことを、手押し車や鍬(くわ)のところに戻る時間まで、長々と気だるそうに語ってくれた。そよ風がゆるやかな丘の向こうから、暗い部屋のような木陰に吹いてきて、僕たちをそっとかすめていった。あのクワの木の下に、できることなら永遠にいたかった。草むらの蟻たちは、緑の塔に登っていた。

## 記録保管庫にて

僕は毎日、名もない七階建てのビルの片隅で働いた。そこにひとりだけ知っている人物がいたが、向こうは距離を置いていた。ある日エレベーターに乗ると、あとからその彼が乗ってきて言った。「やあ、シャーロック！」まるでその名前と挨拶がふたりのあいだではすぐわかる暗号であるかのように。そして、彼の声ににじんだ感嘆符が、こんな場所で思いがけず出会った相手を十分に納得させるだろうとでもいうように。背が高く今も眼鏡をかけ、見慣れたなで肩、相変わらず少年っぽいアーサー・マキャッシュは、次の階で降りていった。僕もちょっと降りて、彼がどこかのオフィスのほうへ去っていく背中を見つめた。知る者はごくわずかだろうが、彼の白いシャツの下には、腹のところに深い傷痕が三つか四つ、白い肌に斜めに刻まれていて永久に消えないことを僕は知っていた。

僕は電車でロンドンに通い、平日はガイズ病院近くのワンルームの貸しアパートに泊まった。今では市内の混乱もましになり、人々は生活を立て直している感じだった。週末にはサフォークに戻った。僕は二つの世界と二つの時代に生きていた。この町で、〝ダーター〟の乗っていたあの淡いブルーのモーリスを見つけられるのではないかと、僕はなかば信じていた。ボンネットの軍隊っぽいかぶと飾りを思い出す。琥珀色の方向指示器は、右折や左折を示すためにカチッと上がり、それからドア枠にぴたりと戻って、まるで疾走するグレイハウンドの耳のようだった。そして、〝ダーター〟は敏感なフクロウのごとく、エンジンの音色に調子外れの音や心臓の雑音めいたものが混ざっているのを聞きつけると、数分のうちに車から降りて、九一八ccエンジンのバルブカバーを外し、点火プラグの先を紙やすりで磨いた。あのモーリスは、彼のゆがんだ喜びの対象だったと思う。彼があの車に乗せる女性はみんな、自分よりも車に向けられる愛情と気遣いのほうが勝っているという事実を受けいれなければならなかった。

だが、〝ダーター〟が今もあんな車を持っているのかどうかわからないし、どうやって彼を見つけ出せばいいかも見当がつかなかった。〈ペリカン・ステアーズ〉のアパートを訪ねてみたが、すでに引っ越したあとだった。ただひとり〝ダーター〟をよく知っていた「レッチワースの偽造王」を捜したが、やはり消息を絶っていた。実のところ僕は、赤の他人でにぎわっていたあのテーブルが忘れられなかった。彼らは、姿を消した実の親よりも、レイチエルと僕を変えたのだった。アグネスはどこにいるのだろう。見つける手立てはなさそうだった。ご両親のアパートに行ってみたが、もうそこには住んでいなかった。ワールズ・エンドのレストランでは覚えていないと言われ、工芸専門学校には住所の届けがなかった。それで僕は、ツードアのモーリスの見慣れたブルーの姿を求めて、絶えず目を光らせていた。

仕事を始めてから数か月が過ぎた。母に関する内容を含む文書は、決して僕には見せてもらえないということがわかってきた。母の活動の記録はすでに破棄されたか、意図的に僕から遠ざけられていた。戦争に関わる母の経歴には黒い覆いがかけられているようで、僕は暗闇から抜け出せそうになかった。

閉ざされた職場の環境から逃れたくて、夜、テムズ川の北岸を歩くようになった。かつて〝ダーター〟が犬たちを預けていたアンダーソン収容所のそばをこっそり歩いてみた。だが、もはや犬の吠える声も、取っ組み合いの音も聞こえてこなかった。セイント・キャサリンやイースト・インディア、ロイヤル・ドックなど、さまざまなドックのそばも通った。終戦からだいぶたったので、もう立ち入り禁止にはなっておらず、それである晩なかに入ってみた。水門の三分タイマーをセットして、小舟を拝借し、潮の変化をつかまえた。

川には人けがなかった。午前二時か三時で、僕はひとりきりだった。たまにタグボートがからくたをアイル・オブ・ドッグスへ引いていくぐらいだ。水中トンネルが起こす渦に押されるので、必死に漕がなければならなかった。辛(かろ)うじてその場に留まっても、ラトクリフ・クロスやライムハウス桟橋のほうへ吸いこまれていきそうだった。ある夜に乗った船はモーターがついていたので、ボウ・クリークまで進んでいくと、北に向かって川が二股に分かれていて、そうした暗い支流に自分の仲間がいるような錯覚を起こしそうだった。盗んだ船をしっかりつないで、また別の晩にさらに上流の掘割や運河を訪れようと考えた。それから歩いて町に戻り、翌朝の八時半にはすっきりした気分で職場に着いた。

かつて犬たちを運んだ川をふたたび行き来することによって、いったい僕の何が変わったのかはわからない。おそらく、覆い隠され、存在を消されたのは、母の過去だけではないことが明らかになりつつあったのだと思う。僕自身もまた消えてしまったと感じていたのだ。青年時代を失ってしまった、と。僕は新たな関心事を胸に、おなじみの記録保管庫を歩くようになった。仕事に就いてしばらくは、まだ十分に検閲されていない戦争の残骸を集めるあいだ、自分が監視されていると承知していた。母については一切話さなかった。幹部の誰かが母の名前をちらっと出しても、肩をすくめてやり過ごした。そのころはまだだったが、今では信用されるようになったし、記録保管庫でひとりきりになる時間帯もはっきり把握している。信頼できない人間になるすべなら若いころにたっぷり学んだし、お偉い筋から情報をちょろまかすのなんてお手のものだ。学校の成績表も、〝ダーター〟の指図で盗んだグレイハウンドの書類もそうだった。彼の財布には、どんな入口にも出口にも使える細長い道具が入っていて、僕は興味津々で眺めていた。犬のわなを鶏の骨で巧みに外すのを見たことだってある。僕のなかにはまだちょっとした無秩序状態が残っていた。だが、これまでは、Aランクより上のファイルが並ぶ検閲済みの棚は、僕のようにうぶな人間には隠されていて見る機会がなかった。

書類整理棚の錠を開ける方法を教えてくれたのは、オウム二羽を引き取った、例の獣医だった。何年も前に〝ダーター〟を通して会ったきりだが、当時の知人で探しだせたのは彼女だけだった。僕がロンドンに戻ると、友だちづきあいをしてくれた。事情を打ち明けたら、損傷したひづめや骨に使う強力な麻酔薬を勧めてくれた。それを錠のまわりに塗ると、やがて白く固まってくる。この凝固作用によって、開けようとする力に対する錠の抵抗が鈍くなり、攻撃の次の段階を実行できるようになる。ここで登場するのがスタインマンピンという手術道具だ。堅気の世界では、レースに出場するグレイハウンドの骨を牽引して、傷ついた骨を守るのに使われる。つるつるしたステンレス製のピンは小さくて扱いやすく、たちまちうまくいった。整理棚の錠はほとんど引っかかりもなく開いて、隠していた秘密をさらけ出した。こうして僕は錠の掛かったファイルへの侵入を始めた。そして、いつもひとりで昼食をとる、たいてい誰もいない地図の部屋で、拝借してきた書類をシャツのなかから引っ張りだして読むのだった。一時間後、南京錠のかかった定位置にファイルを戻す。このビルのなかに母がいるなら、僕が見つけだしてやる。

こうして新たに知ったことはもちろん口外しなかったが、レイチェルには電話をかけて、発見した内容を知らせた。だが、姉は僕たちの若き日を振り返る気など毛頭なかった。姉は姉のやり方で僕たちを捨てたのだ。自分にとって危険で不安定だった日々を呼び戻すことなど望んでいない。

あのバーク劇場の舞台背景の陰で、レイチェルが〝ダーター〟に守られて無事だったことがわかり、母がそこに連れていかれたとき、僕は一緒ではなかった。クロロフォルムの影響でまだもうろうとしていたのだ。だがどうやら母が部屋に入ったとき、レイチェルは〝ダーター〟から離れようとしなかったらしい。レイチェルは拉致されたあいだに発作を起こした。詳しいことは知らない。あの夜に何があったたか、ほとんど教えてもらえなかった。僕が動揺するだろうと案じたのかもしれないが、おとなたちの沈黙は事態をなおさら忌まわしくおぞましいものにするだけだった。後になってもレイチェルは、「お母さんなんて大嫌い！」としか言おうとしなかった。とにかく、〝ダーター〟がレイチェルを腕に抱いて立ち上がり、母に引き渡そうとしたとき、レイチェルはまるで悪魔が近づいたかのように泣き出した。

もちろん、そのときの姉は正気ではなかった。消耗しきっていた。発作に見舞われたあとだったし、おそらく何がどうなったのか、はっきりわからなかったに違いない。僕も以前はよくそういう状況に居合わせた。発作のあとしばらくのあいだ、本物の魔王でも見るような目で僕を見るのだった。まるで『夏の夜の夢』に出てくる媚薬でも塗られたみたいに。ただし、目覚めて最初に見るものが恋の対象になるのではなく、恐怖そのもの、ついさっき自分を打ちのめした犯人に見えてしまうのだ。

けれども、このときのレイチェルにはそれが当てはまるはずがない。なぜなら、最初に見た人物は〝ダーター〟だったのだから。彼女を抱きしめ、落ち着かせ、安全な状態に導くためにすべきことをしてくれた。姉が寝室で発作を起こしたときと同じように。あのとき彼は僕に、飼っていた犬のてんかん発作について眉唾ものの話を聞かせたのだった。

もう一つある。発作の直後に姉が僕に対して、疑念を向けようが怒りをぶつけようが、どんな反応を見せたとしても、二、三時間もすれば一緒にトランプをしたり、数学の宿題を手伝ってくれたりした。ところが母に対しては違っていた。母に対するレイチェルの厳しい見方は、決して和(やわ)らぐことがなかった。レイチェルは母を閉め出したのだ。代わりにあれほど毛嫌いしていた寄宿学校に入ったが、それも母から離れるためだった。ずっと「お母さんなんて大嫌い」と激しく言いつづけた。母が帰ってきたら僕たちはまた母の腕のなかに戻るのだろうと、僕は想像していた。だが、姉が心に負った傷は決して癒されなかった。そして、バーク劇場のロビーで〝蛾〟の亡骸(なきがら)を見たとき、姉は母に向かって金切り声を浴びせはじめ、いまだにそれをやめていないように思われる。すでにばらばらだったうちの家族は、ふたたびばらばらになった。それ以来、レイチェルは他人といるほうが安心できるらしい。姉を救ったのは他人だったのだ。

あれが、ついに〝蛾〟が僕たちと別れた晩だった。かつて〈リュヴィニー・ガーデンズ〉でガスストーブの炎に照らされながら、彼は母が帰ってくるまで僕のそばにいると約束してくれた。そしてその約束を守ったのだ。やがて母が戻ったあの夜、彼は僕たちみんなのもとから静かに去っていった。

*

ある日、僕は記録保管庫を早めに出て、レイチェルの芝居を観に行った。ずいぶんご無沙汰していた。姉が僕を避けていることには気づいていたし、姉の生活に踏みこみたくはなかった。姉が小さな人形劇団で働いていることは知っており、誰かと暮らしていることも耳に届いていたが、姉は何も話してくれていなかった。ところが今回は、姉の関わっている芝居について、当たり障(さわ)りがなく簡潔ながらも礼儀正しいメッセージが届いた。どうしても行かなくてはなんて思わないでほしいけれど、とにかく公演は三晩、古い樽工場の跡でおこないます、とのことだった。姉のメッセージの用心深さに、胸が張り裂けそうだった。

客席は三分の一しか埋まっておらず、そのため開演の間際になると前列のほうへ座るよう促された。僕はいつも後ろに座ることにしていたし、特に身内や手品師が出てくるときはそうだったので、そのまま動かなかった。暗がりに座ったまま長い時間が過ぎ、やがて芝居が始まった。

終演後、出口で待ってみたが、レイチェルが姿を見せないので、いくつものドアや臨時のカーテンを抜けて会場内へ戻った。片づけを終えてがらんとした場所に舞台係がふたりいて、煙草(たばこ)を吸いながら僕にはわからない言葉で話をしていた。姉の名前を言うと、ふたりは近くのドアを指差した。レイチェルは小さな手鏡に顔を映して、ドーランを落としていた。そばに置かれた小さなバスケットに赤ん坊がいる。

「やあ、レン」身を乗り出して赤ん坊をのぞきこむと、レイチェルが僕をじっと見つめた。普通の視線ではなく、いくつもの感情の上でバランスを取っているような目をして、僕が何か言うのを待っている。

「女の子だ」

「いいえ、男の子よ。名前はウォルター」

ふたりの目が合い、そのまま見つめあった。今は何も言わずにいるほうがいい。僕たちの子ども時代は、見過ごすこと、黙ることばかりだった。明かされていないことは察するしかないかのように。荷造りしたトランクのもの言わぬ中身から、仕方なく何かを読みとったときの要領で。あの混乱と沈黙のなか、姉と僕ははるか昔にお互いを失ってしまったのだ。でも今、この赤ん坊のそばで、僕たちは親密な空気に包まれていた。発作のあと汗まみれの顔をした姉を抱き寄せたときのように。

無言でいることが最善だったときのように。

「ウォルター」僕はそっと口をひらいた。

「そう、親愛なるウォルターよ」姉が言った。

僕は姉に、〝蛾〟の魔法にかかっていたとき、どんな感じだったか訊いてみた。僕は彼のそばでいつも不安を感じていたのだと打ち明けた。姉は急に食ってかかってきた。「魔法ですって？ あの人はわたしたちを大切にしてくれたわ。何がどうなってるか、あんたはまるっきり知らなかった。あの人が守ってくれてたのよ。わたしを病院に連れてってくれたわ、何度も、何度も。親たちにあんな仕打ちを受けたのに、あんたはまんまと見て見ぬふりをしたのよ」

姉は荷物をまとめはじめた。「行かなきゃ。迎えがくるの」

芝居のなかで、レイチエルが大きな人形を抱いて舞台にひとりきりになったときに流れていたのは何の曲だったのか、尋ねてみた。あの場面で僕は今にも泣きそうだった。それほど重要なことではなかったが、姉に訊きたいことは山のようにあるのに、相手にしてもらえないとわかっていたのだ。姉は僕の肩にふれながら答えた。

「シューマンの『わが心は重く沈みぬ（マイン・ヘルツ・イスト・シュヴェーア）』よ。知ってるでしょ、ナサニエル。うちで週に一度か二度、夜遅く聞こえていた曲。暗闇にピアノが糸のような旋律を奏でていたわ。一緒にお母さんの声が聞こえた気がするって、あんた言ってたわね。あれが〝シュヴェーア〟だったのよ」

「わたしたちは壊れてしまったのよ、ナサニエル。それを認めなきゃ」姉はドアのほうへそっと僕を押した。「わたしにぜんぜん打ち明けてくれなかった彼女はどうなったの？」

僕は顔をそむけた。「わからないんだ」

「捜せばいいのよ。あんたの名前はナサニエル。スティッチじゃないわ。わたしだってレンじゃない。レンとスティッチは捨てられたの。自分の人生を選びなさい。あんたのお友だちの〝ダーター〟だって、そう言ってたでしょ」

レイチェルは赤ん坊を抱き上げて、その可愛い手を持ち、僕に向かって小さく振った。僕と話すためではなく、息子を見せるつもりで呼んだのだ。小部屋を出ると、ふたたび暗闇に包まれた。たった今閉めたドアの下から、細い光の筋が洩れているだけだった。

## アーサー・マキャッシュ

僕が最初に見つけたのは、戦争中にローズが無線通信士として活動を始めたころの記録の隠し場所だった。まずはグローブナー・ハウス・ホテルの屋上で火災監視員という建前で働いていたときのこと。それからチックサンズ・プライオリーで、暗号化されたドイツ軍の通信を傍受してブレッチリー・パークに送っていたこと。これが〝ロンドンのだまし屋たち〟の指示に従って解読されたのだった。また、彼女はドーヴァーにも赴き、海岸沿いの巨大なアンテナに囲まれて、ドイツ軍のモールス信号通信士のそれぞれのリズムを特定した――キーのタッチを識別する技術は、彼女の際立った能力の一つだった。

さらに奥のほうに謎めいた感じで隠されていた、もっと後期のファイルから、彼女が戦後に国外でも働いていたことが明らかになった。たとえばエルサレムのキング・デイヴィッド・ホテル爆破事件の調書や、イタリアやユーゴスラビア、ほかにもバルカン半島のどこかで起こった事件に関わる報告書のあちこちに、彼女の名前がひょっこり出てきた。ある報告書によると、しばらくナポリ近郊で小さなチームに配置されていたこともあるらしい。報告書のそっけない記述によれば、ひそかに活動を続けているグループの「かなめをゆるめる」ために、男ふたりと女ひとりが送りこまれた。チームの誰かが捕らえられるか殺されるかした。裏切りの可能性についても記されていた。

だが、主に見つかるのは、パスポートにスタンプされたおぼろな都市名や、彼女の使っていた偽名ばかりで、日付は消されたり斜線が引かれたりしていた。それで僕は、彼女が正確にはどこに行き、いつそこにいたのか、突き止めることを断念した。彼女の腕にあった傷跡だけが、僕にとっての真の証拠だと思い知らされたのだ。

僕はふたたびアーサー・マキャッシュに出くわした。外国から帰ってきたそうで、警戒しながら言葉を交わしたあと、ふたりで食事に行った。彼は僕が何をしているか決して尋ねなかったし、こちらも彼がどこに赴任していたのか聞かなかった。僕も今ではあの組織で守るべきルールに精通し、その夜の食事の席では重要な話題をことごとく避けなければならないと承知していた。それでも途中で、ここまでなら話しても害がないし許されるだろうと思い、僕たちの人生における〝蛾〟の役割について、疑問を口に出してみた。マキャッシュはこの質問をはねつけた。僕たちのいたレストランは事務所からずいぶん離れていたが、彼はすばやくあたりを見回した。「その話はできないよ、ナサニエル」

〈リュヴィニー・ガーデンズ〉で過ごした日々は、政府と何の関わりもなかったのに、マキャッシュは国家機密とまったく無縁に思われる人物についてさえ、今も語ることができないと考えている。だが、レイチェルと僕にとっては大問題なのだ。僕たちはしばし黙りこんだ。折れることも話題を変えることもしたくなかった。互いによそよそしい他人のふりをしなければならないことに苛立ちを感じた。なかば挑発するように、うちによく来ていたフローレンスさんという養蜂家を覚えているかと訊いてみた。連絡を取りたいのだと言った。今サフォーク州で蜂を飼っていて、アドバイスが欲しい。連絡は取れるだろうか？

　返事はない。

「ただの養蜂家じゃないか！　女王蜂が死んでしまって代わりが必要なんだ。あんたおかしいよ」

「そうかもな」マキャッシュは肩をすくめた。「こうやって会うのだってやめておくべきだった。君と食事するなんて」彼はフォークを皿に近づけたまま、給仕されるあいだ黙りこみ、ウエイターが去っていくのを見届けてから また口をひらいた。

「確かにこっちも君に言っておきたいことがある、ナサニエル……君のお母さんは情報部を辞めたとき、自分の痕跡をすべて消し去ったが、その理由はたった一つだ。二度と誰にも君とレイチェルを狙わせないためだよ。それに、君たちのまわりには常に保護者がいた。そもそも僕は、週二回〈リュヴィニー・ガーデンズ〉に行って、君たちに目を配っていたんだ。お母さんがしばらくイギリスに戻ったとき、ブロムリーのクラブに連れていったのも僕だよ。君が踊っている姿を、せめて遠くからでも見ることができるようにね。それと、これも知っておくべきだ。戦争が終わったとされたあとも、お母さんが一緒に仕事をしていたフェロンやコノリーといった人たちが、我々にとって重要な盾となり槍持ちとなってくれたんだよ」

アーサー・マキャッシュの仕草は、〝英国人的な緊張〟とでも呼びたいものだった。彼は話しながら、水のグラスやフォーク、空っぽの灰皿やバター皿を何度も動かした。それを見ていると、脳がどれほど熱くフル回転しているかがわかった。目の前の障害物を動かすことで、自分を落ち着かせようとしているのが見てとれた。

僕は何も言わなかった。自力で発見しつつあることについて、彼に知られたくなかった。彼は忠実な役人で、規則に従って生きているのだから。

「お母さんが君たちふたりから遠ざかったのは、自分とのつながりを知られることを恐れたからなんだ。自分のせいで君たちが攻撃されるんじゃないかって。結果としてそのとおりになってしまった。彼女はめったにロンドンにいなかったが、それでも忘れられていなかったんだ」

「父さんは？」僕は小声で尋ねた。

彼はほとんど間を置かず、ただ悲運を暗示するような素っ気ない仕草をした。

彼が食事代を支払い、僕たちは出口で握手した。彼の別れの挨拶には、もうこれっきり、ふたりがこんなふうに会うことは二度とないとでもいうような強い調子がこめられていた。ずっと前にヴィクトリア・ステーションで、彼はこっちが戸惑うほど親しげに声をかけてきて、カフェテリアでお茶をおごってくれたのだった。あのときはまさか母の同僚だとは知らなかった。今、彼はこの場から逃れられて安堵したかのように、足早に僕から去っていく。僕は今も彼の人生についてまったく知らない。僕たちは長いあいだずっと、お互いを避けあってきた。この男は僕たちを助けたあの晩の勇敢な行動について、沈黙することを受けいれたのだ。僕の人生に母が戻ってきて肩に触れ、昔のあだ名で「ハロー、スティッチ」と呼びかけたあの日に。そして母はすぐに彼のほうへ行き、血に染まった白いシャツをひらいて、その血について彼を問いただしたのだ。

**誰の血なの？**

**僕のだ。レイチェルのじゃない。**

マキャッシュの真っ白なシャツの下には、僕と姉を守ったときのことを思い出させるあの傷が、いつまでも残るだろう。だが、彼が母に僕たちの様子を伝え、〈リュヴィニー・ガーデンズ〉で隠しカメラの役割をしていたことを、僕は今はじめて知った。レイチェルが言ったとおり、〝蛾〟が僕たちをどれほど大切にしてくれていたか、気づいていなかったのと同じように。

ある週末を思い出す。〝蛾〟と僕はサーペンタイン・レイクのほとりに立ち、レイチェルが何かを拾おうとしてザブザブと水のなかに入っていくのを眺めていた。ワンピースの裾をたくし上げ、むき出しの脚の上に逆さまに映った身体がくっついているみたいだった。紙切れだったろうか。羽根の折れた鳥だったろうか。それはどうでもいい。重要なのは、ふと目をやると、〝蛾〟が真剣にレイチェルを見つめていたことだ。その一瞬の姿をただ見るというだけでなく、常に変わらぬ彼女への気遣いがにじんでいた。そして、その日の午後じゅうずっと、ウォルターは――今はもうウォルターと呼ばせてもらおう――誰かが近づいてくるたびに、何か危険がひそんでいるのではないかという目でにらみつけていた。きっとあのころ――僕が〝ダーター〟と飛びまわっていて不在だったあいだずっと――〝蛾〟のまなざしはひたすらレイチェルに注がれ、そうやって守ろうとする日々を送っていたのだろう。

だが今、アーサー・マキャッシュもまた保護者であり、週に一、二度、僕たちの様子を見にきていたことを初めて知った。とはいえ食事を終えて去っていく彼に対して感じたのは、一五歳のときに受けたままの印象だった。彼は今も他人とつるまない。最近オクスフォードを出て、ひどい滑稽五行詩を詠み、確かな背景があるようには思えない人物。それでも、もし僕が学生時代のことを尋ねたなら、制服のネクタイの色や、たぶんイギリスの探検家にちなんで名づけられた寄宿舎について、説明してくれたに違いない。実のところ、今でも僕にはときどき、〈リュヴィニー・ガーデンズ〉がアマチュア劇団のように思われることがある。アーサーという名の男が急に登場してぎこちない会話を繰り広げ、出番が済んだら退場して――次はどうする？　それは彼のために書かれた台本だった。ほんの端役だが、ついにはバーク劇場の楽屋のソファーに倒れこむことになる。白いシャツから血があふれ、ズボンの上までしとどに濡れた姿で。その瞬間のことは、舞台裏で機密扱いのままにしなければならない。

だが、あの夜の絵のような場面が、何度もよみがえってくる。母が椅子を引きずって、彼のほうに行く。部屋に一つだけ灯るランプの弱々しい光。母は美しい首を曲げて顔を寄せ、彼の頬にさっと口づける。

「何か手伝いましょうか、アーサー？」母の声が聞こえる。「医者が来るわ……」

「大丈夫だよ、ローズ」母は肩越しにこちらを見てから、彼のシャツのボタンをはずしてズボンから引きだし、ナイフの傷の深さを見る。首から綿のスカーフを取り、あふれだす血を拭き取る。花瓶に手を伸ばす。

「刺されたわけじゃない」

「切り傷ね。見ればわかるわ。レイチェルはどこにいるの？」

「無事だよ」彼が答える。「ノーマン・マーシャルと一緒だ」

「それ、誰？」

「〝ダーター〟だよ」僕が部屋のこっちで声をあげる。すると母はまたこちらに顔を向ける。自分が知らないのに僕が知っていることがあるなんて、と驚いたかのように。

# 母との暮らし

僕は母の足跡をたどり、こちらに戻ったあとただちに情報部を辞めたことを突き止めた。あらゆる関係を断って、ひっそりとサフォーク州に移ったのだ。一方レイチェルと僕は、遠く離れたそれぞれの学校で卒業までの日々を過ごした。つまり、母がヨーロッパで働いていたあいだ母親のいなかった僕たちは、その後もやはり母親がいないままだったのだ。母はいくつもの偽名を消し去って、無名の一般市民に舞い戻った。

母が情報部を離れたあとの記録がふと見つかった。最近の文書にヴァイオラという名前がふたたび登場し、彼女を捜していた一味がまだあきらめていない可能性がある、と知らせるものだった。警護のために「ロンドンからの援軍」を送るという申し出があったが、母はそれをことわり、仕事とは無関係な外部の人物を見つけることにした。自分のためではなく、息子がそばにいるあいだ安全に過ごせるよう見守ってもらうためだ。そこで母は僕の知らないうちに、地元で市場向けの野菜を作っているサム・マラカイトに働きかけ、うちを訪ねて僕に仕事を与えてもらう段取りをつけた。

母のそれまでの世界に住む者は、誰ひとり僕たちの周囲に招かれなかった。

僕はいまだにローズ・ウィリアムズを追っているやつらがいるとは思わなかったし、自分が守られているなんて気づかなかった。母が亡くなって初めて知ったが、母はいつも子どもたちのまわりに――はるかなウェールズの地にいるレイチェルにまで――目を光らせてくれる保護者を置いていたのだ。こうしてアーサー・マキャッシュの代わりにサム・マラカイトが任に就いた。市場向けの野菜を作る、武器など決して持たない男。ただし、三つ又のシャベルや生け垣用の剪定ばさみを数に入れなければだが。

一度、母に、マラカイトさんを気に入ったきっかけは何だったか、尋ねた記憶がある。母が彼を大好きなのは明らかだったからだ。母は庭で膝をついてキンレンカの世話をしていたが、背中をそらせると、僕ではなくどこか遠くを見つめた。「実はね、話をしていたとき、いきなり『コルダイト〔ひも状にした無煙火薬〕の匂いがするようだな』と言いだしたの。たぶん、その何気ない、意外な言葉が飛びだしたので、とても嬉しかったんじゃないかしら。というか、元気をもらったのね。わたしのよく知る分野だったから」

けれど、十代の僕にとっては、サム・マラカイトが象徴するのは彼の住む世界のことに限られた。彼が放火やコルダイトの世界に関わるなんてとても想像できない。あれほどおおらかで安定した人には会ったことがなかった。僕たちの水曜日ごとの楽しみは、仕事に行く途中、ミント牧師が個人的に印刷している四ページの新聞を買うことだった。この土地のキルバート〔一九世紀のイギリスの牧師で、田舎の暮らしについて大量の日記を書き残した〕を気取っている人物だ。ミント牧師は週に一度、二〇人ほどの会衆に説教をするほかは、地域にほとんど貢献していなかった。だが、何はさておき彼には新聞がある。彼の説教と新聞は、地元のあらゆる事件を無理やり教訓的なたとえ話にこじつけるのだった。誰かがパン屋で失神の発作を起こした、アダムソン・ロードの角の電話はひっきりなしに鳴っている、菓子屋からワインガム〔固いグミのような菓子〕が箱ごと盗まれた、ラジオで「横たえる」という言葉が誤用されていた――こういうネタが説教になり、さらに「ミント・ライト」紙でも取りあげられた。霊的な意味合いをぎりぎり保ちながら。

「ミント・ライト」では、火星からの襲撃ですら相手にされなかっただろう。それが一九三九年から一九四五年のあいだの方針でもあった。そのころは、家庭菜園にウサギが入ってきたというような地域の苦情を主に掲載していたのだ。木曜日、午前一二時〇一分、警官が夜の最終パトロール中、雷雨に打たれて「我を忘れて」しまった。日曜日、午後四時、運転していた女性が、梯子(はしご)を運んでいた男に車を止められた。無断で梯子を借りたことも、小学生の男の子が近所の猫に懐中電灯を向け、「左右に振ったりぐるぐる回したりして催眠術にかけようと」したことも、日曜日の説教の時間までには聖書の深遠な含みを帯びていた。催眠状態になった猫は、ダマスコへの途上で光によって目が見えなくなった聖パウロにあっさり結びつけられた。僕たちは「ミント・ライト」を買っては、不気味な口調で記事を読みあげ、もっともらしくうなずきながら、同時に目玉を上に向けてあきれた顔をするのだった。ミスター・マラカイトは、町の市場向けに野菜を作っている自分が死んだら、五〇〇〇人の腹を満たしたキリストの逸話に結びつけられるに違いないと考えていた。僕たちほど丹念に「ミント・ライト」を読む人間はいなかった。ただし、おかしなもので、うちの母だけは別だった。ミスター・マラカイトが水曜日に僕を家まで送ってくると、お茶とフィッシュペーストのサンドイッチを勧め、「ミント・ライト」を借りてひとりで机に向かった。くすりともせずに読んでいたが、今思えば母はばかげた霊的なたとえ話を探していたわけではなく、近所によそ者が現れたという記述がないかチェックしていたのだ。母はミスター・マラカイトのほかには誰にも会わず、あとはたまに郵便配達夫が来るぐらいだった。ペットも絶対に飼おうとしなかった。その結果、家の外には野良猫が、中にはネズミが住みつくことになった。

僕は流浪の学校生活のおかげで自立し、機転も利くようになり、そして衝突を好まなかった。〝シュヴェーア〟を避けるようにしていた。議論になればすぐ引き下がった。まるで、魚類の一部や鳥類に備わる瞬膜〔まぶたとは別に水平方向に動いて眼球を保護する膜〕を持っているかのように。そうすればそばにいる相手から、無言のまま、さほど失礼にもならずに距離を置くことができる。プライバシーと孤独を好むのは、僕も母も同じだった。議論をしない部屋と、人のまばらなテーブルに、僕たちはふたりとも心を惹(ひ)かれた。

ただし衣類にまつわる癖だけは違っていた。僕はあちらこちらを転々としたせいで、身辺をきちんとするようになった。自分の服にアイロンをかけるといったことから、物事をコントロールできているという感覚が得られた。ミスター・マラカイトと畑仕事をするときでさえ、着た物はちゃんと洗ってアイロンをかけた。一方、母は洗ったブラウスを近くの茂みに吊るして乾かし、そのまま着てしまうのだった。僕のこだわりの強さを見下していたとしても、母は何も言わなかった。もしかしたら気づいてさえいなかったのかもしれない。だが、テーブルをはさんで座ると、僕は澄んだ目をした細面（ほそおもて）の母の顔が気になって仕方がなかった。アイロンのかかっていないシャツを着ているのは、夕食にはこれで十分と感じていたからだろう。

母は自分のまわりを静寂で包み、十代のころに読んだ『プレシャス・ベイン』や『ロリー・ウィロウズ』といった名作をドラマ化した番組以外は、めったにラジオも聴かなかった。ニュースも聴かない。政治の解説も聴かない。母はまるで、二〇年前、母の両親が〈ホワイト・ペイント〉で暮らしていたころの世界にいるようなものだった。真空にも似たこの静寂は、僕たちふたりの隔たりをいっそう際立たせた。あるとき、珍しく激しい口論になったとき、置き去りにされた不満をぶつけると、母はすかさず言い返した。「でも、オリーヴがしばらくそばにいたでしょ。いつも近況を知らせてくれてたわ」

「ちょっと待って――オリーヴ？　オリーヴ・ローレンスを知ってたの？」

母は余計なことを言ってしまったかのようにたじろいだ。

「みん・ぞく・し・がく・しゃ、だよ？　知り合い？」

「あの人はただの民族誌学者じゃなかったのよ、スティッチ！」

「じゃあほかに何をしてたんだ？」

母は答えなかった。

「あとは？　誰を知ってたの？」

「連絡は取っていたわ」

「そりゃすばらしい。連絡は取っていた。自分のためだろ！　感謝感激だ。何も言わず僕たちを捨てたくせに。あんたたちふたりとも」

「仕事があったのよ。責任を果たさなければならなかった」

「僕たちへの責任はどうなんだよ！　レイチェルはあんたをひどく憎んで、僕と話もしてくれない。ここであんたと一緒にいるせいで、僕のことまで嫌ってるんだ」

「そうね、わたしは呪われてるわ、自分の娘に」

僕は目の前にあった皿をつかみ、話はこれで終わりだとばかりに、下手投げで思い切り壁に投げつけた。ところが皿は上向きに弧を描き、食器棚の端に当たって砕け、破片の一つが母のほうに跳ねかえって、目のすぐ上あたりを切りつけた。そして破片が床に落ちる音が響いた。時間が止まって、ふたりとも黙りこみ、母の頬を血が流れ落ちる。そばに行こうとしたが、母は拒絶するかのように片手を上げて僕を制した。頑として無表情に立ったままで、額に手をやって傷の様子を探ることさえしなかった。ただこちらに手のひらを向けて、僕が近づくことも介抱しようとすることも、いっさい拒絶していた。こんなの何でもないというように。もっとひどいことがあったとでもいうように。母の腕に刻まれた傷を見たのも、このキッチンだった。

「どこに行ってたの？　少しだけでも話してくれよ」

「すべてが変わったのは、あなたとレイチェルとこの〈ホワイト・ペイント〉にいた晩、頭上を飛ぶ爆撃機の音を聞いたときだった。どうしても関わらずにはいられなくなったの。あなたたちを守るために。それが子どもたちの安全のためだと思ったのよ」

「誰と一緒だった？　どうしてオリーヴと知りあったの？」

「あなたはオリーヴが好きだったんでしょう……？　とにかく、彼女はただの民族誌学者じゃなかった。あるときは気象学者のグループに加わって、イギリス海峡の上空を飛ぶグライダーに乗っていたわ。科学者たちが一週間かけて、風速や気流を記録していたんだけど、そこにオリーヴもいたの。空の上で、これからの天候や雨の確率を予測していた。Dデイの侵攻を決行するか延期するか、判断するためよ。彼女はほかのことにもいろいろ関わっていたわ。もうこれで十分でしょ」

母は片手を上げたままで、まるで証言でもするかのようだったが、そんなことを母が望むわけがなかった。やがて背を向けて流しにかがみこみ、顔の血を洗い流した。

母は僕のために本を選びはじめた。父と結婚する前、学生時代に読んだ小説が主だった。「そう、お父さんは大の読書家だったわ……それがわたしたちを引きあわせたのかもしれない……最初はね」家にはバルザックのフランス語版のペーパーバックが山のようにあり、それが母の大のお気に入りなのは僕も知っていた。外の世界でどんな陰謀がうごめこうが、母はもはや我関せずのようだった。興味があるのは、バルザックの小説に出てくるラスティニャックのような架空の人物だけなのだ。僕には興味がなかったと思う。まあ、何らかの形で影響を与えなければと感じていたかもしれないが。とはいえ、必ずしも僕の愛を求めていたとは思わない。

母はチェスをしようと提案してきた。なんだか僕たち親子の闘いを象徴するようだと思いながら、肩をすくめて承諾した。ふたを開けてみたら、母は意外にも教え方が上手く、実に慎重にゲームの運び方やルールを指南した。教わったばかりのことを僕が理解していると確信するまでは、決して次の段階に進まなかった。僕が苛立ちを見せると、母はまた初めからやり直した——わかったふりをしてうなずいても、母をだますことはできない。ずっと退屈だった。外に出たくて仕方がなかった。そして夜には、あんな手やこんな手が暗闇のなかでつぎつぎに押し寄せてきて眠れなくなった。

基礎のレッスンを終えると実戦が始まったが、母は容赦なく僕をたたきのめした。それから勝敗を決した駒を置きなおして、どうすれば危機を回避できたか示すのだった。空いたスペースに進むための手がいきなり五七通りも現れる。まるで猫になって、耳をピクピク動かしながら初めての路地に入っていくかのようだ。母はゲームのあいだ絶えずしゃべりつづけていたが、僕の気をそらすためだったり、集中することに関する大切な話を聞かせるためだったりした。母の手本は一八五八年の有名なチェスの試合で、〝オペラ〟というタイトルがつけられていた。というのも、実際にベッリーニの『ノルマ』が上演されている劇場のボックス席で戦われたからだ。その音楽が母は大好きだった。戦ったアメリカ人のチェス選手も熱心なオペラファンで、ときどき舞台上の展開をちらちら眺めていた。相手はフランスの伯爵とドイツの公爵で、どの手を打つか、ひっきりなしに声高に相談しあった。母が伝えようとしていた肝心な点は、気を散らすことについてだった。舞台で司祭たちが買収されて殺され、主人公たちがついに火刑台で焼かれるまでのあいだ、チェス選手でオペラファンのアメリカ人は、素晴らしい音楽に妨げられることなく、自分の選んだ戦略に集中しつづけた。それは母にとって比類のない集中の模範だった。

谷の上空に雷雨が居座ったある晩、僕たちは温室のテーブルをはさんで静かに向かいあっていた。そばにナトリウムランプが灯っていた。頭上で少しずつ嵐が進むなか、母はポーンとルークを初期位置に並べた。稲妻と雷鳴が、薄いガラスに囲まれている僕たちを無防備な気分にさせる。外はベッリーニのオペラの世界さながらだった。温室のなかはむせるような植物の匂いが立ちこめ、二本の電熱線が室内をどうにか暖めている。僕たちはナトリウムランプの黄色いほのかな光のなかで、駒を動かしていた。気が散りそうな状況でも僕は善戦していた。青いカーディガンを着た母は煙草を吸い、ほとんど僕を見なかった。その八月は嵐が続き、朝になると新たな世紀が訪れたかのように、明るく清らかな光が射すのだった。集中して、と母は何度もささやいた。僕たちは嵐の轟音と閃光に包まれながら、またしてもふたりで意志の力を競いあっていた。〇・二五秒の稲光の瞬間、母がふと防御の手を誤ったように見えた。自分に残された明らかな指し手がわかったが、それから、定石とは違うがもっと効きそうな手があることに気づいた。すぐさまそれを打つと、母はその意味を見てとった。四方を轟音に取り巻かれていたが、今、僕たちはただその音に耳を傾けていた。光の洪水が温室を照らしだし、母の顔が見えた。その表情に浮かんでいたのは――驚きだろうか？一種の喜びだろうか？

こうしてようやく、僕らは母と子になった。

*

不安を抱えて成長すると、人との接し方がその日まかせになり、さらに安全を求めるなら、時々刻々と変わってくる。相手について覚えておくべきことにも関心が持てない。すべてが自分しだいなのだ。だから、僕が過去をよりどころにして、その解釈の仕方を再構築するには、長い時間がかかった。僕の記憶している行動には一貫性がなかった。若き日はほぼずっと、バランスを取りながら、なんとか沈まないように過ごしてきた。十代後半になって、温室でローズ・ウィリアムズとチェスをするまでは。人工的な熱に包まれ、彼女は激しく闘争心を燃やしてチェスをした。相手は、ふたりいる子どものうちでひとりだけ、母親と暮らすことに応じた息子だ。ときに彼女はきゃしゃな首ののぞくガウン姿。またあるときは青いカーディガン。着ているものに顔を深く埋めるので、僕に見えるのは疑い深いまなざしと黄褐色の髪だけだった。

「防御はすなわち攻撃よ」と一度ならず言われた。「優れた指揮官が何より重んじるのは、退却の技術なの。いかにして進み、いかにして無傷で退くか、それが大事なのよ。ヘラクレスは偉大な戦士だったけれど、毒にひたした服を着せられて非業の死を遂げた。かつての武勇のせいでね。よくある話だわ。たとえば、二個のビショップを守るために、クイーンを犠牲にするとか。待って――だめよ！　ええ、そっちがそう来るなら、わたしはこう打つわ。わずかなミスでも、敵は制裁を加えてくる。これで、あと三手でチェックメイトよ」そして母はナイトを動かす前に、身を乗り出して僕の髪をくしゃくしゃっとした。

その前に母に触れられたのがいつのことか、覚えていなかった。そうやって対戦するあいだ、母が僕を仕込もうとしているのか、それともむごい扱いをしているだけなのか、さっぱりわからなかった。ときおり母は不安そうになり、ひと昔前の女性のような感じで、はかなげに見えた。まるで舞台に立っているようだった。そうした夜には何らかの力が働いて、薄暗がりのなかテーブルの向こうにいる母だけに集中できた――母こそが気を散らすものだとわかっていたとしても。母の打つ手はとても速く、そして母の眼は僕の頭のなかだけを見つめていた。まるで僕たちふたりにとって、この世にほかの人間は誰も存在しないかのようだった。

　そのゲームが終わって引き上げる前に、母はふたたびチェス盤に駒を並べた。あと二、三時間もすれば、ひとりで起きだすのに。「これはわたしが初めて棋譜を覚えた試合よ、ナサニエル。前にも話したオペラ劇場での勝負」母は立ち上がって盤を見下ろし、両手を使って駒を動かした。片手に白、片手に黒。一度か二度、動きを止めて、次の指し手を僕に考えさせた。「いいえ、こっちよ！」その声には、僕の判断への苛立ちではなく、名人の指し手への驚嘆がこめられていた。「ほら、彼はここにビショップを置いたの」母はどんどんスピードを上げて両手を動かし、ついに黒の駒がすべて制圧された。

　しばらくかかってようやくわかったのだが、今の母、そしてこれまでの母の真の姿を理解するには、何とかして母を愛さなければならないのだ。難しいことだった。たとえば、母は僕だけを家に置いて出かけたがらない。もし僕が家に残ることにしたら、母は外出をやめてしまう。まるで、僕が母の私物を手あたりしだいに引っかき回すつもりだと、疑っているかのようだ。これがわが母親だとは！　あるときその話をしたら、母がひどくうろたえたので、弁解しなくていいうちに、こっちから取り消して謝った。母が戦略に長けた人間であることはのちに知ったが、このときの反応は演技ではないと感じた。一度だけ自分のことを少し明かしてくれたのは、母の両親が茶封筒に入れて寝室に保管していた数少ない写真を見せてくれたときだ。まじめな女学生の顔をした一七歳の母が、ライムの木の下にたたずむ写真。それから、頑固そうな母の母と、ときどき肩にオウムを乗せた長身の男性も一緒の写真。堂々たる風貌の人物で、少しだけ年を重ねた母とその両親がウィーンの〈カサノヴァ・レヴュー・バー〉にいる数葉の写真にもまた写っていた――テーブルの上に空のワイングラスが一〇個以上並び、その横の大きな灰皿に店名が読みとれたのだ。だが、それ以外に、おとなになってからの母の人生を少しでも物語るような物は、〈ホワイト・ペイント〉の屋敷にはなかった。僕がもしギリシャ神話のテレマコスだったとしても、姿を消した親の行動の証拠も、葡萄酒色（ぶどうしゅいろ）の海を旅した跡かたも、見つけられないだろう〔ホメロス作『オデュッセイア』をもじっている〕。

僕たちはほとんどの時間をブラブラと、相手の邪魔にならないように過ごした。僕は土曜日も含めて毎朝、仕事に行くことで解放されていた。やがてある晩、いつものように軽い夕食をとったあと、母の落ち着かない様子に気づいた。もうじき雨が降りそうなのに、明らかに家から出たくて仕方がないようなのだ。その日はずっと、灰色の雲が垂れこめていた。

「ねえ。一緒に歩かない？」

僕は出かけたくなかったし、断ろうと思えば断れたが、それでもつきあうことにすると、心からの笑顔が返ってきた。「オペラ劇場での試合について、もっと聞かせてあげる」と母は言った。「コートを持ってね。雨になるわ。途中で引き返したくないから」母が玄関のドアに鍵をかけ、ふたりで西の丘のほうへ向かった。

あのころ、母はいくつだったのだろう。四〇歳ぐらいか。僕は一八歳になっていた。母は大学で語学を学んでいたが、若くして結婚した。それが当時の習わしであり、風潮でもあったのだ。本当は法律の学位を取りたかったと話してくれたことがある。だが、それをあきらめて、代わりにふたりの子どもたちを育てたのだ。三十代前半、まだ若いころに戦争が始まり、信号技師として働きだした。そして今、母は黄色いレインコートを着て、僕の横を大またで歩いている。

「ポール・モーフィーというのが彼の名前よ。一八五八年一〇月二一日のこと……」

「わかった。ポール・モーフィーだね」僕は言った。母がネットの向こうから打ちこんでくる次のサーブに備えるかのように。

「そう」母はちょっと笑っていた。「この話はこれっきりにするわ。彼はニューオーリンズ生まれの神童だった。一二歳のとき、ルイジアナ州を旅していたハンガリー人のグランドマスターに勝ったの。ご両親は息子を弁護士にしたかったけど、彼はそれに従わず、ゲームの世界に進んだ。そして人生最大の試合が、パリのオペラハウスでの対局だった。相手のブラウンシュヴァイク公爵とイズアール伯爵は――この二一歳の若者に敗れたというたった一つの理由で、人々の記憶に残ることになったのよ」僕はひそかに微笑(ほほえ)んでいた。ご大層な称号だ！　ミル・ヒルでアグネスが、夕食を盗み食いした犬に〝サンドイッチ伯爵〟とあだ名をつけたことが思い出された。

「でも、これほど有名になったのは、試合がおこなわれた場所と状況のせいでもあったの。まるでオーストリア＝ハンガリー帝国の小説か、『スカラムーシュ』のような冒険譚の一場面みたいにね。三人のプレーヤーが座っていたのは、ブラウンシュヴァイク公爵のボックス席で、舞台のすぐ上だった。かがみこめばプリマドンナにキスできたかもしれない。そして、その夜はベッリーニのオペラ『ノルマ』の初日だった。

モーフィーは『ノルマ』を観たことがなくて、公演をぜひ観たいと願っていた。大の音楽好きだったから。舞台に背を向けて座っていたので、自分の手をすばやく指しては、舞台のほうを振り返った。もしかしたら、そのおかげで最高の対局になったのかもしれないわね。一つ一つの指し手が天にさっと描いたスケッチのようで、地上の現実とはほとんど無縁だった。対戦相手はふたりでじつくり議論しては、ためらいがちに駒を動かす。モーフィーは向きなおって盤をちらっと見るなり、ポーンやナイトを進めて、またオペラに戻る。対局のあいだに彼の使った時間は、全部合わせても一分足らずじゃないかしら。本当に素晴らしい試合だった。今もその評価は変わらない。時を経ても並外れた名勝負の一つとされているの。彼は白の駒で先手だったわ。

さて、ゲームは〈フィリドール・ディフェンス〉で始まった。黒にとって受け身のオープニングよ。モーフィーは初めの段階では黒の駒を取る気がなくて、それよりも戦力を結集しようとした。早くチェックメイトに持ちこんでオペラを鑑賞できるようにね。一方、敵方のふたりの議論しあう声はどんどん大きくなって、観客とプリマドンナの神経に障りはじめた。主役の巫女長ノルマを演じるマダム・ロジーナ・ペンコは、公爵のボックス席に何度も鋭い視線を投げた。モーフィーはクイーンとビショップを連携させて盤の中央を支配し、黒を堅い守りの体勢に追いこんだ」

母は暗闇のなかでこちらに顔を向けた。「盤上のゲームについてきてる？」

「ついていってるよ」僕は答えた。

「黒はたちまち崩れた。さあ、休憩時間よ。舞台の上ではさまざまなことが起こったわ——ロマンチックな恋、嫉妬、殺意、すばらしいアリア。ノルマは捨てられ、子どもたちを殺そうと決意する。

そのあいだも観客はずっとブラウンシュヴァイク公爵のボックス席に注目していたのよ！

第二幕のストーリーが展開する。黒の駒はキングを守るために動きを封じられ、ナイトはどちらもモーフィーのビショップで抑えられている。ついてきてる？」

「ああ、うん」

「次にモーフィーはルークを盤の中央に進めて攻撃に出る。黒を望みのない位置にどんどん追いこむため、驚くような犠牲をいくつも払いつづける。さらに、この前の晩に見せたとおり、あざやかにクイーンを捨て駒にしてすばやくチェックメイトに持ちこむ。オペラがヤマ場を迎え、ローマの執政官とノルマが火葬用の薪の上でともに死ぬ覚悟をするまでに、モーフィーは対戦相手を完全に打ち負かして、音楽に全神経を集中することができた」

「ワーオ」僕は声をあげた。

「『ワーオ』って言うのやめて。ほんの数か月アメリカにいただけなのに」

「深い言葉なんだよ」

「〈フィリドール・ディフェンス〉で始まったけれど、モーフィーはオペラ座に行くまでに、すばらしい理性の深みに達していたようだった。そういうことが起こるのは、もちろん、自分をあまり意識しすぎないときよ。それがその晩だった。一〇〇年近い歳月が過ぎても、『ノルマ』の上演中に暗い客席で指した手によって、今も天才として評価されているわ」

「彼はどうなったの？」

「チェスから足を洗って弁護士になったけど、うまくいかなくて、親のすねをかじって暮らしたわ。

四十代で亡くなるまでね。決してチェスには戻らなかった。でも、一度は絶頂を味わったのよ、すばらしい音楽とともに」

お互いを見ると、どちらもずぶ濡れだった。最初は雨が気になったが、いつしか忘れていた。僕たちは雑木林の入口あたりに立っていて、はるか下方では白いペンキの塗られたわが家に明かりが灯っていた。母はここにいるほうが、頑丈で暖かいあの家にいるよりもずっと幸せなのだと、僕は感じた。家にしばられないこの場所にいると、ふだんめったに見せない快活さと陽気さが母からあふれるようだった。僕たちは暗く冷え冷えと生い茂る木々の下を歩いた。母は帰りたがらず、僕たちはしばらくそこにいた。ふたりきりで、ほとんど言葉も交わさなかった。一緒に働いていた人たちに、母はこんなふうに見えていたに違いない、と僕は思った。静かな戦争のあいだ、知られざる闘いのさなかに。

*

母がミスター・マラカイトに聞いた話によると、〈ホワイト・ペイント〉から数キロの家によそ者が越してきて、どこから来たかも、何の仕事をしているかも、明かしていないらしい。

母はランボロー・ウッド沿いに歩き、セント・ジェームズの村の南西にある堀に囲まれた農場を越えて、その男の家が見えるところまで行く。夕方だ。家の明かりがすべて消えるまで待ち、さらに一時間待つ。そしてようやく暗闇のなかを帰ってくる。翌日もまた半キロほどの距離まで行き、相変わらず何の動きもない家を見つめる。やがて午後遅く、痩せこけた男が姿を現す。母は男のあとを慎重につけていく。彼は古い飛行場のまわりを歩く。実のところ、どこにも行かない。母にはそれがわかる。ただの散歩だが、彼が家に戻るまで母は目を離さない。そしてまた同じ野原に立ち、男の家の明かりがほぼ消えても、しばらくそのまま待ちつづける。家の近くまで進みかけるが、思い直して、ふたたび懐中電灯もなしに暗闇のなかを帰る。

翌日、郵便配達員にためらいがちに訊いてみる。「配達のとき、話したりするの？」

「いえ、あんまり。めったに会わないんです。玄関まで受け取りにも来なくて」

「どんな郵便が届くの？　たくさん来るのかしら？」

「あの、それは話せないんです」

「ほんとに？」母は笑いかけそうなほどだ。

「ええと。本が多いですね。一度か二度、カリブ海のほうから小包が来ました」

「ほかには？」

「本以外は、よくわかりませんね」

「犬は飼ってるかしら？」

「いえ」

「興味深いわ」

「お宅は？」彼が尋ねる。

「いいえ」

話しても大して役に立たないのでこのへんで切り上げる。今や郵便配達員はもっと会話したくてうずうずしているが。あとで当局の助けも得て、あのよそ者に具体的に何が配達されているか、あわせて彼が何を郵送しているかもわかる。さらには、彼がカリブ海の出身であり、両親はそこの英国植民地の砂糖プランテーションで年季奉公の奴隷だったことも判明する。彼は何かの作家で、どうやら世界のほかの地域でもかなりよく知られているらしい。

母はよそ者の名前の発音を覚え、ひとりでくり返してみる。まるで外国から輸入された珍しい花か何かのように。

＊

**「彼は来るとき、イギリス人になりすます……」**

ローズはこの言葉を、死後に見つかった予備の日記に書きつけていた。自宅での私生活においても、秘密の日記のなかでさえも、可能性を洩らすことに慎重だった。呪文のようにひとりでつぶやくことさえあったかもしれない。「彼は来るとき、イギリス人になりすます……」

過去とは——母は誰よりも痛切に知っていたが——決して過去にとどまるものではない。だから、祖国のわが家に戻り、自分だけのノートのなかでも、自分がまだ標的であることを母は意識していた。復讐を心に決めた人物がサフォーク州の田舎に入りこみ、疑われることなく近づいてくるには、そうやって正体を偽るしかないと推測したに違いない。動機の手がかりとなるのは、その人物の出身地がおそらくヨーロッパのどこか、かつて母が働いていた場所、そして戦時に問題のある決断がなされた場所だろうということだけだ。「いつか自分のところに、誰が来ると思っているの？」僕がもし知っていたなら、きっと母に尋ねただろう。「そんなにひどいことって、何をしたの？」すると母はきっとこう答えたはずだ。「わたしの罪はいろいろあるわ」

あるとき母が認めたのだが、謎に包まれた僕の父は、過去に対する堤防や防火壁を築くのが誰よりも上手だった。

「今どこにいるの？」と僕は尋ねた。

「アジアかしらね」答えはあいまいだった。「あの人は壊れていたわ。わたしたちは別々の道を進んだのよ」母はテーブルをきれいに拭くみたいに、片手を水平に滑らせた。父はずっと昔のあの晩、アブロ・チューダーに乗りこんだときを最後に、まったく姿を見せていなかった。

取り替え子は自分の本当の血筋を悟るものだ。だから僕は、〝ダーター〟や〝蛾〟について知るほどにも、父についてまったく知りえない。あのふたりはまるで父の留守中に読んでいた本の登場人物のようで、僕はそこから学んだのだった。彼らとどこまでも、とことん冒険したかった。あるいはカフェテリアの娘と恋をしたかった。僕が行動し、強く求めなければ、人生から去ってしまうかもしれない娘と。なぜなら、それが運命というものだから。

数日間、僕は父の存在を発見したいと願って、別の保管庫への侵入を試みた。だが、国内にも国外にも、父の痕跡はいっさい見つからなかった。ここには記録が残されていないのか、それとも父の正体はもっと重要な機密として扱われているのか。というのも、ここは地上からの高さが大きな意味を持つ場所だからだ。七階建てのビルの上階へ行くほど、霧がかかって見えなくなり、ずっと昔に日常の世界とはつながりを断っている。父がまだ存在するなら、ここにいると信じたい気持ちが心のどこかにあった。帝国のはるか遠い場所で、日本軍の降伏を監視し、暑さや昆虫、さまざまに複雑な戦後の暮らしから、アジアのどこかで精神を病んでいたりしないように。もしかしたらそんなのはすべてやみくもな作りごとかもしれない。父の極東での昇進話のように。もっとそばにいて、こんなふうであってほしいと望む姿とは裏腹に――煙のようにとらえどころがなく、話題にさされることのない男は、文書にさえ残されていないようだった。

父は旅立つ前、町の中心にあるオフィスに何度か僕を連れていき、大きな地図を見せてくれたが、そこにはさまざまな取引先が記され、沿岸の港やひそかに隠された島国が描かれていた。僕はそれを思い出して、そうしたオフィスは戦時中に情報センターとしても機能していたのではないかとあやしむようになった。会社が植民地からお茶やゴムを輸入していることを父が話してくれた場所。明かりに照らされた地図が父の世界の経済領土と政治領土の全貌を表していた場所。あのオフィスの建物は、いったいどこにあったのだろう。ひょっとすると、まさに僕が今いるこの場所だったのかもしれない。あるいは、同じように秘密の活動に提供されていたどこか別の場所なのか。父は少年の僕を連れていったあのオフィスで、本当はどんな役目を担っていたのだろうか。こうした施設では階の高さが権力を意味することを今の僕は知っている。そしてあの建物から連想するのは、まさに〈クライテリオン〉にほかならない。僕たちは地下の洗濯室や湯気の立ちこめる厨房で働き、建物の上階に入ることは決して許されない。ゲートや梯子で魚のように選別されて、奴隷に身をやつしでもしない限り、宴会場より上には誰も行けない。そうした雲の上にあるオフィスに、子どものころすでに僕は、父に連れていかれたことがあるのだろうか。

一度、冗談かクイズのようなつもりで、父の運命について考えられる可能性をリストにしてレイチェルに送ってみた。

**ジョホールで絞め殺された。**

**スーダンに向かう船上で絞め殺された。**

**永久に無断外出。**

**今も正体を隠したまま、活動を継続中。**

**ウィンブルドンの施設で隠居生活。パラノイアに冒され、すぐそばの動物病院から聞こえる音にいつもイライラしている**

**今もユニリーバのビルの最上階にいる。**

姉からの返事はなかった。

僕の記憶のなかには、整理されていない断片がたくさんある。以前、祖父母の寝室で、母の学生時代のあらたまった写真を見せてもらったが、父の写真は一枚もなかった。母の死後、大急ぎで〈ホワイト・ペイント〉に駆けつけ、母の生と死についてとにかく何かしらの手がかりを見つけようとしたときも、父の痕跡となる写真などはいっさい出てこなかった。僕が知っているのは、父の時代の政治地図が広大で海の向こうにおよぶことだけだった。父が僕たちの近くにいるのか、それともはるか遠くに永遠に消えてしまったのか、見当もつかなかった。俗にいうように、父はさまざまな場所で生き、どこででも死ねる人だった。

## ウグイス張りの床

母の死は新聞で報道されなかった。ローズ・ウィリアムズが死んでも、かつて彼女が属した大きな世界から表立った反応はなかった。小さな訃報欄に海軍大将の娘と紹介されただけで、葬儀の場所についての記載はなし。あいにくなことに例の「ミント・ライト」紙だけには取り上げられたが。

レイチェルは葬儀に参列しなかった。知らせを受けてすぐ連絡を取ろうとしたが、電報を送っても返事はなかった。それでも、驚くほど大勢の人々が町の外からやってきた。おそらく母のかつての同僚だろう。場所を公表しなかったにもかかわらずだ。

母が埋葬されたのは、住まいのある村ではなく、二〇キロ以上も離れた、ウェイヴニー・ディストリクトのベネイカー教区だった。葬儀もそこでおこなわれた。母は信心深くなかったが、その教会の質素なたたずまいが気に入っていた。式を手配した人物はそれを知っていたに違いない。

葬儀は午後だった。ロンドンからの参列者がリヴァプール・ストリートで朝九時の列車に乗り、終わったら夕方の列車で市内に帰れる時間に設定されていた。僕は墓のまわりに集まった人々を眺めながら思いを巡らせていた。いったい誰がこうした計画を立てたのだろう。母の墓石に刻まれた

「暗く険しき道を勇者のごとく歩めり」という一節を選んだのは誰だろう。マラカイト夫妻に尋ねても、知らないという。ただ、ミセス・マラカイトによると、すべてそつなく慎み深く執りおこなわれたとのことだった。集まったなかに報道関係者はおらず、車で来た人は注目を浴びないように墓地の入口から二、三〇〇メートル離れたところに駐車していた。僕は母を失った悲しみに沈み、近寄りがたく見えたに違いない。大学で報せを受けたのはつい昨日だった。名も知らぬ会葬者たちは、墓のそばに立つ一八歳の若者が、親を亡くして途方に暮れていると思ったことだろう。とうとうひとりがそばに来て、何も言わずに僕と握手した。まるでそれが慰めにふさわしいとでもいうように。彼はそのままゆっくりと、物思いに沈んだ足取りで墓地の外へ出ていった。

　僕は誰とも口をきかなかった。別の男性が近づいてきて「お母さんは大した女性だった」と言った。でも僕は顔を上げることさえしなかった。今にして思えば失礼な話だが、彼がそばに来たとき、僕は墓穴をのぞいて、地中に安置された細長い母の棺（ひつぎ）を見つめていたのだ。そのとき僕は、棺おけ職人も、注文した誰かも、ローズ・ウィリアムズがきわめて細身だと知っていたに違いない、と考えていた。それに、黒い桜材が気に入るだろうということも知っていたし、葬儀で使われた言葉にあきれることも皮肉に感じることもないとわかっていたのだ。さらには、墓碑銘にブレイクの詩の一節を選ぶだろうということさえも。そうやって一メートルほど下を眺めながら思いをめぐらせていたとき、その男性の静かな、少しはにかんだような声が聞こえてきたのだった。「お母さんは大した女性だった」と。そして、僕が我に返り、返事もしなかったことに気づいたときには、長身のその男性は僕ひとりの時間を尊重してすでに立ち去り、後ろ姿しか見えなかった。

しばらくすると、教会の墓地には僕とマラカイト夫妻が残るだけになった。参列してくれたロンドンの人々とわずかな村の住人はすでに帰っていった。マラカイト夫妻は僕を待っていてくれたのだ。母の訃報のあと、ふたりとは会っておらず、電話でサムと話しただけだった。僕が近づいていくと、サムはこんなことをした。ゆったりしたアナグマの革のコートをがばっと広げて——両手をポケットに入れたままで——僕をそのなかに包みこんだのだ。彼の暖かな体のすぐそばに、心臓にくっつくほどに。彼は知りあってからずっと、ほとんど僕に触れたことがなかった。調子はどうかと尋ねることもめったになかったが、僕がどんな人間になるか、気にかけてくれているのはわかっていた。僕にはまだ分別が足りないとでもいうように。その晩は夫妻の家に泊めてもらった。予備の寝室の窓からは、塀に囲まれた庭が見下ろせた。そして翌日、彼が車で〈ホワイト・ペイント〉に送ってくれた。本当は歩きたかったが、彼は僕に話さなければならないことがあると言った。そしてこのとき、母がどのように死んだか、聞かせてくれたのだった。

ほかの村人は誰も、何があったか知らなかった。彼は奥さんにさえ話していなかった。母が亡くなったのは夕方で、翌日の正午ごろミスター・マラカイトが発見した。即死なのは明らかだった。彼はローズ・ウィリアムズを——とつぜんふたりの親交が消えてしまったかのように母をフルネームで呼んだ——リビングに運びこんだ。それから、前に母から渡されていた電話番号にダイヤルした。もしも自分の身に万一のことがあったら、そのときはそうするようにと言われていたとおり。僕に知らせるよりも前に。

電話の向こうの声は彼の名前を尋ね、どこにいるかを確認した。彼女が亡くなっていることをもう一度確かめてほしいと頼んだ。少し待つように言った。それからちょっと間が空いた。声が戻ってきて、何もしないようにと命じた。とにかくそのままにしておくように。そして何が起こったかも、自分がたった今したことも、黙っているように、と。サム・マラカイトはポケットに手を伸ばし、二年前に母から預かった、ここにかけろという電話番号が記された紙の現物を僕に差しだした。私的なメモながら丁寧に書いてあり、感情はこめられていないものの、その明確さと綿密さに、声にならない気持ち、恐れさえ読みとれるような気がした。彼はうちのほうを見渡せる高台で僕を降ろした。「ここから歩くといい」と言った。それから僕は、母の家に向かって歩いていった。

母の遺した静けさのなかに入っていく。外に野良猫のエサを置いてやる。そしてフライパンを叩いてからキッチンに入った。忌まわしきネズミを追い払うために母がいつもやっていたことだ。

もちろん誰かがここに来たのだ。ミスター・マラカイトが母を横たえたソファーに、その形跡はなかった。手がかりになりそうなものは何もかも取り去られていた。おそらく母の死については速やかに効率よく捜査がおこなわれるだろうし、たとえ当局によって何らかの報復がなされたとしても決して表ざたにはならないだろう。僕に知らされることもない。そして、見つかってほしくないものは、もう何一つ家のなかにないはずだ。ただし、母がかつて会話のなかで口にした、ほんのちょっとした言葉のなかに、僕が気づくような何かをたまたま残していない限りは。そういえば、「ミスター・マラカイトを見ると、ある友人を思い出すの。ミスター・マラカイトのほうがお人よしだけどね」と言っていたことがある。ただし、「お人よし」ではなく、「優しい」だったかもしれない。どっちだったろう。たぶん「優しい」だと思う。なんとなく重要な気がする。はっきりと違いがあるから。

しばらくは何もしなかった。庭を歩いていると、まるで不思議な巡り合わせのように、カッコウが家の周りを飛びながら律義にさえずる声が聞こえてきた。子どものころ、母がよく言っていた。東から来るカッコウは慰めをもたらす。西から来たら幸運、北なら悲しみ、南なら死をもたらす、と。僕は鳥の姿を探して、しばし鳴き声のあとを追ううちに、温室に入った。母はそこで亡くなったと聞いた。粉々に割られたはずの窓ガラスも、すでに修理されていた。家にひとりでいるのをめったに許されなかったことがくり返しよみがえる。そして、僕が何を手に取るか、何に興味を惹かれるか、いつも母が観察していたことも思い出す。母の用心深い視線から解放された今は、各部屋がもっと強い意味を秘めているように感じられる。外は暗くなってきた。書棚からドイツ語のペーパーバックを何冊か抜きだして、母が名前を書いていないか見てみたが、いつもどおり足跡を残してはいなかった。シュニッツラーという作家の書いた、晩年のカサノヴァについての本があった。それを二階に持っていき、ベッドに入った。

おそらく夜八時ごろだったが、僕は奇妙に凝縮されたカサノヴァの物語にたちまち熱中してしまった。中年になったカサノヴァがヴェネチアに帰ろうとする話で、すべての展開がわずか数日のあいだに起こり、短編小説という小さな枠にぴたりとおさまっていた。僕の心はカサノヴァへの憐憫でいっぱいになり、それは思いがけなくも揺るぎないものだった。ドイツ語で書かれていたが、時を忘れて読みふけった。カサノヴァが眠りについて物語が終わったところで、僕も眠った。枕元の明かりはつけっぱなしで、小さな本も両手に持ったままだった。

いつも寝ていたベッドで目覚め、枕元の明かりを消すと、午前三時の暗闇のなかだった。すっかり目が冴えている。発想を変えて、シュニッツラーのようにもっとヨーロッパ的な視点から、家のなかを見てまわらなければと思った。それに、今はちょうど、母がふだん起きていた時刻だ。

懐中電灯を持って部屋から部屋へゆっくりと移動し、戸棚や化粧だんすの引き出しを開けてみた。まっさきに自分の寝室を探った。母が女学生のころに使っていた部屋だが、そのころを偲(しの)ばせる物は何一つなかった。次に入った母の両親の寝室は、ふたりが自動車事故で亡くなったときのまま、時代の名残りをとどめていた。そして第三の部屋は中ぐらいの広さで、ここが母の寝室だった。細長いベッドは、まるで母の棺のようだ。リージェンシー様式のウォルナット材のデスクは、母がその母から受け継いだものだった。母は真夜中によくそこに座って、自分の過去を記録するのではなく消去していた。この家でほとんど使われることのない電話は、ここにある。ミスター・マラカイトが母から預かっていた番号に電話をかけるには、この部屋に入らなければならなかったはずだ——電話の先はロンドンか、あるいはほかの場所だったろうか。

ウォルナット材のデスクから見つかったのは、母のしわくちゃのシャツに包まれた、初めて見るレイチェルの額入りの写真だった。じっくり眺めてわかったのだが、その写真が撮られたのは、母が遠くにいて、僕たちが何をしているか知らないはずの時期だった。誰が撮ったのか。〝蛾〟だろうか。僕たちが母を意識せずにいたときに、母のほうは僕たちをどれほど意識していたのか。その写真についてさらに奇妙なのは、レイチェルがとてもおとなっぽい服装をしていることだ。そのころはまだ十代だったはずなのに、すっかり成熟した雰囲気を見せている。姉のそんな装いは目にしたことがなかった。

夜の捜索が終わるまでに新たな発見は何もなく、僕の寝室の戸棚をいちばん上まで調べても、忘れ物一つなかった。僕が最初に休暇でここに滞在したとき、この部屋を使うように言う前に、隅々まで調べたに違いない。見つかったのはただ一つ、丁寧に額装して隠してあった姉の写真だけ。そういえば姉には一年以上も会っていなかった。もう朝の五時になっていて、すっかり目が覚めた僕は下に降りることにした。冷たい静寂のなか階段を降りていき、いちばん下の木の床を踏むと、暗がりのなかでウグイスが鳴きだした。

とつぜんこんなに大きな甲高い音がしたら、誰でも飛び起きるだろう。一年前、僕が夜中に下に降りたとき、母が起きてきたように。腹が減って、チーズとミルクが欲しかっただけだが、あのひどく騒がしい音に包まれて振り向くと、もう階段の上に何かを持った母の姿があった。手に何を持っていたのかはわからない。僕に気づくと、それを背中に隠した。そのあと僕が床のどこを踏んでも――母は安堵しつつも、わずかに蔑むような目で見つめていた――薄暗がりのなか、音は僕の居場所を知らせつづけた。床の端のせまい部分だけは、音をたてずに歩くことができる。だが今は僕ひとりきりなので、騒音を響かせながらそのまま歩いていき、暖炉のある絨毯敷きの小さなリビングに入ると、ウグイスの警報が止まった。

僕は腰を下ろした。おかしなもので、たちまち心に浮かんだのは、ローズの死によって姉と僕が失ったものではなく、もっと昔に彼女が僕たちから去っていったときのことだった。あのときのほうが、ずっと多くを失ったように感じられた。母は僕たちに新しく名前をつけることに喜びを感じていた。僕をナサニエルと呼ぶことにこだわったのは父だったが、母にしてみればその名は長すぎた。それで母にとって僕は〝スティッチ〟だった。同じようにレイチェルも〝レン〟になった。

**〝レン〟はいったいどこへ行ってしまったんだろう？** 母はおとなの友人に対してさえ、本名よりもっとふさわしい名前を探すのが好きだった。勝手に地名を拝借して、その人の生まれた土地や、初めて会った場所の名で呼ぶことさえあった。たまたまラジオで話していた女性の訛り（なま）を聞きつけて、「チジックが出てるわ」と言ったりした。そんな好奇心や知識のかけらのようなものを、僕たちは子どものころいつも母と分かちあっていた。そして、さよならと手を振って姿を消したとき、母はそのすべてを持ち去ってしまった。ちょうど今と同じように、母はああやって自分の存在を消したのだ。初めて〈ホワイト・ペイント〉でひとりになって、そのことを考えた僕は、生きた母の声を失ったのだと思い知らされた。若き日の目から鼻へ抜ける聡明さも、みずから足を踏み入れて僕たちに隠しとおした秘密の人生も、今やすべてが失われてしまったのだ。

母はこの家を骨組みだけの通り道にしてしまった。母の寝室、キッチン、暖炉のついた小さなリビング、書棚の並ぶ、温室までの短い通路。これが母の晩年の居場所だった。かつて近所の村人や孫たちが詰めかけた家は、最小限まで中味が削ぎ落とされていた。だから葬儀のあと滞在した二日間も、母よりその両親の形跡のほうがよほど目についた。戸棚のなかに、手書きの紙が何枚かたまたま見つかったくらいだ。一枚は、家のなかにいるネズミに関するわずかな書きつけだった。いつまでも帰らない客だが、そのうち慣れてしまったという内容だった。正確な縮尺で描かれた庭の図面は、ミスター・マラカイトによるものだろう。何度も書き直された黒海沿岸の国々の地図もある。だが、引き出しのほとんどは空っぽだった。

僕は母の書棚の前に立った。ひとりで田舎に暮らし、ミスター・マラカイトから暴風雨警報が出たことを知らされなければラジオもほとんど聞かない人にしては、ずいぶんささやかな蔵書だ。母はもう、よそからの声にうんざりしていたに違いない。ストーリーが紆余曲折したのち、どうにか最後の二、三章ですんなりとおさまるところにおさまる、そんな小説のなかの声を除いては。余分なものが取り払われて沈黙するこの家には、カチカチと音をたてる時計すらなかった。母の寝室の電話が鳴ることもなかった。ただ一つ明らかな、だからこそ驚くべき音の源は、ウグイス張りの床だった。ほっとするのよ、と母は言っていた。安心させてくれるの、と。あとはひたすら静まり返っていた。休暇で帰ると、母が隣の部屋でため息をついたり、本を閉じたりする音まで聞こえた。

母はいくどペーパーバックの棚の前に行ったのだろう。バルザックの登場人物、ラスティニャックやフェリシ・カルド、ヴォートランに会える場所に。あるときふと眠りから覚めて、夢うつつのまま「ヴォートランは今どこ?」と僕に尋ねたことがある。誰に話しかけているのか気づいていなかったのかもしれない。アーサー・コナン・ドイルは、バルザックなんて絶対に読まないと断言していた。何から手をつければいいかわからないし、主要な人物がいつどうやって登場したか突き止めるのが困難すぎる、と。だが、母は「人間喜劇」のすべてを熟知していた。そして僕は、母がどの作品に、記録されることのない自分の人生の投影を見いだしたのだろうかと考えはじめた。あの作品群のなかに散りばめられた、誰の人生をたどったのか。ついには自分自身をもっとはっきりと理解するまで。おそらく母は、「人間喜劇」のうち『ソーの舞踏会』にはラスティニャックが登場せず、なのに何度も話題になることを知っていたはずだ。ふと思いついて書棚からその本を取り出し、パラパラとめくると、一二二ページと一二三ページのあいだに手描きの地図がはさまっていた。石灰の山のように見えるものが、一五センチ×二〇センチの四つ折判の紙に描かれている。地名はない。おそらく何の意味もない断片だろう。

僕はまた二階に戻り、祖父母の部屋にまだ残っていた写真入りの古い茶封筒を開けた。ところが、写真の数が減っている。以前の夏に母が見せてくれた、陽気で無垢な感じの写真がなくなっていた。キッチンから出たところでライムの木の下にいる若き母のまじめな顔はまだある——けれども、僕がいちばん好きだった、もう少しあとの時代の写真はもはやなかった。つまり、あの写真たちは無垢ではなかったということか。ローズと両親、そしてほかの写真にもいた背の高い男性が一緒の写真——中でも特に、ウィーンの〈カサノヴァ・レヴュー・バー〉の外国らしい装飾のなかにいる写真。十代後半の母が、煙草の煙の立ちこめるなか、おとなたちの真ん中に座り、情熱的なバイオリン弾きが母のほうに身を乗り出していた。そしてほかにも何枚か、おそらくその一時間ほどあとに、まるで低速度写真のように撮られたもの。全員がタクシーの後部座席にひしめきあって笑い転げていた。

「それはお祖父ちゃんの友人よ。近所に住んでいて、一家は屋根ふき職人だったの」ローズはそう言いながら、もはやここにはない写真を僕に見せたのだった。僕はそこに写っていた知らない男性を指差して、誰なのか尋ねた。「屋根から落ちた少年よ」

「名前はなんていうの？」

「覚えていないわ」


だが、今はもちろん、それが誰か僕は知っている。

彼は母の葬儀に参列していた。墓のそばに立ち、静かな声でおずおずと僕に話しかけようとした。年は取っていたが、消えてしまったあの写真と変わらぬ背丈と風貌から、その人だとわかった。僕は彼を一度か二度、勤め先のビルの玄関ホールで見かけたことがあった。オフィスの伝説的な人物だ。限られた人間しか乗れない青いエレベーターを待っていた。行き先は未知の最上階、そのビルで働く僕たちにとって、想像するしかない景色の広がる場所だ。


葬儀から二晩が過ぎ、〈ホワイト・ペイント〉での最後の夜に、僕は母の寝室に行って、シーツの掛かっていない細長いベッドに横たわった。きっと母もそうしていたように、暗がりに寝ころがって天井を見上げた。「彼について教えてくれよ」僕は言った。

「誰のこと？」

「母さんが僕に嘘をついた人のことだよ。名前を覚えていないと言った男の人。葬式のとき僕に話しかけてきた人だよ」

# 屋根の上の少年

ローズの一家の誰かが家から出てきて、卵を取りに行ったり車に乗りこんだりするたびに、彼は勾配のある藁(わら)ぶき屋根の上からその様子を見下ろした。一六歳のマーシュ・フェロンが僕の母の子ども時代に登場したのは、〈ホワイト・ペイント〉の屋根の藁をふき替える必要があったからだ。彼と父親とふたりの兄は、初夏のあいだその屋根の上で働いた。ときに陽射しにやられ、ときに強風にあおられながら、一家は手際よく作業を進め、みじんも互いを疑うことなくいつも語りあい、ありえないほどに結束していた。マーシュは末っ子で、聞き役だった。冬のあいだ、彼はひとりで近くの湿地に行き、葦を刈って積み上げる〔マーシュには「沼地」の意がある〕。すると春までに乾くので、兄たちがそれをより合わせて長い藁にし、しなやかな柳の枝をヘアピンのように曲げて屋根に固定するのだった。

ある日、突風が吹いてきてマーシュを屋根からはじき飛ばした。彼は落下しながらライムの木の枝をつかんで速度をゆるめ、六メートル下の敷石に着地した。父や兄たちが吹きすさぶ風のなかを降りてきて、彼を寝かせたままキッチン裏の流し場に運びこんだ。ローズの母がソファーベッドを用意した。身体を動かしてはならず、移動させるわけにもいかない。それでマーシュ・フェロンは、そのまま他人の家の流し場にしばらく住むことになった。

L字型の流し場を照らすのは自然の光だけだった。薪ストーブと、それからセイント地帯の地図があり、歩道と渡河地点がすべて記されていた。兄たちが屋根の上で仕事を続ける数週間のあいだ、ここが彼の世界になる。夕暮れに兄たちが帰っていく音を聞き、翌朝には梯子を上りながらにぎやかに話しつづける声で目を覚ました。最初の数分が過ぎると、彼らの声はさほど聞こえなくなり、たまに笑い声や怒鳴り声がするだけになる。二時間後、今度は家のなかの一家が動きだし、声をひそめて会話していることに気づく。彼には世界がすぐそばに、けれども遠くに感じられた。屋根の上で働いているときもそうだが、躍動するはるかな世界が自分の横を通り過ぎていくような気がするのだった。

八歳の少女が朝食を運んできて、すぐに去っていった。やってくるのはたいていこの子だけだ。彼女は入口で立ち止まり、その後ろに家の奥のほうが見通せた。少女の名前はローズだった。彼には母親がいなくて、ずっと男世帯で育ってきた。あるとき、少女が家の書斎から本を一冊持ってきてくれた。彼は貪（むさぼ）るように読み、次の本を頼んだ。

「これなあに？」少女は彼に貸した本の最後の白いページに、スケッチがいくつか描かれているのを見つけた。

「あ、ごめん……」マーシュは恥ずかしくなった。スケッチを描いたことを忘れていた。

「いいのよ。何の絵？」

「フライだよ」

「変わった蠅(フライ)ね。どこで見たの？」

「いや、作るんだよ、魚釣りに使うんだ。作ってあげようか」

「どうやって？　材料は？」

「ブルー・ウイングド・オリーヴ・ニンフがいいかな……糸がいる。防水塗料も」

「手に入るわ」彼女は出ていこうとした。

「待って。ほかにも必要だ……」彼は書きつけるための紙をもらった。

「ちょっとリストにするよ」

少女はじっと見ていた。

「これなんて書いてあるの？　ひどい字ね。口で言ってよ」

「わかった。ガチョウの小さい羽。赤銅線、人の髪の毛よりあまり太くないやつ。小型の変圧器に使われてるんだ」

「ゆっくり言って」

「――または発電機にも使う。それから針も持ってこられるかな？　あとは銀箔、輝きを持たせるために」

リストはさらに続いた。コルク、トネリコ材のブロック。頼んだなかにはこれまで使ったことのない材料もあった。小さいノートも持ってきてくれるかな？　訪れる人のない図書館にでもいるように、彼はさまざまな想像をふくらませていた。彼女は糸の詳細や、針のサイズについて尋ねた。このときすでに、筆跡に似合わずスケッチが細部まで行き届いていることに彼女は気づいていた。まるで別の人間の手によるもののようだった。若者は、こうして人と話すのは何年ぶりだろうと考えていた。翌日、少女と母親を乗せた自動車が私道を出ていく音が聞こえた。

日がな一日、彼は陽の当たる窓辺に座って、色以外は自分の描いたスケッチどおりに毛鉤（けばり）を作っていった。ときには地図の前に危ういバランスで立ち、すでに知っていたこと、これまで知らなかったことを目で追ってみた――まっすぐなローマ街道に沿ってきれいに伸びるオーク並木、ゆるやかにカーブする川。夜にはベッドを抜けだして、暗闇のなかでぎこちなく身体を動かそうとした。自分の姿が見えないことが大事だった。腰の力が抜けると、壁にぶつかったりベッドに倒れこんだりした。できるだけ動いてから、汗まみれになってベッドに戻った。そんなことをしているとは、彼の家族も少女の家族も知らなかった。

仕事が最後の週になると、兄たちは命綱をつけて屋根から身を乗り出し、ロング・フルー・ナイフやロング・イーヴス・ナイフを使って藁の先端を刈りこんだ。少年が窓越しに見上げると、鉄の刃が行ったり来たりして、刈られた藁が大麦のように落ちてくるのが見えた。

やがて少年の家族はまた彼を横にしたまま運びだし、荷車に乗せて去っていった。失われていた静寂がふたたび屋敷を包みこんだ。それから数か月のあいだ、ときおり少女と両親は、フェロン一家が遠くの村の屋根の上で仕事をしているという噂を聞いた。カラスの群れが巣を作るための新しい雑木林を見つけるのに似ていた。だが、末息子のマーシュは、時間さえあれば、足を引きずるのをなんとか治そうと努力を重ねた。暗いうちに起きて、自分たちが屋根をふいた家々のそばを歩いたり、川の流れる谷に降りてみたりするうちに、夜が白々と明けはじめ、鳥のさえずりが聞こえてくるのだった。そんなふうに張りつめた新たな光の射す時間を、マーシュ・フェロンは書物のなかに探しはじめた。作家がストーリーから逸脱し、そういう特別なひとときを描写しようとするたびに。それはひょっとしたら、著者の若き日の記憶の一ページかもしれない。少年は毎晩本を読むようになった。そうすれば兄たちがしゃべっていても耳をふさいでいられた。屋根ふき職人の技を知ってはいても、彼は自分を兄たちから切り離そうとしていた。

豊饒。そもそもどういう意味だろう？　何かが多すぎるのか？　再び満たすこと？　完全な状態？　望んでいたもの？　マーシュ・フェロンという名の人間は、学びたい、まわりの世界を吸収したいと願った。ローズの一家が二年後に彼と再会したとき、最初はその若者が誰なのか気づかなかった。相変わらず用心深くはあったが、すっかり別人になっていて、すでに広い世界で働くことに興味を持ち、真剣に考えていた。ローズの両親は彼を迎え入れた。以前、彼が怪我をしてひとりきりのときにそうしたように。彼らはマーシュの聡明さに気づき、大学を卒業するまでずっと援助することになる。要するに、彼は自分の家族を捨てたのだ。

*

フェロンはレンガのひさしにつかまって、暗闇のなか大学の塔を登っていき、見えない中庭の風景から五〇メートルほどの高さまでたどり着いた。週に三晩、雨で滑りやすいタイルを相手に自分を試し、あと一、二時間で夜が明けて建物や芝生が姿をさらすというころまで続けるのだった。漕艇やラグビーのような人目にふれる競技をやろうとは考えたこともない。傷だらけの指とすばやい身のこなしだけが自分の力を示すのだ。そもそも古書店で『トリニティの屋根に登るための手引き』という荒唐無稽な本を見つけ、はじめはそんな妄想なんて作りごとで、子どもじみた冒険心にすぎないだろうと考えた。そこで真実を探るため、はたまた鐘楼に綿密に作られたカラスの巣を見つけるため、みずから登ることを始めたのだった。そうして幾晩も登ったが誰にも会わなかった。ところがある晩、一九一二年という文字の横に、二つの名前が釘で刻みつけてあるのを見つけた。彼は回廊の屋根を歩いて、ざらざらする壁を登った。我ながら幽霊のようだと思った。

ほかにも夜行性の人々を見かけるようになった。それはマーシュが見つけたあの自費出版の本に基づく、クライミングの伝統なのだとわかった。著者のウィンスロップ・ヤングは、ケンブリッジ大学に入る以前は岩登りをしており、そうした冒険を懐かしんで、彼曰く「人がまばらでほとんど無名の建物群」を大学のアルプス山脈に見立てたのだった。『トリニティの屋根に登るための手引き』には、登るのに最適なルートについて、迷路のような図と細かい説明があり、この二〇年間、何世代もの〝壁登り屋〟たちを刺激しつづけてきた。彼らは〝蜂の巣箱ルート〟沿いに排水管を登り、バベッジ階段講堂のてっぺんの不安定なタイルを滑るように進んだ。そんなわけでフェロンの数メートル横にほかの登り手が現れることもあった。人を見つけると彼は息をひそめ、挨拶もせずに通りすぎた。一度だけ、暴風のなか誰かが上から落ちてきたことがある。フェロンが手を伸ばしてコートを引っつかみ、腕に抱きとめると、吹きつける風のなか、ショックにおののく顔がこちらを見つめていた。見覚えのない新入生だった。フェロンは安全な出っ張り部分に彼を残し、さらに上へ登っていった。

一二月に教会の塔を降りていたとき、女性の横を通りすぎようとすると、挨拶なしには通すまいとして腕に触れてきた。「こんばんは。ルース・ハワードよ。数学科——ガートン・カレッジの」「マーシュ・フェロン」彼も思わず答えていた。「言語学だ」彼女がさらに言った。「あなたでしょ、わたしの弟を受け止めてくれたのは。秘密主義なのね。前にもここで見かけたことがあるわ」彼女の顔はほとんど見えなかった。「ほかには何を勉強してるの？」と彼は尋ねた。自分の声が暗闇のなかでやけに大きく聞こえた。「主にバルカン半島について。今もゴタゴタしてるから」彼女は言葉を切り、遠い目になった。「ねえ、知ってると思うけど……ひとりでは屋根まで行きつけないところが何か所かあるの。チームを組まない？」彼はためらいながらも首を横に振った。彼女は身を低くして去っていった。

次の夏、ロンドンで、彼は体調を維持するため、夜に市内のビルを登っていた。そのなかに最近増築された百貨店の〈セルフリッジズ〉もあった。建設中に誰かが非常口の地図を作っていたので、彼は晴れの日も暴風雨の日もそこを訪れた。「マーシュ・フェロン」あの女性の声がした。たった今気づいたような口ぶりだったが、なんと彼はじわじわとたるんでいく雨樋に片手でぶら下がっているところだった。「ちょっと待って」「いいわ。ところで、ルース・ハワードよ」「わかってる。何日か前の晩、東の壁で見かけたよ。デューク・ストリートの上で」「飲みに行きましょう」彼女が言った。

彼女は〈ザ・ストーク〉で、市内でほかに知っている、登るのにうってつけの場所について語った——カトリックの教会いくつかと、川沿いの〈アデレード・ハウス〉は、最高に楽しめるわよ、と。ウィンスロップ・ヤングのことも話題にし、『屋根に登るための手引き』は自分にとって新約聖書にも等しいのだと言った。「あの人はただのクライマーじゃなかったのよ。英語詩で名誉総長賞を受けたし、第一次大戦では良心的兵役拒否者として自主参加救急隊に加わった。わたしの両親は彼の近所に住んでいて、知り合いだったわ。彼はわたしのヒーローよ」

「きみも良心的兵役拒否者なのか？」彼は尋ねた。

「いいえ」

「なぜ？」

「込み入った話なのよ」

「トリニティの学生だったことはあるの？」少ししてから尋ねてみた。

「そうじゃないわ。ふさわしいタイプの人を探してたの」

「誰を見つけたんだい？」

「ある人のあとを追って、〈セルフリッジズ〉の斜面でつかまえた。その人が一杯おごってくれたわ」

フェロンは顔が赤くなるのを感じた。

「きみの弟を受け止めたから？」

「それを誰にも話さなかったからよ」

「じゃあ、僕はふさわしいタイプなのかな？」

「まだはっきりしない。わかったら、知らせるわ。どんなふうに落ちたの？」

「僕は落ちたりしない」

「ちょっと足を引きずってるから」

「落ちたのは子どもの僕だよ」

「なおさら悪いわね。だってよけいに長続きするでしょ。恐怖が。あなた、サフォークの出身よね……」

彼はうなずいた。自分について彼女が何をどれだけ知っているのか、考えるのはもうあきらめていた。

「落ちたのは、どうしてなの？」

「うちは屋根ふき職人だったんだ」

「ユニークね」

彼は黙っていた。

「ロマンチックってことよ」

「腰の骨を折った」

「ユニークね」彼女はまた言って、おどけようとした。それから「ちなみに、東海岸のほうに人が必要なの。あなたが住んでいた場所の近く……」

「どんなふうに？」

彼はちょっとやそっとでは驚かない覚悟ができていた。

「ある人たちを見張ってほしいの。戦争が一つ終わったけれど、おそらく次のが近づいているから」

フェロンは彼女から渡された東海岸の地図を学習し、海沿いの町、カヴィーザとダンウィッチのあいだの小道まですべて頭に入れた。それからさらに詳細な地図には、彼女のリストにある人々の所有する農場が記されていた。今のところ問題は起こしておらず、疑わしいだけだった。「侵攻に備えて、目を光らせていなければならないの」と彼女は言った。「ドイツを支持する人たちよ。いざとなったらこっそり忍びこんで、痕跡を残さないでね。ローレンスが言うところのヒット・エンド・ランよ。それで道具は……なんていうんだっけ？」

「ロング・フルー・ナイフだ」

「そう。すてきな名前ね」

ルース・ハワードという女性には、それっきり二度と会わなかったが、何年もたってから、ヨーロッパで容赦なく続く騒乱に関する政府の機密報告書のなかで、誰かの怒りの走り書きにその名が記されているのをふと見つけた。「我々は自分たちが〝コラージュ〟のなかにいることに気づいた。そこでは何一つ過去にならず、どんな傷も時の流れに癒されることがない。すべてが現在であり、むき出しで悲痛なまま、何もかもが途切れることなく同時に存在しつづける……」

激しい書き置きだった。

それでもルース・ハワードは、彼をひそかな戦いへ導いた存在だった。トリニティの壁を登ったとき、〝吹抜屋台〟についても教えてくれた。彼女によると、日本画の技法の一種で、鐘楼や回廊の屋根といった高所に視点を置き、壁を取りはらって、普通なら見えないところまで描いてしまう。よその暮らしを覗くようにして、そこで起こっていることを側面から眺められるのだ。

そして、ルース・ハワードが指摘したとおり、確かに彼は秘密主義だった。それから数十年のあいだくすぶり続けるさまざまな争いに、フェロンがどこでどのように関わったか、知る者はほとんどいない。

## 鳥撃ち

マーシュ・フェロンは闇を抜けて、〈ホワイト・ペイント〉へ車を走らせた。彼と犬が見守るなか、ローズが車のほのかな光に向かって歩いてきて、後部座席に乗りこんだ。フェロンは車をバックさせてから、海辺を目指して走りだした。一時間近く飛ばした。彼女は茶褐色の犬にもたれて眠っている。彼はときどきそちらに目をやる。愛犬と、一四歳の少女と。

川の入り江に着くと、犬を放してから、身をひそめるための隠れ場所を準備した。車の後ろのトランクからオイルクロスのハードケースに入れた銃を何挺か取り出し、犬のほうへ運んだ。犬はまだ水のないぬかるんだ入り江に立ち、上空の何かに向かって伸びあがるようにして、すでに身構えている。それもまた記録されない時間、マーシュ・フェロンがいつも好む、存在しないも同様の時間だった。最初は数センチの深さから、少しずつ潮が満ちてくる。暗闇のなかからその音が耳に届く。あたりをごくほのかに照らす明かりは、少女の眠る車のなかに灯る光だけだ。その琥珀色が目印となり、羅針盤となるように、ドアを開け放ってある。潮が入り江を満たすまで、一時間ほど彼は待った。それから車に戻り、ローズが目覚めるまで肩に手を置いた。彼女は伸びをして、両腕を車の天井のフェルトに押しあて、それからしばらく座ったまま外の暗闇を眺めた。ここはどこ？　フェロンの犬は？

彼はローズを連れて、生い茂る草むらを抜け、水辺まで行った。しだいに増していく水の深さが、時間の経過を告げる。光が射すころ、水深は三〇センチほどになり、景色がほぼ見えてきた。ふいにすべてが目を覚まし、鳥たちが巣から出てくる。六〇センチの深さになった入り江の水際でかしこまっていた猟犬も、水が勢いを増して迫るにつれて後ずさりした。泳ぎが苦手なよそ者には危険な場所だ。こんなに浅い流れでも引きずりこまれてしまう。ついさっきは腰まで水につかって、ブライズ川の河口を一〇〇メートル先まで渡り、一時的に出現した小さな島まで歩くこともできたのに。

フェロンが発砲すると、空になった薬莢が散弾銃から飛び散った。鳥が音もなく水のなかへ落ちる。犬が泳いでいき、少し格闘したあと、獲物を連れて戻ってきた。泳ぎながら呼吸ができるように、犬が鳥の足をくわえていることにローズは気づいた。頭上で騒然として飛びまわる鳥たちを目がけ、フェロンはまた撃った。もうずいぶん明るくなっている。彼は別の散弾銃を手に取って説明しはじめた。どうやって薬室を開け、二発の弾を装填するか。やって見せるのではなく、静かな口調で説明し、彼女の表情から実際どこまで理解したかを読みとる。彼女が話を聞く様子を彼はいつも好もしく思い、信頼もしていた。若いながらも、顔を上げて彼の口をじっと見つめる。犬たちがそうするように。そして彼女は空に向かって、何もないところに発砲した。猟銃の音と反動に慣らすために、彼はそれを続けさせた。

彼らの行き先は、その日によってブライズ川の河口だったり、オールド川の河口だったりした。最初の夜の旅以降、フェロンが潮の満ち引きする海辺へ鳥撃ちに連れていくとき、彼女は決まって助手席に乗りこむようになり、ほとんど話はしなくてもちゃんと目を覚ましていた。彼女はまもなく終わる宵闇に目を凝らした。灰色の木々がこちらに迫っては、逃亡するかのようにそばをすり抜けていく。彼女はすでに先のことを考え、頭のなかで予行練習をしている。銃のずっしりした重み、握ったときの冷たい感触、的確なタイミングで正しい高さにさっと構えること、発砲後の反動、河口の静寂をつんざく音の反響。こうして、ふたりと一頭が真っ暗な車に乗って進んでいくあいだ、彼女はその手順にすっかりなじむことができた。犬はシートのあいだにもたれて、温かな鼻先を彼女の右の肩にのせる。彼女も身を乗りだして、自分の頭を犬の頭に押しあてた。

＊

ローズの引き締まった体と顔つきは、歳月を経てもほとんど変わらず、ほっそりしたままだった。

どこか油断のなさを漂わせていた。それがどこから来るのか、マーシュ・フェロンには見当もつかなかった。彼女の育った環境は穏やかで、自給自足の土地であり、緊急事態とは無縁だったからだ。提督である彼女の父親は、まさにそうした穏やかさを体現していた。周りで何があろうがお構いなしに見えた。だが、それが彼のすべてを表しているわけではなかった。マーシュは自分と同様に彼もまた、ロンドンにはもっと多忙な公人としての生活があるのだと察していた。ふたりの男たちは日曜日になると連れだって散歩に出かけた。アマチュア博物学者のマーシュは、石灰の山の謎について語った。そこには「あらゆる時代の動物相が現れては消え、そのあいだほぼ無限に働きつづける微生物たちの努力によって、石灰の層は築かれているんです」サフォーク州はローズの父親にとって、きわめてゆったりした休息の台地だった。差し迫った本物の世界は海にあると知っていたのだ。

父親とフェロンの気さくな友情関係のあいだにあったのは、娘ローズの存在だった。どちらの男も、彼女に対しては横暴でも危険でもなかった。父親は政党に関して問われれば堅物に見えただろうが、愛犬のペチュニアがソファーによじ登って腕に飛びこんでくるのは拒まなかった。妻と娘は彼のこうした反応が海上では決してあり得ないことをよく承知していた。なにしろ船の索が傷んでいるというだけで罰を食らうのだから。それから、彼は音楽については感傷的で、思い入れのあるメロディーがラジオから流れてくると、家族を黙らせるのだった。彼が留守のとき、娘は父の落ち着いた男らしさを恋しく思った。父がいれば、母の命令が厳しすぎるときも、こっそりそばに行って慰めを得られるのに。もしかしたらそのせいで、ローズは父の不在のあいだマーシュ・フェロンを追いかけたのかもしれない。ハリネズミのしつこい習性や、牛が出産後に体力を回復するため後産を食べることについてフェロンが語るのを、ぽかんと口を開けて聞き入っていた。彼女はおとなや自然にまつわる複雑な決まりごとを求めていたのだ。たとえ幼くても、フェロンは彼女と話すとき、いつもおとなとして扱ってくれた。

マーシュ・フェロンは長い期間を外国で過ごしてサフォーク州に戻ると、ふたたび彼女と会う機会を得た。だが、彼女はもはや、魚釣りや鳥撃ちを教えてやった少女ではなかった。結婚して娘がひとり。僕の姉レイチェルを連れていた。

フェロンは娘を脇に抱えたローズを見つめる。彼女はレイチェルを芝生に座らせて、彼がプレゼントした釣竿を持ち上げる。彼女がまっ先に何をするか、彼にはわかっている。手の上で重さを確かめてから、にっこり微笑むのだ。彼は長く留守にしすぎた。望むのはふたたびその笑みを見ることだけだ。彼女は使いこんだ釣竿の木目を手のひらでこすってから、娘を抱えあげ、歩み寄ってフェロンを抱きしめる。子どもはあいだにはさまれてきまり悪そうにしている。

けれど今、彼は違う目で彼女を見ている。彼女はもはや学びざかりの若者ではない。そのことにがっかりする。一方、サフォーク州の両親の家まで車を飛ばしてきた彼女は、再会した彼を子ども時代の盟友としか考えていない。授乳期の真っただ中で、朝まだ暗い三時や四時に起きる日々でも、ふたりのあいだのずれをローズは感じていない。心の奥でひそかに考えていることがあるとしたら、それは昔からの隣人で今も好意を寄せているフェロンのことではなく、かつて目指していたのに結婚のせいで人生から消えてしまった仕事のことだ。彼女は子持ちで、すでにふたり目がお腹にいる。言語学者として生きる道は閉ざされたのだ。このまま若い母親でいるしかない。自分から活発さが失われていく気がする。一時間ほど子どもを預け、フェロンと散歩に出たとき、それを打ち明けようかとさえ考える。

フェロンはたいていロンドンにいて、彼女も近くのタルス・ヒルで夫と暮らしているのに、ばったり出くわすこともない。ロンドンでふたりはまったく別の世界に生きている。フェロンはBBCで働きながら、ほかにも何か手がけているようだが、それについてはほとんど語らない。そして、担当するラジオ番組では愛すべき博物学者として知られているものの、その裏の顔は、知る人ぞ知るプレイボーイなのだ――彼女の父はずっと彼のことを〝遊び人〟と呼んでいる。

そんなこんなで、彼女はこの日の午後、両親の暮らす〈ホワイト・ペイント〉の芝生で、久しぶりに彼と会った。どこに行っていたのかしら、と彼女は訝る。それでも、今日は彼女の誕生日で、母がひらいてくれた昼食会に、意外にもこうして釣竿のプレゼントを持ってきてくれたのだ。そして彼らは、一時間ふたりきりで散歩しようと約束する。「昔あなたが作ってくれたブルー・ウイングド・オリーヴ・ニンフ、今も持っているわ」彼女は言う。まるで告白するかのように。

だが、彼にとって、彼女は見知らぬ人になってしまった。引き締まった体つきは変わり、常に子どもにつながれている。内に秘めたものや油断のなさが、影をひそめている。それがどういうことか、彼にはよくわからなかったが、どことなく本来の自分らしさをあきらめてしまったように感じられた。かつてはいきなり飛びかかってきそうな物腰が魅力だったのに、もはやその気配はみじんもない。そんなことを考えているとき、通り道をふさいでいたスギの枝を彼女がさっと押しやる。うなじのかすかな骨のラインが目に留まり、もう消えたと思っていた愛しさがよみがえってくる。

そこで彼は、きわめて聡明なこの女性に、仕事をしないかと持ちかける。彼女にはかつてありとあらゆることを教えこんだ。この州にある最古の岩石を年代順に並べたリスト。矢に向いている木、釣竿にふさわしい木――ついさっき彼女が、彼の贈り物を顔に近づけ、胸をときめかせる微笑みを浮かべながら、匂いでかぎわけた木。トネリコ。彼は自分の世界に彼女を迎えたいと思う。おとなになった彼女については何も知らない。たとえば、最初は尋常でないほど長くためらって尻込みしても、ついには求める道への一歩を踏みだし、そうなると何があっても貫きとおす覚悟を決めている――そうした習性はこの先も変わることなく、いったん迷ってもそのうちすっかり深入りする。それと同じように、その後ずっと、何ものも彼女をフェロンから引き離せなくなる。夫がいるという理屈も、ふたりの子どもたちへの責任さえも。

彼女を選んだのはフェロンなのか、それともこれはローズが以前から望んでいたことなのか。我々は結局、はじめから運命づけられていたとおりになるものなのか。それはマーシュ・フェロンによって敷かれた道などではなかったのかもしれない。もしかしたら、こうした人生こそ彼女がずっと求めていて、いつか飛びこむことになる旅路だと自分でわかっていたのかもしれない。

彼は使われなくなっていた田舎家を買って、少しずつ手を入れ、〈ホワイト・ペイント〉から離れて暮らす隣人になる。だが、小さなその家はたいてい無人で、そこにいるとき彼は決まってひとりだ。土曜の午後に放送されるＢＢＣのラジオ番組「ナチュラリスト・アワー」のホスト役には、本当の彼らしさがいちばんよく表れているかもしれない。イモリや川の流れ、川岸を呼ぶのにふさわしそうな七つの名前、ロジャー・ウーリーの作ったカワヒメマスの毛鉤、あるいはトンボのさまざまな翼幅についてなど、ひとり語りがそのまま流される。それは彼がローズと一緒に野原や川床を歩くとき、いつも会話しているのと同じ調子だ。マーシュ・フエロン少年はトカゲを手のなかにかくまい、コオロギをそっと手にのせては放してやっていた。子ども時代は親しみやすく穏やかだった。それが本来そうありたいと願っていたはずの自分だった。アマチュアの自然愛好家で、暇さえあれば自然と触れあっていた。

だが、今や彼は〝秘密主義者〟として、政府のオフィスで名前のない地位につき、ヨーロッパの政情不安な地域にも潜入する。こうして彼の物語に知られざる舞台が加わっていく。フエロンの諜報活動の腕前が優れているのは、動物の生態に詳しいおかげだという説もある――ある人の回想によると、フエロンに川岸に座らされ、戦争を指揮する能力について、釣りのかたわら講釈されたそうだ。「こういう田舎の川で大事なのは、相手をうまく誘導することだ――すべては待ちの戦術だよ」また別のときには、古い蜂の巣を用心深く壊しながら、こう語ったという。「心得ておくべきなのは、戦闘地帯への入り方だけでなく、どうやってそこから抜け出すかだ。戦争は終わることがない。決して過去にとどまらない。『セビリアで傷を負い、コルドバで死す』〔ガルシア・ロルカの詩の一節〕、それが大事な教訓なんだ」

セイント地帯に帰ると、ときおり家族が沼地で葦を収穫する姿を見かける。彼が子どものころやっていたのと変わらない。二世代前、祖父が川沿いの湿地帯に葦を植え、その子孫が今それを刈り入れる。兄たちは相変わらずひっきりなしにしゃべり続けているが、やかましいやりとりに彼が加わることはない。結婚生活の愚痴も、子どもが生まれた喜びも、聞こうとはしない。彼といちばん近いのは亡き母親だった――耳が遠いおかげで、息子たちの果てしないおしゃべりに関わらずにいられた。そしてマーシュも読書をすることで、耳が聞こえないのと似た気楽さを得ていた。今、兄たちは彼と距離を置き、内輪の話題について語りあっている。たとえば、沿岸のほうに〝ロング・フルー・ナイフ〟と名乗る謎の屋根ふき職人がいて、ドイツからの侵攻があった場合、ドイツ支持者を殺害する用意をしているらしい、とか。それは地元の伝説として、ひそひそ話で広まっていた。かつて同じ名前のナイフを使った殺人があり、それは無差別のようにも見えたが、地元のもめごとだったと言う者もいる。平屋の屋根の上から、兄たちは海岸のほうを眺めながらそんな話をしていた。屋根ふき職人の道具が、どこの村でも急に有名になったなぁ、と。

いや、マーシュはずっと昔に兄たちを失っていたのだ。彼がセイント地帯を出ていくよりもっと前に。

だが、遠い世界について知りたがっていた田舎の少年は、どのようにしてその後の彼になったのだろうか。どんな道を経て、戦いに長けた人々の一員になったのか。彼は一二歳にして、完璧にルアーを投げて川面に着水させ、流れを横切らせてマスのいるほうへ導くことのできる少年だった。一六歳のときには、読みにくい筆跡を改めて、フライのデザインと結び方を明確に記録するようになった。この情熱に関しては精密さが必要だった――切ったり縫ったりしてドライフライの偽装を仕上げるのだ。高熱があっても、強風のなかでも、カワヒメマスをフライで欺ければ、それだけで彼の日々の静けさは満たされた。二十代なかばまでに、バルカン諸国の地形をすっかり記憶し、はるかな戦いが繰り広げられた場所の古い地図の専門知識も頭に入れて、ときにはのどかな野や谷へ旅もした。自分を受けいれた人だけでなく、閉めだした人からもおおいに学んだ。女性とも少しずつうちとけた関係を持つようになったが、彼にとっては子どものころ親しみをこめてちょっと抱きしめた、ためらいがちなキツネのようなものだった。そして、ヨーロッパにふたたび戦争が迫るころには、彼は〝集め屋〟そして〝送り屋〟として、若者たちを暗黙の政治活動に誘いこむようになっていた――何のために？　もしかすると、その若者が内に秘めている無秩序のかけらや、どうしても満たしたい自立心が、彼には見えたのかもしれない――そして彼らを新たな戦争の裏にある世界に解き放ったのだ。そのグループにやがて（両親には知らせないまま）、ローズ・ウィリアムズが加わる。サフォーク州での彼の隣人の娘、すなわち僕の母だ。

## 爆撃機襲来の夜

週末になるとローズはサフォーク州へ車を走らせ、子どもたちに会いにいく。ロンドンを恐怖に陥（おとしい）れている空襲を逃れるため、彼女の母親のもとに預けているのだ。ある週末、滞在して二日目の晩、北海から飛んでくる爆撃機の音がとどろく。長い夜になる。一家は屋敷の明かりを消してリビングに集まる。子どもたちはソファーで眠り、ローズの母は疲れ果てながらも、飛行機の騒音で眠れずに暖炉のそばに座っている。家もまわりの地面も震えつづけるなか、ローズは思いを巡らせる。ネズミなどの小動物も、いも虫も、空にいるフクロウやもっと身の軽い小鳥たちでさえ、上空から押し寄せる音に呑みこまれていることだろう――川の激しい流れに身を置く魚たちだって逃れられない。夜通しひっきりなしに低空を飛んでくるドイツ軍の爆撃機のせいだ。ローズは自分がフエロンと同じように考えていることに気づく。「**きみに自分を守るすべを教えなくては**」以前彼はローズが釣り糸を投げこむのを見つめながら言った。「**魚も同じで――もしきみの釣り糸が着水するのを見たら――それがどこから来るか気づくだろう。そうやって自分を守るすべを学ぶんだ**」だが、爆撃機が襲来し、彼女と母親と子どもたちだけが〈ホワイト・ペイント〉の暗闇に取り残されている、こんな夜にフエロンはいない。ラジオの表面だけが光り、そこから低い声が告げている。ロンドン市内で、メリルボーン地区、テムズ川の北岸の一帯がすでに破壊された、と。放送局の近くにも爆弾が落ちた。死傷者の数は想像を絶する。ローズの父がどこにいるか、母も知らない。子どものレイチエルとナサニエル、母と彼女だけが、安全なはずのこの騒々しい田舎で、BBC放送が少しでも、何かしらの情報を伝えてくれることを待っている。母はちょっとうとうとするが、また爆撃機が飛んできて、ハッと目を覚ます。ふたりは少し前に、フエロンはどこにいるのか、そして父はどこだろうかと話していた。どちらもロンドンのどこかにいるはずだ。だが今、母が何を話したいのか、ローズにはわかっている。轟音が静まったとき、母の声がする。「あなたのだんなさまはどこにいるの?」

彼女は答えない。飛行機が西へ向かい、暗闇のなかに消えていく。

「ローズ？　訊いてるのよ――」

「わからないわ、まるっきり。海外のどこかよ」

「アジアなの？」

「アジアにも行くとは聞いたけど」

「あなたはあんなに若いうちに結婚すべきじゃなかったのよ。大学を出たあと、何だってできたのに。制服に恋したんだわ」

「お母さんだって。それに、有能な人だと思ったんだもの。あのころは、どんな目にあってきたのか、知らなかったのよ」

「有能な人間は破壊をもたらしがちだわ」

「フエロンも？」

「いいえ、マーシュは違う」

「あの人だって有能よ」

「でも、やっぱりマーシュだわ。こちらの世界に生まれたわけじゃない。いわばめぐり合わせで、どうやらいくつもの職業について――屋根ふき職人、ナチュラリスト、戦跡の専門家、それに今は何であるにせよ……」

　母はふたたび重苦しく黙りこむ。やがてローズが立ち上がってそばに行ってみると、火に照らされて母はすやすやと眠りこんでいる。誰にもそれぞれの結婚の形があるんだわ、と彼女は思う。飛行機の爆音が何度も続いたあと、子どもたちはソファーで無防備に寝ている。母の青白いほっそりした両手が、椅子の肘掛けにのっている。ここから北東の方角にローストフト、南東にサウスウォールドがある。海岸沿いの町はどこも、陸軍が浜辺に地雷を埋めて地上への侵攻に備えている。家も家畜小屋も離れ家も、軍用に接収されてしまった。夜には人の姿が消え、二〇〇キロを超える爆弾や焼夷榴弾が、わずかな人の暮らす家や道路に落とされて、まるで昼間のように明るくなる。人々は地下貯蔵室に家具を移し、そこで寝泊まりする。子どもたちの多くは、海辺から疎開していった。ヨーロッパに戻るドイツ軍の飛行機は、残った爆弾を帰る途中に投げ捨てていく。だから住民が姿を現すのは、警報がやんだあとになる。彼らは遊歩道に集まり、空をじっと見つめて、爆撃機が去っていくのを見送る。

レイチェルが夜明け間近にやっとのことで目を覚ます。ローズは彼女と手をつなぎ、静まりかえった野原に出て、川まで歩いていく。爆撃機がどのルートを通ったにせよ、こちらには戻らなかった。水面は穏やかで、損なわれていない。ふたりは互いにつかまりあって暗い土手を歩いていき、腰を下ろして光が射すのを待つ。まるですべてが隠れているかのようだ。「**僕がやらなければならないのは、愛する人たちを守るすべをきみに教えることだ**」昔マーシュに言われた言葉のいくつかが、今も彼女の心に残っている。朝の訪れとともに暖かくなり、彼女はセーターを脱ぐ。戦いに疲れた川のなかで動くものはない。膀胱がはちきれそうだが、祈りの一環としてそのまま辛抱する。彼女がしゃがまず、排尿しなければ、ここと同じくロンドン市内でも、きっとみんな無事でいられる。自分も何らかの形で参加したい、まわりで起こっていることをどうにかしたいと思う。こんなにも不安定な今だからこそ。

**「暗がりに姿を隠した魚は、もはや魚ではなく、風景の一部にすぎない。まるで別の言語を持っているかのように。ときに僕たちが無名にならなければいけないのと同じだ。たとえば、きみは僕をこういう人間として知っているけど、別の人間としては知らない。わかるか？」**

**「ううん。あんまり」**するとフェロンはもう一度説明する。彼女がただ「うん」と答えなかったことを喜ばしく思いながら。

一時間後、ローズはレイチエルとともに、うっすらと輪郭が見えてきた屋敷に向かって歩く。彼女はフェロンの別の人生を想像しようとしている。腕に生き物を抱えているか、肩にオウムをのせているときだけ、いつもより無邪気な本来の彼になる気がする。僕のオウムは聞いたことをそのまま繰り返すから、そばで大事なことは話せないんだよ、と彼は言っていた。

自分が関わりたいのは、そうした語られない未知の世界なのだと、彼女は気づく。

## 震え

フェロンを知る情報部の人間が、人目のある場で彼についてさりげなく話すときは、何かしら動物の名前を出せばこと足りた。そして、彼を表すのに選ばれるさまざまな生き物は、しばしば滑稽なほど極端なものになった。アメリカヤマアラシ、ヒシモンガラガラヘビ、マドリガルイタチ——なんでもその瞬間に思いついたものでかまわない。あてがわれる生き物の幅広さこそ、フェロンがどれほど正体のつかめない存在であるかを示していた。

だからこそ彼は、ウィーンの〈カサノヴァ・レヴュー・バー〉で十代の美しい娘とその両親とともに食事をするところを写真に撮られ、連れをタクシーに乗せてホテルに帰してから、二時間後には別のどこかで工作員や見知らぬ人間と落ちあうこともできたのだった。そして、たとえ数年後、ウィーンの同じバーで、彼が以前と同じ美しく若い女性、とはいえもはや十代ではなくなったローズと一緒にいたとしても、それは見えすいた理由のためではなく別の目的のためであり、その点はローズも同様だった。ふたりは誰がそばにいるか、互いの肩越しに誰が見えるかによって、話す言語をすぐさま切り替えた。皮肉なしに、叔父と姪としてふるまった。自分たちも本当にそうだと思えるほどだった。というのも、彼は頻繁にローズを解放して、別の役を演じさせなければならなかったのだ――彼女はすべてを脱ぎ捨てて、さまざまに姿を変えた。ヨーロッパのどこかの町で彼と仕事をしたかと思えば、休暇を取ってふたりの我が子のもとへ戻っていく。しばらくすると、また彼とともに、同盟国と敵方の諜報員が出くわすような町を訪れる。だが、彼にとって、叔父と姪という役柄は、おとりのようなものだった。仕事という大義名分で彼女と自由に会えるのみならず、慕る思いを持ち続けることにもなった。

〝集め屋〟としての彼の任務は、犯罪すれすれの集団や専門家のなかから人材を見つけることだった――たとえば著名な動物学者。人生のほとんどを研究室で魚の器官の重さを量ることに費やしてきたので、小さい障害物を破壊するのに必要な五〇グラムの爆弾を、間違いなく正確に作ってくれる。けれど、ローズといるときだけは特別だった。道ばたのパブで向かいあって食事をするとき、彼を助手席に乗せてロンドンからサフォークまで暗い道を運転するとき、速度計の下に白い手を伸ばして煙草に火をつけてくれるとき。彼女がそばにいるときだけは、任務の目的が彼の頭から消えていった。彼はローズを求めていた。彼女のすべてが欲しかった。唇も、耳も、ブルーの瞳も。太腿が震えて、スカートが揺れる。それは彼の心を満たすためなのか？　彼の手はそこに触れたがっている。その震えのこと以外は何も考えられなくなってしまう。

ただ一つ、彼が自分に許さなかったのは、自分が彼女の目にどう映るべきかを意識することだった。普通なら、知性でも人格でも、最初にその女性を惹きつけたものを武器にして、口説けると考えたところだろう。だが、ただの男としてそうするわけにはいかない。年を取ったものだと思う。彼の思慮深いまなざしだけが、ためらいも同意も関係なく彼女を受け入れることができる。

そして、彼女は？　僕の母は？　どう感じていたのだろう。そもそもこの冒険に相手を引きこんだのは、どちらだったのだろう。今も僕にはわからない。ふたりが危うい世界に足を踏み入れたのは、教師と生徒としてだったと信じたい。ただの肉体的な恋愛と欲望だけではなかったはずだから。彼らの任務には、距離を縮める機会と方法がいくらでもあった。相手との接触が絶たれたらどう退却すればいいか。武器のありかが相手にわかるようにするには、客車のどこに隠せばいいか。人間の理性を失わせるには、手や顔の、どの骨を折ればいいか。そうしたことすべて。彼が願った瞬間、暗闇のなかふたりのあいだにモールス信号が届いたかのように、彼女が目を覚ます。あるいは、彼女が口づけされたいと望む場所が伝わる。彼女がどんなふうにうつぶせになるか。愛や戦い、任務や教育、そのすべてを収めた辞書が、しだいに育ち、成熟していく。

「ラヴェンナの近郊に城郭都市があって」その場所を秘密にしなければならないとでもいうように、フェロンがささやいた。「町を走る細い路地の奥に、一九世紀の小さな劇場があるんだ。隠れた宝石みたいなね。まるでミニチュア模型の決まりごとだけに基づいて建てられたように見える。いつか一緒に行ってみよう」彼は一度ならずその話をしたが、ふたりがそこを訪れることはなかった。ほかにも彼の知る謎めいた話はいくつもあった。ナポリから、あるいはソフィアからの逃げ道。一六八三年の第二次ウィーン包囲の前に、三つの軍隊が周囲の平原に一〇〇〇ものテントを張って野営した――包囲からだいぶ後になって、記憶をもとに地図が作られ、彼はそれを見たことがあった。かつてブリューゲルのような大芸術家までが地図製作者を雇い、群集の場面の構成を手伝わせたのだと彼は説明した。それから、パリのマザラン図書館のような素晴らしい図書館があることも。「いつかそこに入ってみよう」と彼が提案した。ますます夢物語のような行き先だと彼女は思った。

そうした経験と比べたら、彼女に何があっただろう。まるで巨人に抱かれる思いだった。それほどの知識を目の当たりにするために、はるか空高くまで引き上げられたように感じた。たとえ既婚者で、言語の専門家として議論に長けていても、自分には重要なものがまったく見えておらず、ろうそくの光で針に糸を通そうとしている小娘にすぎない気がした。

フェロンは紳士的なのか内気なせいなのか、礼儀を重んじるあまり隠しごとが多くて一筋縄ではいかず、それがわかって彼女は意外に思った。彼が対応力に秀でている一方で、彼女は知性に優れており、そのためついには敵の戦術に関する情報の収集をまかされるまでになった――かつてホテルの屋上で小規模におこなっていた任務で、それを手伝っていたのが、僕と姉には〝蛾〟としておなじみだったあの男だ。そして戦争の四年目には、彼女自身が電波を通じてヨーロッパに放送を流すようになった。以前はフェロンの言葉にすべて従っていた彼女が、もはや教わる立場ではなくっていた。より積極的に関わり、別の通信士が殺されたあとは、北海沿岸の低地帯諸国にパラシュートで降りて、ソフィアやアンカラ、ほかにも地中海を封鎖したもっと小さい前哨地、あるいは暴動が起これぱどこへでも出向いていった。彼女が無線で使ったコードネーム〝ヴァイオラ〟は、電波上でよく知られるようになった。ついに僕の母は広い世界に足を踏み入れたのだ。それは屋根をふいていたあの若者が歩んだ道とどこか似ていた。

## 北斗七星

記録保管庫で働きだすよりずいぶん前のことだが、母の葬儀のすぐあとに書棚からペーパーバックを取りだしたとき、一五×二〇センチの紙に手描きされた地図を見つけた。緩勾配の等高線で描かれた石灰の山のようだった。地名も書かれていないそのスケッチを、どういうわけか僕は手元に取っておいた。何年もたって、資料保管庫で仕事をしているとき、記録したりタイプしたりする必要のあるものは何でも、その紙と同じ材質とサイズの四つ折版の紙の両面に、行間をあけずにタイプしなければならないと知った。情報部の人間は、著名な取調官の〝バスター〟ミルモから、速記を取る臨時雇いの秘書に至るまで、誰でもこの規則に従わなければならない。これは情報局のほとんどの部門、ワームウッド・スクラブズ刑務所——その一部がかつて情報本部として使われ、僕が子どものころに母がそこへ入っていくのを見て刑期を務めるのだと思いこんだ場所——でも、ブレッチリー・パークでも、守られている習わしだった。それ以外の種類の紙は許されなかった。そこで僕は、母がずっと保管していて今は自分の手元にあるこの地図が、情報局に関連したものだと気づいた。

うちのビルには主要な地図の部屋があり、巨大な地勢図が宙にぶら下がっていて、丸まっているのを引き下ろせば、腕のなかで地形を一望できるのだった。僕は毎日ひとりでそこへ昼食を食べにいき、床に腰を下ろした。室内にはほとんど風が入らず、頭上の地図はめったに動かなかった。その部屋にいるとなぜか心が安らいだ。ひょっとしたら、ミスター・エンコーマやほかの人たちと一緒に過ごしたはるかな昔の昼休みを思い出すせいだったかもしれない。彼がこともなげに語るいかがわしい話を、みんなで待ちわびたものだった。僕は例の地図を透明フィルムに写して持っていき、さまざまな地図にスライドを投影してみた。丸二日かかって、僕の持っていたスケッチと等高線がぴたりと一致する地図がついに見つかった。こうして石灰の山のスケッチが、はっきり地名の記された大地図上の現実と結びついたことにより、正確な場所がわかった。そこは母が以前短いあいだ派遣された場所だと、今では僕も知っていた。報告書によれば、戦後の過激派組織の中枢をくずすために、少人数で送りこまれたらしい。そこで組織のひとりが死に、ふたりが捕らえられた。

その手描きの地図にはどこか親密なものが感じられ、それが誰との親密さなのか、僕は知りたくてたまらなかった。かつて有用だったそのスケッチは、お気に入りのバルザックのペーパーバックにはさんであったのだから。組織を破壊するために、何やらよくわからない活動をしていた時期の遺物を、母はほとんどすべて捨てたはずだったのに。僕らのような仕事をしていると、政治的暴力から生き残った者が復讐の責任を担い、ときにはそれが次の世代に受け継がれているというケースに出くわすことが少なくない。**「向こうの年齢は？」**僕たちが誘拐されかけた夜、母がアーサー・マキャッシュに尋ねていたことが、なんとなく記憶に残っている。

「ときどき人間って恥ずかしいふるまいをするわね」昔、母にそう言われた。五年生のとき友だち三人と一緒に、チャリング・クロス・ロードの書店〈フォイルズ〉で本を万引きして、しばらく停学になったときのことだ。長い歳月を経た今、他国で暗黙のうちにおこなわれた政治的な殺人についての断片を読むにつけ、僕は母の働きだけでなく、僕の窃盗を母が同じ範疇で考えたことに愕然とした。母は本を盗んだことに衝撃を受けたのだ。「人間って恥ずかしいふるまいをするわね！」僕への批判には、母自身への嘲笑もこめられていたのかもしれない。

**「そんなにひどいことって、何をしたの？」**

**「わたしの罪はいろいろあるわ」**

＊

ある午後、知らない男が仕事スペースの壁をノックした。「きみ、イタリア語を話せるんだよね？　資料にそう書いてあった」僕はうなずいた。「ついてきて。イタリア語のバイリンガルが今日は病欠なんだ」

彼のあとから階段で一つ上の階に上がり、語学に堪能な人たちのいる部署に入っていった。どんな仕事をしているにしろ、彼は僕より高い地位の人間だとわかった。

窓のない部屋に入ると、がっしりしたイヤホンを渡された。「誰なんです?」僕は尋ねた。

「それはいい。とにかく通訳してくれ」彼は機械のスイッチを入れた。

僕はイタリア語の声に耳をすましたが、はじめは彼が両手を振るまで通訳するのを忘れていた。それは取り調べの録音で、尋問しているのは女性だった。録音状態が悪く――洞穴(ほらあな)のような場所でおこなわれたのか、反響がひどい。しかも、質問されている男性はイタリア人ではなくて、ちっとも役立っていなかった。録音を止めては再開するということをくり返しており、途切れ途切れだ。尋問は明らかに初期の段階だった。この手のやり取りは嫌というほど読んだり聞いたりしてきたので、もう少ししたらこの男性が手ひどく痛めつけられることは僕にも察しがついた。今のところ彼は無関心を装って身を守ろうとしていた。答えが横道にそれる。クリケットについて語りだし、『ウィズデン・クリケット年鑑』に誤りがあると文句をつけた。尋問者は話を戻させようとして、トリエステ近郊での文民の虐殺や、チトー率いるパルチザンへの英国の関わりについてなど、ずけずけ質問するのだった。

僕は身を乗り出して機械を止め、隣の男に向きなおった。「誰なのか教えてください。背景の理解に役立つので」

「きみが知るまでもない――そのイギリス人の言っていることを教えてくれるだけでいい。彼は我々とともに働いている。何か重要なことが洩らされていないか、知る必要があるんだ」

「時期は……？」

「四六年の初めだ。戦争は終わってはいるが……」

「場所はどこですか？」

「戦後になって入手した録音だ。ムッソリーニの傀儡(かいらい)政権の遺物に入っていた――ムッソリーニはすでに絞首刑になったが、信奉者の一部がいまだに活動している。これはナポリの外れで見つかったものだ」

彼は僕にヘッドフォンをつけるよう合図して、ふたたびテープをスタートさせた。

音声が何度か途切れたあと、イギリス人は少しずつ話しはじめた――ただし、話題はあちこちで出会った女たちのことだった。一緒に行った酒場、女の着ていた服など。そして夜をともにしたかどうか。彼は情報を明かすのを控えて、明らかにどうでもいいことばかり並べたてていた。ロンドンに列車が着く時間、などなど。僕は機械を止めた。

「どうした？」同僚が尋ねる。

「役に立たない情報ですよ」僕は言った。「個人的なことを話しているだけで。政治犯だとしても、政治的なことは何一つ明かしていません。ただ、女性のどんなところが好きかってことばかり。がさつなのは好みじゃないらしい」

「誰だってそうだ。うまく立ち回ってるんだよ。きわめて有能な人物だからな。女房や亭主ぐらいしか興味を持たない話をしてるんだろう」彼はテープを少し巻き戻した。

それからイギリス人は、極東で発見されたオウムについて語りだした。そのオウムを何十年も飼っていた部族は、すでに死に絶えて言葉も消失していた。ところが、動物園がオウムを引き取ったところ、まだその言語を覚えていることがわかった。そこで、この男と言語学者が、その一羽の鳥から言語を再生しようとした。男は明らかにうんざりしながらも、とにかくしゃべり続けていた。そうすれば特定の質問を先延ばしにできるとでもいうように。ここまで男は尋問側の役に立っていなかった。質問する女は間違いなく誰かを捜していて、身分証明、地図上にある地名、町、殺人、予期した勝利を逃したことなどについて、手がかりを得ようとしていた。しかし男が話すのは、ある女性の「孤独な雰囲気」や、さらに無意味な余談で、彼女の上腕と首にあるほくろの模様についてだった。そのとき、ふいに僕は、それが子どものころ目にしていたものだと気づいた。しかも、そこにくっついて眠っていたのだと。

こうして、録音された尋問を聞き、おそらくは架空の女たちやオウムの伝承について――囚われの男が役に立たない情報として口走ったあれこれを――訳していたときに、僕は母の首にあったほくろの模様が描写されるのを耳にしたのだった。

自分の席に戻っても、録音が頭から離れなかった。あの男の声を以前聞いたことがあると、なかば本気でそう思った。父の声かもしれない、そんな考えさえよぎった。いったいほかの誰が、特徴のあるあのほくろを知っているだろうか――その珍しい並び方を、北斗七星という星座によく似た模様だと、男は冗談めかして言ったのだった。

＊

毎週金曜日、僕はリバプール・ストリート駅から六時の列車に乗りこんでくつろぎ、目の前を過ぎていくリボンのような風景をただ眺めて過ごした。それは一週間のあいだに集めたさまざまなことを蒸留する時間だった。事実や日付、公的または内々に調べたことが剝がれ落ちていき、少しずつ、どこか夢見るように、母とマーシュ・フェロンの物語に代わっていった。ふたりはどのようにして、ついに家族を捨て互いに歩み寄ったのか。どんなふうに結ばれ、すぐに身を引き、それでも相手への並はずれた忠節を貫きとおしたのか。彼らの慎み深い欲望も、暗い飛行場や港を行き来する旅も、僕にとっては雲をつかむようなものだった。実際に手にしているのは、証拠というよりも、古い物語詩の未完の一行に過ぎない。だが、僕は親のない子でありながら、親のない子には知りえないことを知った身として、きれぎれの物語に足を踏み入れるしかなかった。

＊

彼女の両親の葬儀が終わり、夜道を飛ばしてサフォーク州から帰るところだった。速度計の光が、彼女の膝を包むワンピースを照らしていた。何ということだろう。

ふたりは暗闇のなかを出発した。彼女は午後じゅうずっと、彼が墓のそばで礼節を尽くす様子を見つめ、追悼の会で彼女の両親についてはにかみながら優しく語るのに耳を傾けた。幼いころから知っている地元の隣人たちがそばに来てはお悔やみを述べ、子どもたちのことを尋ねた。あの子たちはロンドンの自宅に置いてきました——葬儀に参列させたくなかったんです。夫はまだ海外にいると、何度も何度も説明しなければならなかった。「それじゃ、無事なお戻りを祈るわ、ローズ」そのたびに彼女は頭を下げた。

そのあと、フェロンが満杯の大きなガラス製ボウルを持ちあげ、壊れそうなテーブルからもっと安定した場所へ移そうとして、客たちが笑いさざめくそばで骨折っている様子を、彼女は目にした。どういうわけか、これほど和(なご)やかな気持ちになるのは初めてだった。夜八時ごろ、みんなが帰ってから、彼女とフェロンはロンドンに向かって出発した。空っぽの家にとどまりたくはなかった。車はたちまち霧に包まれた。

しばらくは這(は)うように進んでいった。十字路ごとに警戒して停まり、踏切では列車の音が聞こえる気がして五分近くも待った。もし列車がいれば、こちらと同じように用心深く、はるか遠くから警笛を鳴らしつづけるはずだ。

「マーシュ？」

「なんだい？」

「運転、代わってほしい？」彼女がこちらを向くと、ワンピースが揺れた。

「ロンドンまで三時間だ。途中で休めばいい」

彼女はスモールライトをつけた。

「運転できるわ。イルケッツホール。地図のどのへんかしら？」

「この霧のどこかだと思うよ」

「いいわ」彼女が言った。

「いいって、何が？」

「休みましょう。こんな霧の中を進みたくないわ。両親があんなふうに亡くなったあとだもの」

「そうだね」

「〈ホワイト・ペイント〉に戻ってもいいけど」

「僕の家に案内するよ。しばらく見ていないだろう」

「そんな」彼女は首を振ったが、心を動かされていた。

　彼は車の向きを変えた——霧で見えない狭い道へ三回曲がろうとして——それから昔改築した小屋まで車を走らせた。

「おいで」

　小屋のなかは冷え冷えとしていた。これがもし朝だったら、「さわやかね」と声をあげただろうが、今は漆黒の闇夜でわずかな光すらない。ここには電気は通っておらず、煮炊きするストーブがあるだけで、それが暖房も兼ねていた。彼はそのストーブに薪をくべはじめた。ほかの部屋からマットレスを引きずってきて、火から遠すぎるから、と言った。そのすべてを、室内に入って五分足らずで済ませたのだった。彼女は一言も発せずに、フェロンがどこまで進むつもりなのか、ただ見つめていた。常に用心深く、彼女をいつも慎重に扱うこの男が。こうした展開が彼女には信じがたかった。部屋にはすでに親密すぎる空気が満ちている。フェロンとは広々とした場所に一緒にいるのが普通だったのに。

「わたし人妻なのよ、マーシュ」

「きみはおよそ人妻らしくない」

「もちろん、人妻なんていくらでも知ってるわよね……」

「ああ。だが、彼はまったくきみの人生に関わっていない」

「今に始まったことじゃないわ」

「きみはここで火の近くに寝ればいい。僕は大丈夫だから」

長い沈黙。彼女の心がぐらつく。

「あなたも温まったほうがいいと思うわ」

「じゃあ、きみをよく見たいな」

彼が火のそばに行き、通気管を開けると、部屋が明るく照らし出された。

彼女は顔を上げて、まっすぐに彼を見つめた。「それじゃ、あなたも」

「いや、僕なんて面白くもないよ」

ストーブの揺らめく光に照らされた自分を見ると、葬式に着た長袖のワンピース姿のままだ。妙な感じがした。理性の下で何かが滑り落ちていった。しかもそれは霧の夜のことで、ふたりを取り巻く世界が見えなくなり、ぼやけていった。

　目を覚ますと彼に包みこまれていた。広げた手のひらが首の下にある。

「わたしどこにいるの？」

「ここにいるんだよ」

「そうね。どうやら『ここにいる』みたいね。意外だわ」

　眠りに落ち、ふたたび目覚めた。

「お葬式についてはどうなの？」彼女は尋ねて、彼の体に頭を押し当てた。火の熱が届かないところはさぞ冷たいだろう。

「ご両親のこと、好きだったよ」彼が答えた。「きみと同じように」

「そうじゃなくて。つまり、あの人たちの娘と寝ることについて。しかもお葬式のあとに」

「墓のなかでのたうちまわっているとでも？」

「そうよ！　だいいち、これでどうなるの？　あなたの女性関係は知ってる。父はあなたを遊び人って呼んでたわ」

「お父さんは噂好きだった」

「これからは、あなたと距離を置かなくちゃ。わたしにとって大事すぎる人だから」

　フエロンとローズの物語を、こうして慎重に本質だけを描いてみても、何があったのか、どんな話をしたのか、それは混乱しているし、不確かでもある。ふたりの物語を紡ぐ詩に、ぴたりとおさまる言葉はない。あの晩、鉄製のストーブのそばで始まった関係を断ち切ったのは、誰だったのか、あるいはいったい何だったのか。

彼女がこの夜のような恋人でいる時期は、長くは続かなかった。こうした出来事のあとで去っていくことを、彼はどう感じるのだろうと彼女は考えた。彼の得意な史話に、小さな軍がカロリング朝の国境沿いの町を静かに礼儀正しく去ったというエピソードがあるが、それと同じようなものなのか。あるいはまわりの何もかもがガラガラと音をたてて崩れる感じか。そうなる前に、離れなければいけない。川にかかる橋を封鎖するためにポーンの駒を置いて、どちらからも二度とそこを渡れないようにしなくては。こんなふうに思いがけず互いの素顔を垣間見たが、それも終わりであることをはっきりさせなくては。これからも彼女は自分の人生を生きねばならない。

彼女はフェロンのほうに顔を向けた。彼をマーシュと呼ぶことはめったになかった。ほとんどいつもフェロンと呼んでいた。けれど、沼地を意味するマーシュという名が好きだった。彼がどんどん先に進み、ついていくのは難しくて理解もおぼつかないように感じられた。そのせいで彼女の足は濡れ、泥やトゲがまとわりついてくるようだった。僕が思うに、ストーブのそばで過ごしたふたりの夜のあと、彼女は決心したのだろう。今のうちに本来の自分に立ちかえり、彼とは離れたままでいよう、と。苦しみが常に欲望の一部であるかのように。彼の前で気をゆるめるわけにはいかない。だが、彼が喜びにあふれる恋人から、ふたたび謎めいた未知の存在になるまで、日の光が満ちるのをもう少しだけ待とう。夜明けにコオロギの声が聞こえた。九月だった。彼女は九月を忘れないだろう。

＊

イタリア人女性によるフェロンの尋問中、彼の眼をくらませているまぶしい明かりを、取り調べ側が一瞬くるりと回す。明かりがちらっと彼女の顔を照らし、いつもまわりの状況を瞬時に把握する彼は、その顔をはっきり見る。誰かが言っていたとおり、彼は「何一つ見逃さない、妙に注意散漫な眼」を持っているのだ。そして彼は、彼女の肌に疱瘡（ほうそう）の痕があるのに気づき、美人ではないとすぐさま品定めする。

連中は意図的に、質問している女に注意を向けさせたのか。彼が女好きだとわかり、ちょっとした色仕掛けでたらしこめると踏んだのか。そして一瞬、女の顔が見えて——それは彼に何をもたらしたのか。彼の反応は？　遊び心が静まったのか。穏やかになったか、それとも自信が増したのか。そして、連中がアーク灯の向こうに女性を配置するほど彼をよく知っているのなら、明かりを動かしたのは偶然なのか、故意なのか。「歴史研究は、人生における偶然の出来事を排除せざるを得ない」とはよく言われることだ。

だが、実のところフェロンはいつでも偶然の出来事を受けいれる。とつぜんトンボが飛んできても、思いがけない人物が現れても、ことの是非はさておき平静を装う。彼は肩幅が広く、他人と一緒のときはにぎやかで、いかにもあけっぴろげだが、そうしたすべてが秘密主義の隠れ蓑になっている。伸びざかりの若者だったころから育（はぐく）まれたおおらかさがある。彼の心が向かうのは、冷酷なことよりも興味を惹かれることのほうだ。だから、戦術に長けた実行者をそばに置く必要があり、ローズにその才能を見いだしたのだ。彼にはわかっている、連中が追っているのは自分ではなく彼女だと――姿は見えないが常に声が聞こえるヴァイオラだ――とらえにくい彼らの信号を電波上で傍受する女。彼らの動きを知らせ、居場所を洩らす声。

とはいえフェロンも二面の鏡だ。ラジオ番組「ナチュラリスト・アワー」の陽気なキャスターとして、ワシの体重について考察したり、「レタスのとう立ち」という表現がどこからきたか論じたりするのを、何千もの人々が聴いている。よもやはるかなダービーシャーでも聞き耳を立てている人がいるとは夢にも思わず、肩の高さの塀越しに話しかけてくる隣人さながらだ。けれど、リスナーたちにとって、彼はおなじみの存在であると同時に姿が見えない。彼の写真は「ラジオ・タイムズ」誌にも掲載されたことがなく、はっきり顔がわからないぐらい離れたところを大またに歩く男の鉛筆画がのっているだけだ。たまにBBCの地下スタジオに、ハタネズミの専門家や、釣り道具と毛鉤のデザイナーを招くこともあるが、そんなときは謙虚な聞き役に徹しようとする。だが聴取者には、彼がみずから話をするほうが評判がいい。思考があちこちへ飛ぶおしゃべりになじんでいるのだ。たとえばジョン・クレアの詩から「ノハラツグミがさえずる、風の吹きすさぶイバラのなかで」という一節を掘り出してきたかと思えば、トマス・ハーディの詩を朗読したりする。ワーテルローの戦いの舞台となった七〇か所もの野原で小動物が犠牲になったことを題材にした詩だ。

モグラの掘った穴は、車輪に壊され

ヒバリの卵はばらまかれ、親鳥たちは飛び去った
そしてハリネズミの家は、兵士に暴かれた

カタツムリは無様な足取りでのたうつが
空(むな)しいかな、車の縁でつぶされる
いも虫は問う、頭の上に何がいるのか
そしてくねくねと、むごい現場からもぐっていく
自分は無事と思いながら……

それは彼の好きな詩だ。彼はその詩をゆっくりと、穏やかに、まるで動物の時間を過ごすかのように読む。

*

アーク灯のまぶしい光の向こうにいる女は、質問の仕方を変えつづけて不意を突こうとしている。彼は相手を欺くような不誠実なことしか言わないつもりだ。苛立たせて分別を奪おうと考えているのかもしれない。冗談を言って、明かりの向こうにいる女との会話をやり過ごしてきた。だが、僕が思うに、頭の切れる女性を彼に対峙させて、単純な質問をさせたのは——探している人間の情報

に関して、相手をうまく攪乱していると信じこませるためだったのではないか。だが、彼の作り話は何かを暴露しただろうか。彼女は、責任を取らせるべき女の身体的特徴を突き止めようとしている。質問はときに見えすいていて、お互いに笑ってしまう。彼は相手のたくらみを笑い、彼女のほうはもう少し周到な笑いだ。彼は疲れ果てながらも、たいていは質問に隠された意図を読みとる。「ヴァイオラ」その名前を相手が初めて持ちだしたとき、彼は困惑したかのようにくり返す。そして、ヴァイオラが偽名であるおかげで、尋問者向けの架空の人物像が作りやすくなる。

「ヴァイオラは謙虚だ」と彼は言う。

「出身は？」

「農村地帯だと思う」

「どこの？」

「さあ」足元を固め直さなくては。もしかしたらしゃべりすぎたかもしれない。「南ロンドンかな？」

「でも、〝農村地帯〟と言ったじゃないの。エセックス？　ウェセックス？」

「ああ、ハーディの舞台だね……ほかには誰の作品を読むの？」彼は尋ねる。

「彼女が電波上で話すときの特徴はつかんでいる。でも一度、声を傍受したとき、どこか特定はできないけど、沿岸部の訛りがあるように思われたわ」

「南ロンドンだと思うが」彼は繰り返す。

「いえ、そうじゃないことはわかってる。専門家がいるんだから。あんたはその訛りをいつ身に着けたの？」

「いったいどういう意味だ？」

「昔からそのしゃべり方だった？　たたき上げなの？　それじゃ、あんたとヴァイオラの違いは、階級に関係があるのかしら？　だって、彼女はあんたのような話し方じゃないもの」

「なあ、俺はその女のことをほとんど知らないんだよ」

「美人？」

彼はくすっと笑う。「だと思う。首にほくろがいくつかある」

「あんたよりどれくらい年下だと思う？」

「年齢は知らない」

「デンマーク・ヒルは知ってる？　オリバー・ストラッチーという人は？　ロング・フルー・ナイフは？」

彼は黙りこむ。内心、驚きながら。

「共産主義のパルチザンに——あんたたちの新しい味方に——こちらの仲間が何人殺されたか知ってる？　トリエステ近郊のフォイベの虐殺のこと。そこで何百人が命を落としたか——洞穴に埋められたのよ……何人だと思う？」

彼は何も言わない。

「あるいは、あたしの叔父の村では？」

ひどい暑さなので、少しのあいだ明かりをすべて消してくれたときにはホッとした。女は暗闇のなかで話しつづけている。

「じゃあ、あんたは、そこで、その村で、何があったか知らないのね？　あたしの叔父の村で。人口四〇〇人。今では九〇人しかいない。村民のほとんどが一夜にして殺された。目が覚めてそれを目撃していた女の子が、一日たってからその話をしたら、パルチザンに連れ出されて、その子も殺されてしまった」

「俺が知るはずがない」

「ヴァイオラと名乗る女は、あんたたちとパルチザンのあいだを無線でつないでいた。あの晩どこへ行くか、彼女が指示したのよ。それにほかの場所――ラジャイナ・スマも、ガコヴォも。彼女が情報を流していた。海からの距離、封鎖された出口、侵入の方法も」

「彼女が誰だとしても」と彼は言う。「指示を伝えていただけだろう。何が起こるか知らなかったに違いない。何が起こったか今も知らないかもしれない」

「そうかもね。でも、我々がつかんでいるのは彼女の名前だけなのよ。将軍でも士官でもなく、ただヴァイオラというコードネームだけ。それ以外の名前はわからない」

「その村々で何があったんだ」フェロンは暗闇のなかで尋ねるが、答えは知っている。

「今ではなんて呼んでると思う？　〝血染めの秋〟よ。あんたたちがドイツ人をつぶすためにパルチザンの支持にまわったとたん、あたしたちは――クロアチア人もセルビア人もハンガリー人もイタリア人も――みんなひとくくりにして、やれファシストだ、ドイツの支持者だって扱われるようになった。普通の人たちが、今や戦争犯罪人よ。なかにはそっちの味方だっていたのに、今では敵にされてしまった。ロンドンで風向きが変わり、政治の密談が進んで、何もかも一変した。あたしたちの村はさら地になった。今じゃ村の跡形もない。みんな共同墓地の前に並ばされた。逃げられないように針金で縛られて。昔の確執が殺人の口実にされる。ほかの村もいくつも消えた。サイバックでも、アドリアンでも。パルチザンはいつもトリエステの近くを周回し、あたしたちを町のなかに追いこんで、そしてまた全滅させる。イタリア人も、スロベニア人も、ユーゴスラビア人も。彼らのすべてを。あたしたちのすべてを」

フエロンが尋ねる。「最初の村はなんていうところ？　きみの叔父さんの村は？」

「もう名前なんかないわ」

＊

ローズと兵士は、荒れ地を足早に移動していた。何度も川を渡ったのでずぶ濡れになっている。暗くなる前に目指す場所に着こうと急いでいるが、それがどこなのか正確にはわからない。あといくつか谷を越えればいいはずだと彼女は考え、連れの兵士にもそう告げた。状況は刻々と変化していく。短波受信機は持参できず、急ごしらえの身分証明書を渡されただけだ。隣にいる兵士は銃を持っている。彼らは丘を探していた。そのふもとにある小屋を。そして一時間後、ついにそれを見つけた。

ふたりの到着はそこにいた人々を驚かせた。ローズと兵士が濡れた服で震えながら小屋に入ると、フェロンが乾いた清潔な身なりでそこにいた。一瞬、彼は言葉を失い、それから苛立ちを見せた。

「いったいきみは何を……?」

彼女は手を振って、その質問はあとでというようにはねつけた。ほかには男と女がひとりずついて、こちらへ近づいてきた。知っている連中だ。フェロンは足元のナップザックを、滑稽なほどのよそよそしさで指し示した。まるで服を配布することが、彼にとってここでの唯一の役目であるかのように。「どれでも好きなのを使えばいい」と彼は言った。「身体を乾かせ」そして出ていった。ふたりは服を分けあった。厚手のシャツは兵士が着た。彼女はパジャマと、フェロンの物と知っているハリスツイードのジャケットを選んだ。ロンドンで彼が着ているのをしょっちゅう見ていたのだ。

「いったい何のつもりだ?」彼女が外に出ていくと、彼はふたたび尋ねた。

「電波を乗っ取られて、無線封止の指令が出たの。連絡が取れなくなった。だから自分で来たのよ。先方はずっとこちらの動きを追っていて、あなたの居場所も知られてる。逃げなきゃいけないって知らせるために、わたしが送られたの」

「ここは安全じゃない、ローズ」

「誰ひとり安全じゃないわ。そこが重要なの。あなたの名前も知られてるし、どこに向かっているかもばれている。コノリーとジェイコブズがつかまったわ。ヴァイオラの正体も知られているらしい」誰かが聞いているとでもいうように、他人のこととして話した。

「一泊してからだ」彼が言った。

「どうして？　ここに女がいるから？」

彼は笑った。「いや。僕たちも着いたばかりなんだ」

一同は火のそばで食事をとった。互いに相手がどこまで知っているかわからないので、会話は慎重だった。みなそれぞれに、他人とのあいだにずっと境界を作ってきたのだ。もしも誰かが捕らえられたとき、行き先や目的が明かされないようにするためだった。ここにいるほかの人々は、彼女がヴァイオラであることを知らない。そして、同行してきた男が彼女の護衛であることも。この兵士は内気な男で、とつぜんの旅に出て二日間、彼女が話をしようとしても、どこで育ったか尋ねたときでさえおどおどしていた。彼女の任務が何なのか、まったくわかっていなかった。とにかく、彼女は自分が守らねばならない女性である、それだけのことだった。

食事を終えて、彼女がフェロンと話すためにまた外に出ると、兵士もついてきたので、ふたりきりで話せるように離れていてほしいと頼んだ。兵士は遠ざかり、向こうのほうで煙草に火をつけた。彼が吸いこむたびにその火がかすかに明滅するのを、彼女はフェロンの肩越しに見つめた。小屋のなかでほかの連中の笑い声がする。

「なぜだ」フェロンは非難するように、疲れたため息をついた。それはほとんど質問ではなかった。

「きみじゃなくてもよかっただろう」

「ほかの人が言っても聞かないでしょう。それに、あなたは知りすぎている――万一つかまったら、みんなが危険になるわ。今はもう戦争法に守られていないのよ。あなたはスパイとして尋問されて、そして消されるでしょう。わたしたち、最近はもうテロリストと大差ないんだから」彼女は厳しい口調で言った。

フェロンは答えず、反論するために使える武器を見つけようとしていた。彼女は手を伸ばして彼の手に重ね、そしてふたりは暗闇のなか、身じろぎもせず立ちつくした。小屋のなかで燃える火が、彼の肩にかすかな光を投げかけている。何もかもが平穏で静かに感じられた。まるでずっと昔のサフォークの晩のようだ。あのとき、頭の大きな白いメンフクロウが、ゆっくりと音もなく地上へ舞い降り、小さな動物——野ネズミか、トガリネズミか——を芝生のゴミか何かのようにつかみあげ、そのままなだらかに弧を描きつづけて暗い木の上へすっと上がっていった。「もしやつらの巣に出くわしたら」と彼はあのとき話してくれた。「何でも食べるのを目の当たりにするだろう。ウサギの頭、コウモリの残骸、マキバドリ。やつらはたくましいんだ。翼を広げると——今ちょうど見ただろう——長さが一二〇センチぐらいあるかな。でも、手に持ったら……強さとは裏腹に、まったく重さがないんだ」

「どうして手に持ったの？」

「兄貴がメンフクロウを見つけた。感電死していたんだよ。それを渡されてね。大きくて、美しい羽が豊かで波打つようだった。なのに、まったく重さがないんだ。兄から渡されたとき、手がふわっと浮いたよ。予想したような負荷がなかったから……寒くないかい、ローズ？ なかへ入ろうか」彼が口をひらいたとたん、不意に現在と重なり、彼女は自分がどこにいるかを思い出さなければならなかった。ナポリ近郊のどこかにある小屋の外だ。

室内の火は消えかかっていた。彼女は毛布にくるまってその場に横たわった。ほかのみんなが楽な姿勢を取ろうとする音が聞こえてくる。さっきフェロンにここの位置がよくわからないと言ったら、紙切れに手早く地図を描いて、今いる場所をはっきり示してくれた。そこで彼女は、この小屋から遠くまで広がる地形の絵に忙しく思いを巡らせていた。その先に考えられる逃げ道が二つある。一つは港で、まずい事態になったらカーメンという人物に接触しなければならない。火のそばから湿った服の発する蒸気の匂いが漂い、フェロンのジャケットが身体にごつごつ当たる。ささやき声が聞こえる。去年、一緒に仕事をしたとき、彼がハードウィックと深い仲なのではないかと彼女はあやしんだ。小屋にいる女だ。今、彼が横になった部屋の隅のほうで、くぐもった話し声と人の動く気配がする。彼女は無理やり地図のほうに気持ちを引き戻し、これから護衛とともにたどる道のりを考えた。目覚めると明け方だった。

早起きもまた、昔よくふたりで鳥撃ちに行ったり、川沿いを歩いて釣りをしたころに、フェロンから学んだことの名残だった。彼女が起き上がって小屋の向こう端の暗がりを見ると、フェロンがこちらをじっと見ていた。隣にあの女が寝ている。ローズは毛布から出て、乾いた自分の服を集め、外に出てひそかに着替えた。一分後、護衛もそっと彼女に続いた。

なかに戻ると、フェロンが起き上がり、ほかの人々も目覚めていた。彼女はフェロンのそばに行ってジャケットを返した。一晩中、その重みを肌に感じていた。軽く腹ごしらえするあいだ、彼はローズに対して礼儀正しかった。まるで自分ではなく彼女が、このグループのリーダーであるかのようだった。その態度はさっき、彼の眼が小屋の向こう端からこちらを見つめ、彼女が彼とほかの女との関わりを想像していたときから、始まっていた。

フェロンが捕らえられて尋問にかけられたのは、それから数日後だった。彼女が警告したとおりだった。

*

「あんたは既婚者なんでしょ？」

「ああ」彼は嘘をつく。

「女の扱いが上手みたいね。彼女は恋人だった？」

「一度会っただけだ」

「彼女は結婚していた？　子どもは？」

「本当に知らないんだ」

「どんなところが魅力だったの？　若さ？」

「知るもんか」彼は肩をすくめる。「歩様（ほよう）かな？」

「〝歩様〟って？」

「歩き方。どんなふうに歩くかだよ。人間は歩様でわかるんだ」

「女の〝歩様〟が好きなわけ？」

「ああ。ああ、そうだ。彼女について覚えているのは本当にそれだけだ」

「ほかにも何かあるはずよ……髪の色は？」

「赤だ」すばやくでっちあげた自分に満足したが、もしかするとあまりに早すぎたかもしれない。

「さっきあんたが〝ほくろ(モール)〟と言ったとき、てっきりもぐら(モール)のことかと思った！」

「ほう！」

「そうよ、あたしを混乱させた。何なの、いったい？」

「ああ、そりゃあ……生まれつき肌にある、あざみたいなもんだよ」

「へえ。いくつあるの、一つ、二つ？」

「数えなかった」彼はすぐに答える。

「赤毛っていうのは信じないわ」彼女が言う。

今ごろローズはナポリにいるだろう、とフエロンは考える。安全だ。

「それに、とても魅力的なんでしょうね」女が笑う。「でなきゃ、そこまで否定するはずないもの」

やがて、意外にも彼は釈放された。そもそも追っているのは彼ではないし、それまでに連中はヴァイオラの居場所と正体を突き止めていたのだ。彼を利用して。

## 短剣のストリート

目覚めると、彼女は「ACQUEDOTTO」という文字の上に顔をのせている。腕に焼けつくような痛みがあり、どこにいるのか、何時なのか、頭のなかで必死に探ろうとする。代わりに思い出すのは、セミの声を聞いたときのことだ。夕方六時、目覚めると草に横たわっており、今とほとんど同じ姿勢で、上腕に頰を押し当てていた。あのときは意識が十分はっきりしていた。問題があるとすれば疲労だけだった。フェロンに会うために町まで長い道のりを歩いたが、何時間か待たねばならなかったので、歩道わきにある小さな公園を見つけて眠りに落ちた。するとつぜんセミの悲しげな声が聞こえて、目を覚ました。だが、最初は今と同じように、自分がそこで何をしているのかわからなかった。あのときは、小さな公園で彼を待っていたのだった。

今、彼女を混乱させているのは、水の通り道、排水路という意味の「ACQUEDOTTO」という言葉だ。排水路の蓋から顔を上げる。はっきりさせなければ。なぜここでこんなふうにしているのか知るために、考えなくては。腕にいくつもつけられた、まだ乾いていない傷に目をやる。今も何かが悲しげな声をあげているとしたら、それは彼女の心のなかだ。手を持ち上げて、壊れた腕時計から血を拭きとる。星のようにひび割れたガラスの向こうに読みとれる時刻は、五時か六時、早朝だ。空を見上げる。少しずつ記憶がよみがえってくる。隠れ家にたどり着かなくては。助けが必要になったら、カーメンという女性に連絡を取らなければならない。ローズは立って、黒いスカートの裾を持ち上げて歯でくわえる。無事なほうの手を使って下から三分の一を引き裂くと、ずきずき痛む腕にきつく巻きつける。それからしゃがみこみ、荒い息をつく。これから港まで坂を下りて、カーメンがどこにいても見つけだし、船に乗るのだ。ここではいつだって奇跡が起こる、ナポリにはそんな言い伝えがある。

短剣に傷つけられた通りをあとにして、頭のなかに地図をよみがえらせる。「ポジリポ」というのは町のなかの豊かな地域で、「悲しみとの決別」を意味する。ギリシャ語だが、イタリアで今も使われる言葉だ。そして、町を二つに分ける道、スパッカナポリ通りに行きつかなくてはならない。その名を復唱しながら坂を下りていく――スパッカナポリとポジリポ。カモメの鳴き声がにぎやかだから、海が近いのだろう。カーメンを見つけて、それから港だ。空が明るくなってきた。だが、何より身に迫ってくるのは、痛みのある左腕だ。包帯がわりの布がもう血でぐっしょり濡れている。やつらが小型のナイフで切りつけてきたことを思い出す。違うルートで国外へ出るためグループが二手に分かれたあと、彼女と兵士の動きがつかまれていた。どうして？　誰かが何か洩らしたのか？　町はずれに来たとき、やつらは彼女を見つけ、護衛の兵士を殺した。しょせんはただの坊やだったのだ。どこかの建物で、やつらは質問するごとに彼女の腕を切りきざんだ。一時間後に中断すると、彼女を置いて出ていった。彼女はどうにかして逃げ、通りへ這いだしたに違いない。やつらは探しているだろうか。それとももう用済みなのか。こうして坂道を下りながら考えるうちに、正気が戻ってくる。「悲しみの中休み」。「嘆きからの解放」。〝トムビロ〟とはなんだろう？　角を曲がり、不恰好によろめきながら足を踏み入れたのは、明るく照らされた広場であることに気づく。

空からの光はずっと射していたのだ。夜明けではない。だが、家族連れやさまざまなグループが店のまわりに集い、夜気のなかで飲み食いしている。その真ん中で一〇歳くらいの少女が歌っている。以前、彼女が息子に別の言葉で歌ってやった懐かしい歌だ。目の前にあるのは夜のどの時間にもありそうな景色だが、決して早朝ではない。彼女の腕時計は、襲われたときに止まってしまったのだろう。五時か六時を指していたが、それは夕方であって夜明け前ではなかったのだ。まだ真夜中にはなっていないはずだ。だが、カモメは？　混雑した広場の明かりに引き寄せられただけなのか。

彼女はテーブルにもたれかかり、よそ者として、人々が語らったり笑ったりするのを見つめる。少女が女の膝に座って歌っている。中世の情緒が漂い、まるで巨匠の油絵のようで、いかにもフェロンが解説を加えたがりそうだ。きっと隠れた構造を指摘し、一塊（いっかい）のパンのようにささやかな物でも、光を放ってカンバスを満たし、それが全体を支えている、と言うだろう。そんなふうに世界は相互に作用しあっているのだ、と。今の彼女にとっての一塊のパンは、自分だけの喜びにあふれて歌う幼い少女だ。カーメンが見つかるはずの場所を目指し、スパッカナポリ通りをたどってきてこのにぎやかな集いの場に出くわした、今の彼女の気持ちを体現している。もう一歩前に出てもっと姿をさらすこともできるが、そうはせずに椅子を引いて腰かけ、傷ついた腕をテーブルにのせる。まわりは相変わらず壁画のようだ。もうずいぶん長いこと、こんなふうに家族や社会とともに生きる暮らしから遠ざかっている。別の力に支配され、寛容さのかけらもない、隠しごとばかりの世界を受けいれたのだ。

後ろにいた女性が、彼女の肩に優しく両手を置く。「ここではいつだって奇跡が起こるのよ」と声をかけてくる。

＊

数か月後、フェロンはローズとともに、かつて約束したとおりマザラン図書館を歩いている。その前にふたりは〈ラ・クーポール〉で午後遅くまで昼食をともにする。互いに見つめあいながらカキを食べ、ほっそりしたフルートグラスでシャンパンを飲み、最後にクレープを分けあって食事を締めくくる。彼女がフォークに手を伸ばすと、手首の傷跡が彼の眼に入る。

「乾杯」と彼女が言う。「わたしたちの戦いは終わったわ」

フェロンはグラスを上げない。「それで、次の戦いは？　きみはイギリスに帰るが、僕はここに残る。戦いは決して終わらない。『セビリアで傷を負い、コルドバで死す』だ。覚えてるだろう？」

タクシーのなかで、彼女はめまいがして彼に寄りかかる。どこに行くのだろう？　ラスパイユ大通りに曲がり、それからコンティ通りへ。あやふやな気持ちを抱えたまま、この男につながれ、導かれている。これまでの数時間が、説明のつかない形でお互いのなかに滑りこんでくる。彼女がひとりで目覚めたベッドはとても大きくて、いかだで漂っていると本気で思うほどだった。ちょうどこの午後〈ラ・クーポール〉で、無人のテーブルが廃墟の町のように目の前に広がっていたのとよく似ていた。

彼は歩きながら彼女の肩に手を置き、褐色の建物に入っていく――マザランの壮大な図書館だ。マザランは「リシュリューがみまかったのち、事実上フランスの支配者となった人物」だと彼が言う。「みまかる」という言葉をこれほどさりげなく使うのはフェロンぐらいだろうと彼女は思う。一六歳になるまでろくに教育も受けなかったのに。派生的な語まで暗記し、字を書く練習もみずからやり直した。子どものころのノートを彼女が見たとき、自然界を題材にして描いた軟体動物やトカゲの精密なスケッチの横にあった字は汚かったが、今は見違えるほどになった。たたき上げの男。成り上がり者。それゆえに同業者の一部からは本物として信用されないし、自分でもあやしく思っているのだ。

図書館に入ると、ローズは自分がほんのり酔っていることに気づく。彼が話していることから、いつしか意識がそれていく。昼下がりの三杯のシャンパンが、九個のカキの重みでとどまっている。そして今、彼らは一五世紀に足を踏み入れる。そこには修道院から押収されたり、没落した貴族が手放したりした一〇〇〇個もの遺物、活版印刷の初期刊本までが収められている。いずれもかつては呪われ、それゆえに何世代ものあいだ隠されてきたのち、ここに集められ保護されているのだ。

「これは大いなる死後の世界だ」とフェロンが彼女に告げる。

上の階に移り、彼は光の射す窓を背景に動く彼女のシルエットを見つめる。まるで明かりを灯した電車が向こうを通りすぎたかのようだ。それから彼女は、一〇〇〇もの教会が記されたフランスの大きな地図を前にして、かつて彼が想像したとおりにたたずむ。その光景は、彼のなかにくすぶる昔の欲望のレプリカのように感じられる。あの地図はいつも信仰をきびしく突きつけてくる。人生の唯一の目的は、どこまでも青い川を渡って遠方の友人に会いにいくことではなく、教会の祭壇からまたべつの祭壇へ旅することだとでもいうように。彼はもっと古い地図のほうが好きだ。町の名前はなく、等高線だけで記されているので、今でも正確な予備調査のために使われる。

フェロンは大理石の学者や哲人たちが集まるそばに立ち、彼らの視線や考えを捉えようとでもいうのか、くるりと見回す。彼は像たちの顔に浮かぶ不変の判断、紛れもない弱さと狡猾さが好きだ。ナポリで、ある残忍な皇帝の前に立ったときのことを今も覚えている。つかみどころのない石の顔に刻まれた眼は、いくら左へ右へと移動して気を引こうとしても、決してこちらと視線を合わせることがなかった。ときおり自分があの男になったような気がする。ローズに指でつつかれて振り返る。ふたりは年代物の机が並ぶ横を歩いていく。それぞれに琥珀色の明かりが灯っている。ある机には聖人の走り書き、また別の机には若くして処刑された者の書き置きが展示されている。モンテーニュの上着を折りたたんでのせた椅子もある。

ローズは何もかもを吸いこむ。さっきの食事が続いているような感じがして、机に塗られたニスや古い紙の匂いとともに、ふっとカキの風味が漂ってくる。ここに着いてから、ほとんどしゃべっていない。そして、彼が何かを解説しても、彼女は返事をしない。これが自分にとってどういう意味を持つのかだけを、ひたすら見いだそうとしている。彼女はこれまでずっとこの男を敬愛してきたが、時代がかったこの場所には相容れないものを感じる。これは大いなる死後の世界だ。ひょっとしたら、彼にとっては彼女もそのような存在なのか。彼女のことをずっとそんなふうに考えていたのだろうか。この小さな気づきに、彼女は圧倒されていた。

彼女は小雨が降るのもかまわずに、ひとりで町を歩いている。彼のもとをそっと抜け出してきた。

道に迷っても人に尋ねず、同じ噴水の前を二度通っては笑いながら、ひたすら不確実であろうとする。偶然と自由を求めているのだ。彼女は誘惑に導かれてこの町に来た。どんな展開になるか、すべて想像がつく。彼のはっきり浮き出た肋骨に顔を寄せる。腹の産毛に手をのせると、腹がびくりとして手をはじく。彼女の唇から賛美と優しさがこぼれ、彼が向きを変えてなかに入ってくる。彼女は橋を渡る。午前四時に自分の部屋に戻る。

夜明けの光で目覚め、隣接する彼の部屋に入る。フェロンは自分で選んだ小さいほうのベッドで眠っている。仰向けに横たわって目をつぶり、両手を脇に伸ばしている姿が、祈っているか、マストに縛りつけられているかのようだ。長い厚手のカーテンを引きあけると、冬の光が部屋に満ちて調度が浮かび上がるが、それでも目を覚まさない。その姿を見つめながら、彼が今どこか別の世界にいることを意識する。もしかしたら、確信を持てずにいた十代の少年に戻っているのかもしれない。彼女は確信のない人間としてのフェロンに会ったことがない。彼女が知っているのは作り直された人間だ。彼は長年ずっと、彼女の望むすばらしい景色を見せてくれてきた。だが今、彼女は思う。もしかすると、目の前にある真実は、確信をもたない人にだけ明らかにされるのではないか。

彼女は金襴(きんらん)で彩られたホテルの部屋を歩きまわる。片時も彼から眼をそらさず、まるでこれまでしたことのないパントマイムの会話を交わしているかのようだ。ふたりのあいだには長らくこんなふうに絡まりあった物語が続いてきたが、この先どう彼とつながっていけばいいか、もはやわからない。パリのホテル。その名前をいつまでも覚えているだろう。いや、忘れなければならないかもしれない。バスルームで顔を洗って、思考をはっきりさせる。バスタブの縁に座る。彼の求愛が想像の産物だったなら、彼女の愛もまた想像にすぎなかったのだ。

彼の部屋に戻り、わずかでも動きがないか注意して見る。もしや眠ったふりではないだろうか。しばしためらい、今もし立ち去ったらわからないままになってしまうと考える。靴を脱いで近づいていく。ベッドにかがみこみ、彼の隣に身を横たえる。わが同志、と心で呼びかける。決して手放すことのできない、ふたりの歴史の小さな出来事を思い返す。忘れられたひそかな打ち明け話。彼の手の力。部屋の端から見つめあったこと。野原で動物と踊る姿。土曜の午後に放送される「ナチュラリスト・アワー」で、耳がほとんど聞こえなかった母親にも届けとばかり、明瞭でゆっくりした話し方を身に着けたこと。あのブルー・ウイングド・オリーヴ・ニンフが完成したとき、細いナイロン糸を結んで噛み切ったこと。彼女は八つ。彼が一六。あれは厚く重なった層の、ほんの表面に過ぎない。もっと深く、内密な部分がある。冷えきった暗い小屋で、彼がストーブをつけたときのこと。ほとんど無音のコオロギの声。そしてのちにヨーロッパのあばら屋で、床に眠るハードウィックを残して彼が立ちあがったこと。彼の見ていない、この腕の傷跡。彼女は身体を横向きにして彼の顔を見つめる。そして、去っていく。ここがあなたの居場所なのよ、と彼女は思う。

*

戦争が終わったときには、多くのことが葬られないままだった。母の戻った屋敷は前世紀に建てられ、今もその一帯に存在感を示していた。ここが隠れた場所だったことはかつてない。一キロ以上離れて、周囲に茂るマツの木のざわめきを聞きながらでも、建物の白さが見分けられる。だが、家そのものはいつも静まりかえり、まわりを囲む谷に守られていた。そこは人里離れ、湿地がなだらかに川まで続き、日曜日に外に出れば、数キロ先のノーマン教会から今も鐘の音が聞こえた。

ともに過ごした最後の日々に、ローズが僕に打ち明けたごくささいなことが、もっともよく内面を表していたのかもしれない。それは母が相続したこの屋敷についてだった。本当は違う土地を選ぶべきだったけど、と母は言った。勘当するか追放してほしいという願いは、ずっと以前に明らかにしていたらしい。そのころ母は両親と距離を置き、戦争中の自分の行動を隠し、ついには子どもたちからも姿を消したのだ。今こうして〈ホワイト・ペイント〉に戻ったのは、おそらく母の望んだことだと僕は思った。だが、なにしろ古い家だ。廊下のあちこちにあるわずかな傾きも、堅い窓枠も、季節ごとの風の音も、母はすべて知りつくしていた。たとえ目隠しをしていても、部屋を通り抜け、庭に出て、ライラックの木のすぐ手前でぴたりと止まることができただろう。毎月、どの位置に月がかかるかも、どの窓からそれを眺めればいいかも知っていた。この家は母が生まれてからの伝記であり、生活史だった。それが母の正気を失わせたのだと思う。

母はそれをただの安全や保証としてではなく、運命として受け止めたのだ。木の床が鳴るときの、あのやかましい音さえも。僕はそのことに気づいて心をかき乱された。屋敷が建てられたのは一八三〇年代だ。母はドアを開けるたび、母の祖母の人生に自分を重ねあわせた。母には何世代もの女たちが汗水流して働く姿が見えたのだ。ときおり帰るだけの夫、次々に生まれる子ども、涙が枯れることはなく、薪の火を絶やさず、手すりは一〇〇年も触られつづけてつるつるになった。それから数年後、僕はフランスの作家の作品に、同じような認識が描かれているのを見つけた。「そのことを考えて、胸が痛くなる夜もあった……自分に先立って、そうした女性たちすべてが、同じ寝室で、同じ夕暮れを過ごしたのだ」彼女は、父親が海に出たりロンドンに行ったりして週末しか帰ってこなかったとき、自分の母親がそうした役割を担っているのを目の当たりにしたのだ。それこそ彼女が戻ってきて受け継いだものであり、かつて逃げだした前世だった。彼女は循環する小宇宙にふたたび戻ったのだ。関わりをもつ人間はごくわずかで——屋根の上で働く藁ぶき職人の一家、郵便配達夫、そして建設中の温室のスケッチを持ってくるミスター・マラカイトだけだった。

僕は母に尋ねた——おそらく僕が尋ねたなかでもっとも私的な質問だ——「僕のなかに自分と重なるようなところはある？」

「いいえ」

「じゃあ、僕が自分のようになると思う？」

「それはもちろん別の質問ね」

「わからない。同じじゃないかな」

「いいえ、違う。まあ、似ているところやつながっているところはあるでしょうね。わたしは疑い深くて、打ちとけない性質（たち）だわ。それはあなたにも言えるかもしれない。そんなところね」

母は僕の考えていたことをはるかに超えていた。僕の頭にあったのは、礼儀とか食事作法といった程度のことだった。だが、今の母の孤独な暮らしでは、礼儀の出番などなかった。母は放っておいてさえもらえれば、人が何をしていようがほとんど無関心だった。食事作法についていうなら、食べ物の摂取をとことん最小限まで削っていた。食器は皿一枚とグラス一個だけで、およそ六分間の食事を終えたら、一〇秒後にはテーブルをきれいに拭いていた。母の日常の動きは、身にすっかり染みついた習慣で、遮られることがなければ本人も意識しないほどだった。あとはサム・マラカイトとの会話。あるいは、僕が彼と働いているあいだ、長い時間をかけて丘を散歩する。母は自分が村の人々にとって無名で無意味だと信じ、そのことによって守られていると感じていた。一方、家のなかにはウグイス張りの床がある——いわば音の地雷で、自分の縄張りに誰かが侵入すれば必ず知らせてくれる。カエデ材でできた、母のウグイスだ。

だが、いつか来ると母が予期していた訪問者は、家のなかに足を踏み入れなかった。

「でも、なぜそんな質問をするの？」母は僕とのちょっとした会話をなおも続けようとした。「わたしたちふたりに、どんな共通点があると考えたの？」

「べつに」僕は微笑んだ。「ひょっとしたら食事作法とか、ほかに何かはっきりした癖でもあるかと思って」

母は驚いた顔になった。「そうね、わたしの両親はいつもこんなふうに言ってたわ。どこの親もそうでしょうけど。『いつか王様と食事をするかもしれないのだから、マナーに気をつけなさい』ってね」

なぜ母は、自分のなかにあるあやしげな能力、あるいは弱さだと見なしている二本の細い枝に、あえて留まることを選んだのだろうか。「疑い深さ」と「打ちとけないこと」。母はそうした特性を身につける必要があったのだと、今なら理解できる。家に寄りつかない破滅的な男との結婚生活ばかりか、仕事をするうえでも、わが身を守らねばならなかったせいだ。だから母はさなぎの殻を破って、若き日に誘惑の種をまき散らしていったマーシュ・フェロンとともに活動する道へ、ひそかに進んだのだ。彼の働きは〝集め屋〟として完璧だった。彼は時を待って、自分自身がほとんど何も知らぬまま引きこまれたのと同じように、母を情報部に引きいれた。なぜなら母が求めていたのは、自分が全面的に関わることのできる世界だったからではないだろうか。たとえそのせいで、十分に、そして安全に愛されることが叶わなくなるとしても。「あら、ただ崇拝されるだけなんてまっぴらだわ!」かつてオリーヴ・ローレンスが、レイチェルと僕に断言したように。

ある段階を超えた人間関係については、その表面しか決して知りえない。ほとんど無限に働きつづける微生物の力によって作られた、石灰の層と同じだ。ローズとマーシュ・フェロンのあいだに存在した、気まぐれで当てにならない関係を理解するほうがよほど容易(たやす)い。母とその夫の物語、母の物語に出てくるあの幽霊に関しては、うちの庭にあった座り心地の悪い鉄製の椅子に腰かけて、どうして僕たちを置いていくのか嘘をついていた、あのときの面影しか僕には残っていない。

僕が本当に母に尋ねたかったのは、僕のなかに父を見るようなことがあるのか、あるいは僕が父に似ていると思うかということだった。

*

　それは僕がサム・マラカイトとともに過ごす、最後の夏だった。僕たちは笑いあい、彼は背中をそらせて僕を眺めた。「うん、お前は変わった。初めて一緒に働いたシーズンには、ろくにしゃべらなかったもんな」

「恥ずかしかったんです」僕は言った。

「いや、控えめだったんだ」彼は以前の僕について、僕よりもよく知り、理解していた。「お前は控えめな心を持っている」

　母はときどき、さほど興味もなさそうに、ミスター・マラカイトとの仕事はどんな具合か、難しいかと僕に尋ねた。

「まあ、〝シュヴェーア〟なことはないよ」そう答えると、母の顔に悲しげな笑みが浮かんだ。

「ウォルター」母がつぶやいた。

　では、これは、彼が母の前でもしょっちゅう口にしていた言葉なのか。僕は息を吸いこんだ。

「ウォルターはどうなったの？」

　ちょっと沈黙してから、「あなたたちふたりで、彼のことを何と呼んでいたんだったかしら？」母は読みかけていた本をテーブルに放りだした。

「〝蛾〟」

母の顔から、ついさっき見せた皮肉な笑みが消えた。

「猫って本当にいたの？」僕は尋ねた。

母の眼に驚きが走る。「ええ。あなたの言ったことをウォルターから聞いたわ。なぜ猫を覚えていなかったのかしら？」

「僕は何でも忘れちゃうんだ。ウォルターの身にいったい何があったの？」

「あの晩バーク劇場であなたたちを守ったとき、命を落としたの。あなたが小さかったころに守ってくれたようにね。お父さんに猫を殺されたあと、家から逃げ出したあのときみたいに」

「彼が守ってくれてること、なぜ教えてもらえなかったの？」

「あなたのお姉さんは気づいていたわ。だから、彼の死に関してわたしを決して許さないのよ。おそらくあの子にとっては、彼が本当のお父さんだったのね。そして、彼はあの子を愛していた」

「レイチェルに恋してたってこと？」

「いいえ。彼はただ子どもがいなくて、子どもが大好きだっただけ。あなたたちの安全を願っていたわ」

「安全だなんて思えなかったよ。それは知ってた？」

母は首を振った。「レイチェルは彼といれば安全に感じられたんじゃないかしら。あなたも小さいころはそうだったはずよ……」

僕は立ち上がった。「でも、彼が守ってくれてるって、なんで教えてくれなかったんだよ？」

「ローマ史よ、ナサニエル。ローマ史を読みなさい。どんな大惨事が起ころうとしているか、我が子にさえ話せない皇帝がたくさん出てくる。自分の身を守るためにね。沈黙が必要なときもあるのよ」

「僕はあなたの沈黙のうちに育った……もうじきここを出て、クリスマスまで会えないよ。これでしばらくは話す機会もないだろうね」

「わかってるわ、ナサニエル」

大学に戻ったのは九月だった。それじゃ。じゃあね。互いに抱きあうこともなかった。毎日どこかの時点で、母は丘を登るだろうと僕は知っていた。そして頂上に着いたら振り返り、大地の窪(くぼ)みに安全に包みこまれた自分の家を眺めるのだ。一キロ弱ほど離れたところに、サンクフル・ヴィレッジがある。母はフエロンに教えられたとおり、きわめて高いところまで登るだろう。痩せた長身の女が丘を進んでいく。自分の守りの堅さをほぼ確信しながら。

*

「彼は来るとき、イギリス人になりすます」と母は書いていた。だが、ローズ・ウィリアムズを狙いにきた人物は、誰かの遺志を継いだ若い女だった。ことの顛末(てんまつ)を、僕は今ここに記しておく。母は決して村へ行かなかったが、村の人たちはローズ・ウィリアムズがどこに住んでいるか知っていた。そしてその女は、まっすぐ〈ホワイト・ペイント〉にやってきた。小道具も衣裳も使わず、クロスカントリーのランナーの格好をしていた。それでも母にはすぐわかったはずだが、なにしろ一〇月の暗い晩で、温室の結露した窓の向こうに、女の青白い瓜実顔（うりざねがお）を見つけたときには、すでに遅かった。女はそこにじっと立っていた。それから右肘で窓ガラスを割った。左利きだ、と母は内心考えただろう。

「ヴァイオラね？」

「わたしの名前はローズよ」母は言った。

「ヴァイオラ？　ヴァイオラでしょ？」

「ええ」

　おそらく、母が思いめぐらし、夢にさえ見ていたであろうさまざまな死に方と比べても、それほど悪くないと感じたに違いない。手っ取り早くて致命的だ。これでようやく長年の確執が消え、戦いが終わったかのようだった。ひょっとしたら罪さえもあがなわれたかもしれない。それが今僕の考えていることだ。温室は湿気が多く、割れた窓からそよ風が吹いてきた。若い女は確実を期すため、もう一度撃った。それから猟犬のように野原を駆けていった。まるで母の体から離れていく魂になったかのように。あるいは母自身が一八のとき、大学で言語学を学ぶためにこの家から逃げていったように。そして二年生のとき僕の父と出会い、ロースクールに進むことをあきらめ、子どもをふたり産み、やがて僕たちからも逃げていったのだ。

# 塀に囲まれた庭

一年前に近所の店で、オリーヴ・ローレンスの著書を偶然見つけた。その午後は、庭に餌をあさりに来る鳥を脅すための音を出す装置を仕掛けながら、夜になったら一気に本を読もうと心待ちにして過ごした。どうやらこの本をもとにしたドキュメンタリー番組が、まもなくテレビで放映されるらしい。そこで翌日、出かけていってテレビを買った。こんな代物(しろもの)が僕の暮らしに加わるなど前代未聞で、いざ到着すると、マラカイト家の小さな居間に超現実の客が来たかのようだった。まるでとつぜん、船か、シアサッカー地のスーツでも買ってしまったみたいな気がした。

番組を観ても、テレビに映っているオリーヴ・ローレンスと、僕が十代のころに知っていた彼女とが、最初は結びつかなかった。実を言うとどんな外見だったか、もう覚えていなかったのだ。僕のなかに残っていたのは、主に存在としての彼女だった。覚えているのは身のこなしと、質素な服を着ていたことだ。〝ダーター〟と夜のデートに出かけるときでさえそうだった。顔はどうかというと、今こちらに話しかけてくる顔には変わらぬ熱意があふれていて、それが古い記憶のなかにあった顔とたちまち一致した。次の映像ではヨルダンの岸壁をよじ登り、さらには懸垂下降しながらも、カメラに向かって話しつづけている。昔と同じように、特殊な知識が僕の前に差しだされる。地下水面についてや、ヨーロッパ全土で見られるさまざまなタイプの雹(ひょう)について、あるいはハキリアリが森全体を破壊できることについて――こうした自然界の複雑なバランスに関する情報のすべてが、女性の小さな手からいともやすやすと僕たちに手渡される。思ったとおりだった。彼女なら、この先に待ち受ける厄介な争いや喪失から目をそらすことなく、僕の人生を思慮深く描いてみせてくれただろう。大嵐の到来を予測できたのと同じように。あるいは、レイチェルのちょっとしたふるまいや、内にこもりがちなところから、てんかんがあることに気づいたように。僕は特別に近しかったわけではないこの人のおかげで、女性の明快な意見に学ぶことができた。彼女を知っていたのは短い期間だったが、そのあいだオリーヴ・ローレンスは僕の味方だと信じられた。僕は確かにそこに存在し、理解されていた。

僕は彼女の本を読み、ドキュメンタリーを観た。パレスチナの荒れたオリーブ園を歩き、モンゴルの列車を乗り降りし、ほこりっぽい道にしゃがみこみ、クルミとオレンジを使って、月面から見る天空の軌道が8の字であることを説明する。彼女は変わらず、今も常に新しかった。オリーヴの戦争中の活動について母に聞いたあと、ずいぶんたってから、簡潔な公式報告を読んだ。科学者たちが風速を記録してDデイの侵攻に備えたこと。オリーヴと気象学者たちがガラスのように脆(もろ)く振動するグライダーに乗って夜空を飛び、風の含む水分量を音からはかり、雨の降らない日を探し、侵攻を延期するか決行するか判断したこと。彼女が僕と姉に見せてくれた天気日誌には、さまざまな雹を描いた古い木版画や、空の青さをはかるソシュールのシアン計のスケッチが満載だった。彼女にとってあれは単なる理論ではなかったのだ。彼女とほかの学者たちは、そのとき魔術師のような気分だったに違いない。何世代にもわたって科学から教わってきたことを、すべてそこに結集したのだから。

*

〈リュヴィニー・ガーデンズ〉で我々が出会った時期のことは、なかば埋もれた過去になっていたが、オリーヴはそこからふたたび現れた最初の人物だった。〝ダーター〟に関しては、どこにいるのかまだ手がかりもつかめずにいた。最後に会ってから長い歳月が過ぎていたし、本名さえ思い出せなかった。彼や〝蛾〟をはじめとする人々は、今はもう子ども時代の谷底のような場所に存在するだけだった。一方、おとなになってからの僕の暮らしは、ほとんどが政府の建物のなかで、母の選んだ生涯をたどることに費やされていた。

記録保管庫で過ごしていると、ときおり、遠くの出来事のようでも母の活動と重なる情報にぶつかることがあった。そのようにして別の作戦や場所の詳細を垣間見るのだった。そんなある午後、母の活動に関連することを追っていて、戦時中のニトログリセリンの輸送に関する記述をふと見つけた。ひそかにロンドン市内を通って運ばれていたこと。危険な積み荷なので、市民に知られないように夜間に実施しなければならなかったこと。これはロンドン大空襲のあいだも、戦時下のわずかな光のもとで続けられた。川は真っ暗で、橋ごとにぽつぽつ灯るオレンジ色の仄暗い明かりが、水上交通のために通り道のアーチを示していたが、爆撃のさなかにそれがひそやかな目印となって、はしけは燃えあがり爆弾の破片が水面を叩いた。一方、明かりの消えた道路では、極秘の大型トラックが一晩に三、四回、市中を通り抜けていた。ウォルサム修道院の巨大なニトロ化器でニトログリセリンを製造して、そこから五〇キロほどの距離を走り、市の中心部の地下にある名もない場所へ運ぶ。その場所はロウアー・テムズ・ストリートにあるとわかった。

ときどき、床が抜けて、その下のトンネルが古い目的地につながることがある。そんなとき僕は迷わず地図の吊るしてある広い部屋へ急いだ。さまざまな種類の地図を引きおろし、ニトロの運搬トラックが通ったと思われるルートを探した。その道を自分の手でたどる前から、そこには忘れられない名前があると知っていた。スアードストーン・ストリート、コビンズ・ブルック・ブリッジ、墓地から西にカーブし、それから南へ進むと、やがてロウアー・テムズ・ストリートにたどり着く。戦後、僕の若き日に、〝ダーター〟と走った夜のルートだった。

懐かしの〝ダーター〟、あのチンピラの密輸屋は、もしかするとある意味で英雄だったのかもしれない。命知らずの仕事をしていたのだから。戦後に彼がやっていたことは、平和がもたらした結果にすぎなかったのだ。イギリス人にありがちな偽りの謙虚さは、ばかげた秘密主義と無邪気な科学者の常套手段も含め、形ばかり整えて丹念に彩色したジオラマとどこか似ており、それが真実を隠して本音の扉を閉ざしたのだった。おかげで、ヨーロッパのどこの国でも類を見ないほどのすばらしく劇的な行動が、闇に葬られてしまった。それとともに消えたのが、工作員として働いたさまざまな人々だ。大叔母、才能はほどほどの小説家、ヨーロッパでスパイをしていた上流向けのファッションデザイナー。テムズ川をたどってロンドン中心部に入ろうとするドイツ人爆撃犯を混乱させるために、おとりの橋を建てた設計士と建設業者。毒の専門家になった薬屋。ドイツ支持者のリストを渡され、いざ侵攻されたなら殺すように指令を受けた、東海岸の村の小作人。キュー地区の鳥類学者や養蜂家もいれば、レヴァント地方やいくつもの言語に精通した永遠の独り者もいた——そのひとりがアーサー・マキャッシュであり、ずっと情報部で働きつづけてきたわけだ。彼らはみな、戦争が終わっても自分の役割をひたすら隠しとおし、歳月を経て訃報欄に控えめな一文が記されるだけなのだ。「外務省にて功績を収めた」と。

たいていは雨が降る漆黒の闇のなか、〝ダーター〟は扱いにくい大型トラックにニトログリセリンを積み、防空シェルターのある庭の横を運転していった。左手でつかんだギアを暗がりのなかで操作して、ミサイルのような車をロンドンの倉庫へ走らせる。時刻は午前二時、地図は頭に入っているから、とんでもないスピードで夜通し突っ走っていけたのだ。

僕はその午後ずっと、こうして見つけた調査書類にかかりきりになった。大型トラックの型式や、一度に運ばれたニトロの重量、夜間にいくつかの通りでは急なカーブをひそかに照らすため、ほのかな青色光を灯していたことも知った。〝ダーター〟の仕事はこれまで偽装されつづけ、他人に知られることがなかった。ピムリコの違法なボクシングのリング、ドッグレース場、密輸入。だが、戦時中の仕事は見張られ、十分に把握されていたのだ。まず署名して、写真と顔を照らしあわされ、そしてロウアー・テムズ・ストリートに着いたらまた署名しなければならない。彼の人生において最初で最後に「名簿にのった」わけだ。ドッグレースがらみの犯罪者を並べたあの膨大なリストにのっていないことを、あれほど自慢にしていたのに。一晩に三回、火薬工場との往復をくり返す。そのころにはイーストエンドの大半の人が眠りにつき、夜道で何が起こっていてそれがどれほど危険か、まったく気づいていなかった。だが、それは常に記録されていたのだ。おかげで何年もたった今、地図の吊られたあの部屋で、印がついた道を見つけ、それがかつて僕たちが夜な夜なイーストエンドからたどったコースとそっくりであることに気づいた。いつもライムハウスのドックあたりから、市内の中心部まで車を走らせたのだった。

誰もいない地図の部屋に突っ立っていると、とつぜんのそよ風に吹かれたかのように地図が揺れた。ドライバー全員の記録がどこかにあるはずだ。僕はいまだに彼のことを〝ピムリコ・ダーター〟としか思い出せないが、パスポートサイズの写真と一緒に本名がのっているだろう。隣の部屋でキャビネットの引き出しを開け、やつれた男たちの若き日の白黒写真を見つけて、その索引カードをたどっていった。そしてついに、覚えていない名前の横に、覚えている顔が出てきた。ノーマン・マーシャル。わが〝ダーター〟。そうだ、〈リュヴィニー・ガーデンズ〉の混みあったリビングで、〝蛾〟が「ノーマン！」と大声で呼んだことをようやく思いだした。そこにあるのは一五歳のときの写真で、なぜか異様なほどすぐそばに、最新の住所が記してあった。

〝ダーター〟を見つけた。

彼は火のついた煙草を左手に持ったままハンドルにのせ、急に角を曲がるだろう。開けた窓から右肘を突きだし、ひどい雨で腕を濡らして、注意を怠らないようにする。そんな晩には話をする連れもなく、眠気を覚ますためにきっとあの古い歌を歌うのだろう。炎として知られた女の歌を。

*

我らの英雄は、ある年齢を過ぎたら、必ずしも教えたり導いたりはしてくれなくなる。その代わり、いつしかたどりついた最後の領域を守ろうとする。冒険心と引き換えに、ごくささやかな必要が生まれる。かつては伝統に立ち向かい、笑いながら嘲(あざけ)っていた人たちが、今や嘲ることなく笑うだけになる。〝ダーター〟について僕が抱くようになった思いはそういうことなのだろうか。最後に会ったとき。僕がおとなになってから。今もわからない。とにかく僕は彼の住所を知って、会いに行った。

だが、最後に会ったあのとき、彼はただ僕に関心がないだけなのか、それとも僕のせいで心に傷か怒りがあるのか、判断がつかなかった。なんといっても僕は、昔、彼の世界に飛びこんで、とつぜん去ってしまったのだから。今ここにいる僕は、もうあのときの少年ではない。そして僕が、若きころの猥雑で鮮明な夢のなかで彼と過ごした冒険の日々をよく覚えているのに対し、〝ダーター〟はこちらの望みとは裏腹に、過去について語ろうとしなかった。僕は失われた時間をすべて取り戻したかったけれど、彼はひたすら現在のことに話を戻しつづけた。今どんな仕事をしているのか。どこに住んでいるのか。今きみは……？　だから、僕にせめてできるのは、彼の築いた会話の垣根を受けいれて、この訪問を自分なりに解釈するだけだった。ほかにも気づいたのは、彼が物の置き場所に異常なほど神経を使い、キッチンから離れようとしなかったことだ。僕が何かを――グラスでも、コースターでも――持ち上げるたび、それをどこに戻さなければならないか記憶しているようだった。

あの日、あの時刻に、僕が家に訪ねてくることを、彼は予期していなかった。それどころか僕が来るとは夢にも思っていなかった。だから彼のアパートの状態は、間違いなく普段どおりだったはずだ。一方、僕の覚えている〝ダーター〟は、長年のうちに記憶が誇張されている可能性はあるけれど、身の回りの物をなくしたり壊したりするタイプの男だった。ところがここには玄関マットが敷かれ、あがる前に靴底をぬぐわなければならないし、布巾もきちんとたたまれている。廊下の先には二つのドアがあるが、お茶を入れようとキッチンに入るとき、彼がそれをしっかり閉めるのを僕は見逃さなかった。

僕は孤独な暮らしをしていたので、孤独についても、それに伴う秩序めいたものも、よく理解している。〝ダーター〟は孤独ではなかった。今や家族持ちだった。ソフィーという名の妻と、娘がひとりいるんだ、と彼は言った。これには驚いた。いったいどの愛人が彼を籠絡したのか、あるいは籠絡されたのか、推測しようとしてみた。あの理屈っぽいロシア人でないことは確かだ。いずれにしてもその午後、彼はアパートにひとりきりで、僕はソフィーには会えなかった。

結婚して子供をもうけたという事実は、彼が過去について語った唯一のことだった。戦争については一切語ろうとせず、笑い話のつもりで犬の取引のことを訊いても取りあってくれなかった。そのころのことはほとんど覚えていないのだと言った。オリーヴ・ローレンスが出演したＢＢＣの番組を観たか尋ねてみた。「いや」彼は低い声で答えた。「見逃したよ」

そんなことは信じたくなかった。あいまいな態度を取りつづけているだけならいいと願った。それなら許せる。忘れたわけではなく、自分の人生から彼女を閉めだしたのならそれでいい。わざわざテレビをつけるのが面倒だったというよりはましだ。あるいは、もしかしたら僕だけが、当時のこと、当時の人たちのことをよく覚えているのだろうか。彼はそうやって過去にさかのぼる道に障害物を置きつづけ、おかげで僕はそこにたどり着けないのだった。僕がそのために来たことは、もちろん承知のはずなのに。緊張もしているようだった――彼がちゃんとやってきたか、それとも期待外れの人生を選んだか、僕に評価されるとでも思っているのかと、最初はそう訝った。

彼がそれぞれのカップにお茶を注ぐのを見つめた。

「聞いた話だと、アグネスは苦労したみたいだね。捜したけど、見つからなかったんだ」

「みんな我が道を進んだんだろう」彼は言った。「俺はしばらく中部地方に住んでいた。向こうなら別人になれたんだ。意味わかるかな。過去のない誰かってことさ」

「僕はあなたと、犬たちも一緒に、はしけに乗った夜のことを思い出すんだ。何よりもそのことを」

「そうか？　それをいちばんよく覚えているのか？」

「うん」

彼はカップを掲げ、黙って皮肉っぽく乾杯をした。やはりそのころを振り返ろうとはしなかった。

「それで、こっちにはいつからいるんだ？　どんな仕事をやってるんだい？」

続けて訊かれたどちらの質問にも、関心のなさが表れていた。それで僕は、どこに住んでいるか、仕事は何をしているか、あまり詳しいことには触れずに答えた。レイチェルについては適当にでっちあげた。なぜ嘘をついたかって？　彼の尋ね方のせいだと思う。まるでどの質問も取るに足りないことのようだった。彼は僕に何も求めていないように思われた。「今も何か輸入したりしてるんですか？」僕は尋ねてみた。彼はその問いも受け流した。「ああ、週に一度、バーミンガムに通ってる。もう年だから、近ごろはあまり出歩かないんだ。ソフィーはロンドンで働いている」そこで口をつぐんだ。

彼はテーブルクロスをなでてしわをのばしている。長すぎる沈黙のあと、僕はついに立ち上がった。かつてはこの男と一緒にいることをこよなく愛した時期があった。最初は嫌いで、それから恐れるようになり、そのあとのことだ。僕は彼のあらゆる面を味わい、荒っぽさも、そして度量の大きさも知りつくしたと思っていた。だから今、彼がこんなにも反応が鈍く、何を言っても巧みに行きどまりに追いやられてしまうなんて、とても受け入れがたかった。

「もう行かなくちゃ」

「そうだな、ナサニエル」

僕はちょっと洗面所を借りたいと頼んで、狭い廊下を歩いていった。

彼の鏡に映る自分の顔を見つめた。もはや深夜の道を彼の車で突っ走り、姉が発作を起こしたとき助けてもらった、あの少年ではない。僕はその小さな空間を見回した。ひょっとしてここには破られていない封があるのではないか。この場所だけは、荒っぽくて当てにならない過去の英雄、我が師匠の、それらしいところを少しは見せてくれるのではないか。彼がどんな女性と結婚したのか、想像しようとした。シンクの端にあった三本の歯ブラシを手に取り、手のひらの上でバランスをとってみた。棚の上の髭剃り用石鹸に触れ、匂いをかいだ。たたんだタオルが三枚あった。ソフィーが誰であろうと、彼の人生に秩序をもたらしたのだ。

すべてが僕にとっては驚きだった。すべてが悲しかった。彼は冒険家だったが、今、僕は彼の暮らしのなかの密室に立っている。お茶を注ぎ、テーブルクロスをなでる彼は、なんと穏やかで満たされて見えたことだろう。毎度いかがわしい待ち合わせに向かって急ぎながら人のサンドイッチを横取りし、道ばたや波止場で誰かの落としたトランプを大喜びで拾い、愛車モーリスを運転しながら、レイチェルと僕が犬たちと乗っている後部座席にバナナの皮を投げこむ、そんな男だったのに。

洗面所を出て狭い廊下に戻り、言葉が刺繍された額入りの布をしばし見つめた。どれぐらいその場に突っ立って、それを見つめ、言葉を読み、そしてまた読み直したことか。そっと指で触れてから、そこを離れて、ゆっくりとキッチンに戻った。僕がここに来るのは間違いなくこれが最後だとでもいうように。

〝ダーター〟のアパートの玄関で、いざ帰るとき、僕は振り向いて言った。「お茶をごちそうさま……」彼をなんと呼べばいいか、まだわからずにいた。本名で呼んだことは一度もなかった。〝ダーター〟は律儀な笑みを浮かべてうなずいた。彼のプライバシーを侵した僕に対して、乱暴にも怒っているようにも見せないために、十分な微笑みだった。そして僕の向こうでドアを閉めた。

そこから何キロも離れ、サフォークに帰る電車の騒音に包まれてようやく、その午後の訪問というプリズム越しに自分たちの人生に思いを巡らした。彼は僕を許そうとも、罰しようともしなかった。もっと悪かった。彼はとにかく僕に、自分のしたこと、僕が昔何の前ぶれもなくとつぜん姿を消したことについて、理解させたくなかったのだ。

彼のアパートでの出来事が腑に落ちたのは、〝ダーター〟がとんでもない大嘘つきであることを思い出したからだった。倉庫や美術館で、とつぜん警官や守衛が来てあわてたときも、彼はとっさに嘘をでっちあげた。あまりに込み入った嘘で、ばかばかしすぎて自分でも吹きだしてしまうほどだった。人間は普通、嘘をついて同時にそれを面白がることなどないから、それこそが彼のトリックだった。「嘘を用意するな」夜のドライブをしていたあるとき、彼は僕にそう言った。「その場の流れででっちあげるんだ。そのほうがもっともらしくなる」お得意のカウンターパンチだ。それに、彼はいつだって手の内を隠していたではないか。〝ダーター〟は平然としてお茶を入れながら、頭と心はフル回転させていたのだ。彼は話しながらほとんど僕を見なかった。黄褐色のお茶の細い流れだけをただじっと見つめていた。

アグネスはいつも周囲の人々を気遣っていた。彼女について僕がもっともよく覚えているのはそのことだ。ばか騒ぎをしたり、議論を吹っかけてくることもあった。両親にはとても優しかった。世の中の何もかもをつかもうとしていたが、そこにも気遣いがあった。食事のときふたりの小さな絵を包み紙に描き、二つ折りにして額縁に入っているような形にして、僕のポケットに入れてくれた。彼女はそんなふうにしてプレゼントを差しだすのだった。たとえ価値のない物でも、貴重な物でも、そうやって「ほら、ナサニエル、これあげるわ」と言いながら。そして、うぶで野暮な一五歳の少年だった僕は、それを受け取り、ただ黙ってしまっておくだけだった。

十代とは愚かなものだ。間違ったことを言い、いかにして謙虚になるかも、どうすれば少しは内気でなくなるかもわからない。ものごとを安易に判断する。しかし、振り返って初めてわかるのだが、与えられた唯一の希望は、人は変われるということだ。僕たちは学び、進化する。今の僕は、過去にこの身に起こったあらゆることによって形作られたのだ。何を成し遂げたかではなく、どうやってここまでたどり着いたかによって。だが、ここまで来るのに、僕は誰を傷つけたのか。誰が僕をまともなほうへ導いてくれたのか。あるいは、僕にできるささやかなことを受け入れてくれたのは？　笑いながら嘘をつくことを教えてくれたのは？　そして、〝蛾〟に対する僕の思いこみに疑いを抱かせたのは？　「人物」への単なる興味から、それがほかの人に及ぼす力まで考えるように仕向けたのは誰なのか。だが、とりわけ、何よりも重要なのは、僕がどれほどのダメージを与えたかだ。

〝ダーター〟の家で洗面所を出ると、閉じられたドアが目の前にあった。その横の壁に、額装された布が飾ってあり、青い糸でこの言葉が刺繡されていた。

**以前は夜通し**
**まんじりともせず、**
**大きなパールを望んだものだ。**

その下に、違う色の糸で、生年月日が縫いつけてあった。一三年前だ。まさか刺繍した布きれから秘密が洩れるなんて、〝ダーター〟には知る由もなかっただろう。彼の妻〝ソフィー〟は、自分と子どものためにそれを作ったのだ。彼女が眠る前によくつぶやいていた言葉だ。僕は覚えている。彼女はたぶん、昔その一節を僕に聞かせたことなど思い出しもしなかっただろう。それとも、忍びこんだあの家の暗闇で互いに語りあった夜のことを、今も覚えているのだろうか。僕だって、今の今まで忘れていたけれど。とにかく彼女は、いつかある日、僕が家に現れて、自分の願いがあんなにはっきりと壁に掲げてあるのを目にするとは、夢にも思わなかったに違いない。

こうして地滑りが起こった。たった一つの刺繍の言葉から。僕は途方に暮れた。彼女の生きてきた物語は、僕には決してたどれない。どうすれば時をさかのぼれるというのか。バターシーのアグネスへ。カクテルドレスを失(な)くしたライムバーナーズ・ヤードのアグネスへ。ミル・ヒルの真珠とアグネスへ。

傷があまりに深すぎると、それを言葉にして語ることができなくなり、書くことも難しい。今や僕は、樹木のない通り沿いの、彼らの住処(すみか)を知っている。夜、そこへ行って、彼女に聞こえるように名前を叫ばなければと思う。彼女は眠りから静かに目を覚まし、暗がりで身を起こす。

**どうした？　彼が声をかける。**

**聞こえたわ……。**

**何が？**
**わからない。**
**もう寝ろよ。**
**そうするわ。だめ。また聞こえた。**
僕は叫びつづけ、彼女の返事を待つ。

僕は何も聞かされていなかったが、芝居作りをしている姉や、あるいはオリーヴ・ローレンスのように、突き止めた事実のかけらや一粒の砂から、物語の隙間を埋めるすべを知っている。振り返ってみれば、砂粒は常に存在していた。アグネスについて知っていそうな人に尋ねても、誰も教えてくれなかったこと。今は理解できるが、〝ダーター〟のアパートで冷たい沈黙を向けられたこと。そして折りたたまれたタオル――なんといっても彼女はウェイトレスだったし、あちこちの厨房で僕と同じく皿洗いや掃除をし、整理整頓が欠かせない狭い公営アパートで暮らしていたのだ。身ごもった一七歳の少女のこうしたルールや信念に、〝ダーター〟は仰天したことだろう。そして彼女は、彼の暮らしの悪癖を実に手際よく閉めだしていく。

ふたりについて空想する――どんな気持ちで？　羨望か。安堵か。自分の負うべき責任を今まで知らずにいたことへの罪悪感か。彼らは僕にどんな判決を下したのか。それとも、話題にされることさえないのか。オリーヴ・ローレンスのテレビ番組や、手にしたことのない彼女の著書に対して、〝ダーター〟が見せた反応と同じように。僕たちみんなと縁を切って……今や彼には時間がないのだ。週に一度、中部地方に行かねばならないし、子育てはあるし、時間はわずかで苦労が多い。

　アグネスは妊娠に気づいてから二、三週間後、ほかに誰も話せそうな相手がいないので、バスに乗り、そして乗り換えて、〝ダーター〟が暮らす〈ペリカン・ステアーズ〉の近くで降りる。僕とは一か月以上も会っておらず、そこにいるだろうと思ったのだ。夕食どきだ。玄関を叩いても返事はなくて、あたりが暗くなっていくなか、彼女は階段に腰を下ろす。彼が帰ってきたとき、彼女は眠っている。そっと揺り起こすと、彼女は自分がどこにいるかわからず、そして僕の父に気づく。部屋に入ると、彼女は今の状況を打ち明ける。〝ダーター〟は僕がどこにいるか、どこに行ってしまったかわからないので、もう一つの真実を告白せざるを得ない。自分の正体。僕について知っている本当のこと。僕がどこかに連れていかれたらしいこと。

　ふたりは一晩じゅう、彼の狭いアパートでガスの火のそばに座り、まるで懺悔するような時間を過ごす。そして、彼女の驚きを鎮めるために、何度も遠まわしに話を繰り返すなかで、あるいはそのあとで、彼は自分が何をしているか、本当の仕事は何なのか、告白したのだろうか。

　少し前に映画館で、再上映されていた古い作品を観た。無実の主人公が不当に投獄され、破滅の人生をたどる映画だ。鎖につながれて働かされていたとき逃亡するが、それから永遠に逃げつづけるはめになる。映画のラストでかつて愛した女性と再会するが、ともに過ごせる時間はわずかしかない。つかまる危険が迫っているからだ。後ずさりして暗闇に消えようとする彼に向かって、彼女が叫ぶ。「どうやって生きていくの?」するとポール・ムニ演じる主人公が答える。「盗むさ」その台詞(せりふ)で映画は幕切れになり、彼の顔を大写しにしたあと画面が暗くなる。その映画を観たとき、僕はアグネスと〝ダーター〟のことを考えていた。彼女はいつどんなふうにして、彼が法を犯していることを知ったのだろうか。ともに暮らすなかで夫の危なっかしい犯罪行為を知ったなら、生き抜いていくためにその事実とどう向きあったのか。記憶のなかにあるアグネスのすべてを、僕は今も愛していた。彼女は、僕の気持ちをすべて自分に向けさせることで、引っ込み思案な若者だった僕を外の世界へ連れ出してくれた。だが、彼女は僕の知るなかでもっとも誠実な人でもあった。彼女と僕は空き家に忍びこんだり、勤め先のレストランから食べ物を盗んだりしたが、人には害を及ぼさなかった。彼女は曲がったこと、不公平なことを見過ごさなかった。いつも正直だった。人を傷つけるべからず。あの若さにして、なんと驚くべき信条だろう。

そんなふうに僕は、アグネスと、彼女がとても好きだった男、僕の父だと信じていた男に思いを馳せていた。彼女はいつどんなふうに、彼の稼業を知ったのか。尋ねたいことはいくらでもある。何らかの形で真実を教えてもらいたい。

**「どうやって生きていくの?」**

**「盗むさ」**

それとも、彼はもうしばらくのあいだ隠していたのだろうか。また別の晩に、〈ペリカン・ステアーズ〉のあの狭いアパートで会うときまで。解決も、決心も、一度に一つずつ。最初はこれを。次にあれを。そして、そのあとようやく彼は自分のしようと思っていることを伝える。もはや彼が口ずさんでいたラブソングのように、原因がたちまち結果に結びつき、何もかもが自然に運んで、浜辺でオーケストラの演奏が流れるうちに恋に落ちるという展開ではない。偶然の巡りあわせや、思いがけない出来事といった単純なものではない。ふたりのあいだに静かな愛情が通っていたことは僕も知っている。彼らはそれをさらに深めていく。年齢の差も、いきなり立場が変わったことも、受けいれながら。どっちみち、ほかには誰もいないのだ。

彼はずっと一匹狼で自由に生きていくつもりだった。女が面倒なことも承知していた。以前、僕に、うさんくさい仕事を山ほどやるのも、自分が自立していて無垢でないことを人に見せつけるためだと言っていたほどだ。そして今、彼女をなだめ、あまり無垢でもなければ真実でもない世界があることを理解させようとしながら、同時に、ひたすら自滅に向かおうとする彼女をなんとか引きもどさなければならない。たくさんの会話を重ねてから、彼は結婚を持ちかけたのだろうか。彼女が心を決める前に、彼は自分の本当の姿を知らせなければならないとわかっていたはずだ。彼女はさぞびっくりしただろう——彼が弱みにつけこんできたからではなく、もっと意外な事実を知ったから。彼はどん詰まりから抜けだす安全な道を示してくれたのだ。

彼女は彼と一緒に小さなアパートに引っ越した。もっと広いところに住む余裕はない。おそらく僕のことなど考えもしなかっただろう。僕を非難することも、あえて捨て去ることもなかっただろう。そんなのは遠くにいる僕の感傷にすぎない。ふたりは暮らしに追われ、わずかな金も無駄にせず、歯磨き粉一つ買うにも値段を気にかける。彼らの身に起こっているのは現実の話だ。一方、僕は相変わらず母の人生の迷路に閉じこもっていた。

ふたりは教会で式を挙げた。アグネスことソフィーが教会を望んだのだ。彼女の両親と不動産屋の兄のほか、数人の関係者が参列する——職場の女性がひとりと、彼が仕事で雇う〝使い走り〟がふたり。レッチワースの偽造王が花婿の付添人。それからはしけの持ち主の貿易商は、アグネスがどうしても招いてほしいと頼んだのだ。両親のほかは、六、七人というところだろう。

彼女はほかの仕事を探さなければならない。レストランの同僚たちは、彼女が妊娠していることを知らない。新聞を買って求人広告に目を通す。〝ダーター〟の昔のつてをたどり、戦後に研究所としてよみがえったウォルサム修道院での職にありついた。そこはかつて彼女が幸せだった場所だ。その歴史ならよく知っている。借り物のはしけの上でパンフレットをすべて読んだから。あのとき僕たちは、にぎやかな鳥のさえずりの下を静かに進んだり、運河の水門に入ってゆっくりと上昇していった。前世期に掘られたあの運河は、修道院の武器庫と、テムズ川沿いにあるウーリッジやパーフリートの兵器工場をつないでいた。彼女はバスでホロウェイ刑務所を通りすぎ、セヴン・シスターズ・ロードを走って、修道院の敷地で降りる。そして、以前〝ダーター〟や僕と一緒に訪れたのと同じ田舎の景色のなかに立つ。彼女の人生は一回りしたのだ。

彼女は東棟Aにある洞穴のような風通しの悪い部屋で、長い作業台に向かって働いた。二〇〇人の女たちが、休みなく目の前のことだけに集中している。誰も口をきかない。互いにひどく離れた椅子に座っているので、会話どころではない。手の動きがたてる音のほかは、静まりかえっている。仕事中に笑ったり言い合いをしたりするのが当たり前だったアグネスは、それをどんなふうに感じたか。ごったがえす厨房を懐かしく思ったことだろう。おしゃべりもできず、立ちあがって窓の外を眺めることもかなわず、絶え間なく流れるコンベヤーベルトに拘束されつづける。持ち場は一日おきに変わる。ある日は東棟、翌日は西棟といった具合だ。いつも防護眼鏡をつけて、火薬の重さを量り、流れてくる容器にさじでそれを移す。火薬の粒が爪のあいだに入り、ポケットや髪にもぐりこむ。西棟のほうがよけいにひどい。テトリルの黄色い結晶を丸薬に固める作業をするのだ。この爆薬の結晶は粘着性があり、手にくっついて黄色く染めてしまう。テトリルを扱う人々は、〝カナリア〟と呼ばれていた。

昼休みにはおしゃべりが許されるが、食堂もまた閉ざされた空間だ。彼女はお弁当を持って、記憶にあった南の森のほうへ歩いていき、川の土手でサンドイッチを食べた。仰向けに寝そべり、日光にお腹をさらす。この世界に自分と赤ん坊のふたりきりだ。鳥のさえずりに耳を傾ける。風にあおられた茂みのなかで、何かの生き物が驚いて動く気配がする。彼女は黄色い両手をポケットに突っこんで、西棟に戻っていく。

通りすぎる奇妙な形の建物のなかで本当は何がおこなわれているか、彼女は知らなかった。地下に消えていく階段の先には、砂漠の暑さや北極の寒さのなかで新兵器を試験するために建てられた人工気候室がある。そこには人間の活動の形跡はほとんど見られない。遠くの丘には、巨大なニトロ化器の工場があり、二世紀以上にわたってニトログリセリンが製造されていた。その隣の地下には、広大なため池があった。

記録保管庫で古いファイルを調べたおかげで、パールがお腹にいたときアグネスが横を歩いたであろう、半分埋もれた建物についていろいろわかった。ウォルサム修道院の建物や史跡が何に使われていたか、今や僕はすべて知っている。一七歳のアグネスが飛びこんだ、見たところ罪のない森のため池も、実は水中カメラが設置され、爆薬の威力と効果を測定した場所だった。この爆薬はのちにドイツのルール川のダムを爆撃するのに使われた。バーンズ・ウォリスとＡ・Ｒ・コリンズが反跳爆弾の実験をおこなった水深一二メートルのため池で、彼女は水中から顔を出し、震えて息を切らしながら、ムール貝漁船のデッキに上がってきて、〝ダーター〟と巻き煙草を分けあったのだった。

夕方六時、彼女はウォルサム修道院の門を出て、市内に戻るバスに乗る。窓に頭をもたせかけ、トッテナム・マーシズの風景をじっと見つめる。バスがセイント・アンズ・ロードの橋の下を通るころ、彼女の顔はしだいに翳(かげ)っていく。

帰りつくと、アパートにはノーマン・マーシャルがいる――子を宿した身体は疲労が激しく、彼に手を触れさせずに横を通りすぎる。

「汚れてるの。先に洗わせて」

流しに身をかがめ、桶の水を頭にかけて、髪についた火薬の粒を洗い流す。それから手と腕、肘までを、必死になって洗う。弾薬筒を箱詰めするのに使うゴム状の詰め物とテトリルが、松ヤニのようにこびりついている。アグネスは何度も何度も、両腕と、手が届く限りの肌を、ごしごし洗いつづける。

近ごろ僕は、グレイハウンドが食べる時間に合わせて食事をする。

そして夜、彼はもう寝ようという気分になると、僕が仕事をしているテーブルに音もなくやってきて、疲れた頭を僕の手に乗せ、仕事をやめさせようとする。心地よさを求めているのだ。人のぬくもりから安心を得たい、他者への信頼を表したいという気持ちなのだろう。たとえ僕が孤独で不安であっても、彼はそばにやってくる。だが、僕もまたそれを待っている。彼は自分の行き当たりばったりの人生、僕の知らない過去について、語りたがっているかのようだ。彼のなかには、ひそかに何かを求める気持ちがあるに違いない。

僕はこうして、僕の手を必要とする犬を隣にはべらせている。ここは塀に囲まれた僕の庭だが、あらゆる面でいまだにマラカイト夫妻の庭だ。ときどき、知らされていない花がいきなり咲いて驚かされる。ここは彼らより寿命の長い庭なのだ。オペラ好きの僕の母によると、ヘンデルは死期を迎えたとき、その状況における〝理想的な人〟だったそうだ。高潔で、もうじき別れていく世界を愛していた。たとえそれが争いの絶えない世界であったとしても。

最近、サフォーク州の隣人が書いた、ハマエンドウについてのエッセイを読んでいる。この植物は戦争のおかげで生き延びたのだという。かつて敵の侵攻から国を守るため、海沿いに地雷が埋められた。その結果として、人通りが途絶えたおかげで、ハマエンドウは厚く丈夫な葉を茂らせ、自然のままの緑の絨毯を豊かに広げることになった。だから、絶滅の危機から再生したハマエンドウは、〝幸福な平和の野菜〟と呼ばれる。僕はこうした驚くべきつながり、因果の教えめいたものに心を惹かれる。かつてコメディの『極楽特急』と、戦争中ロンドン市内にニトログリセリンをひそかに運んだことを結びつけたように。あるいは、僕の知っていた娘が髪のリボンをほどいて飛びこんだ森のため池で、かつて反跳爆弾が生みだされ試験されたように。遠い彼方に見える出来事が実はとても身近である、そんな時代を僕たちは生き抜いている。たとえば今でも考えるのだが、夜の森に恐れずに入っていくことを僕と姉に教えてくれたオリーヴ・ローレンスは、イギリス海峡の海辺で過ごしたほんの数日が人生のハイライトだったと感じるのだろうか。その時期の彼女の活動を知る者はほとんどいない。僕がおとなになって目にした著書でもテレビのドキュメンタリーでも、彼女はそのことに触れていなかった。彼女のような人はとても多い。戦争中の手柄をひけらかさないことに甘んじているのだ。**あの人はただの民族誌学者じゃなかったのよ、スティッチ！** 母がばかにして吐き捨てるように言ったことを思い出す。母は自分自身がしたことよりも、むしろオリーヴについてのほうが、語る気になるようだった。

**ヴァイオラ？　ヴァイオラでしょ？** 僕はよくひとりでつぶやいた。僕の働くあのビルの二階で、母の正体を少しずつ発見しながら。

僕たちはぼんやりとしかわからない物語で人生を整理する。紛らわしい風景のなかで迷子になったかのように、目に見えないもの、語られないものを集めて――レイチェルが〝レン〟になり、僕が〝スティッチ〟になったように――それを縫いあわせる。すべては不完全で、戦争中に地雷原となった浜辺のハマエンドウのように顧みられない。

グレイハウンドは僕の隣にいる。重く骨張った頭を僕の手にのせてくる。僕がまだあの一五歳の少年であるかのように。だが、姉はどこにいるのだろう。子どもの小さな手を人形のように振って、僕に遠回しの別れを告げた姉は？　あるいは、あの幼い少女は？　いつの日か僕は、彼女が道に落ちていたトランプを拾いあげるところを見つけるかもしれない。そうしたら追いかけていってこう尋ねよう。**パール？　きみはパールだろう？　お父さんとお母さんから拾うように教わったのかい？　幸運をつかむために？**

〈ホワイト・ペイント〉で過ごした最後の日、サム・マラカイトが迎えにきてくれる前に、僕はローズの服を何枚か洗い、外の芝生の上に干した。二、三枚は低木の茂みの上に広げた。殺されたとき母が身に着けていた衣類は、すべて持ち去られていた。僕はアイロン台を取り出し、母の好きだったチェックのシャツを広げて、襟にも、いつもまくり上げていた袖にもアイロンをかけた。このシャツは今までこんな熱やプレスをかけられたことなどなかっただろう。それからほかのシャツにもアイロンをかけた。母が痩せすぎなのを隠すために着ていた青いカーディガンには、薄い布をのせ、アイロンの温度をぐっと下げて軽く当てた。カーディガンとシャツを母の部屋に持って上がり、押し入れに吊るしてから階下に降りた。ウグイス張りの床を派手に鳴らして歩き、玄関のドアを閉め、そして立ち去った。

# 謝辞

本書*Warlight*はフィクションであるが、いくつかの史実と地名を架空の設定のなかで使用している。

参考資料として、多くの優れた書籍を使わせていただいたことに感謝を申し上げたい。シンクレア・マッケイ著*The Secret Listeners*、マシュー・スウィート著*The West End Front*、クリストファー・アンドルー著*Defend the Realm*、コールダー・ウォールトン著*Empire of Secrets*、ウェイン・D・コクロフト著*Dangerous Energy*、ジェフリー・ウィンスロップ・ヤング著*The Roof-Climber's Guide to Trinity*、ポール・タリング著*London's Lost Rivers*、ジュールス・プリティ著*This Luminous Coast*、リチャード・トーマス著*The Waterways of the Royal Gunpowder Mills*、ディック・フェイガン著*Men of the Tideway*を参照した。ロンドン大空襲に関する資料は、当時の新聞記事、サウス・カロライナ大学の記録保管所、またアンガス・コールダー著*The People's War*、デイヴィッド・キナストン著*Austerity Britain*を参考にした。第二次世界大戦直後のヨーロッパにおける騒乱に関しては、スザンヌ・C・ニッテルの*The Historical Uncanny: Disability, Ethnicity, and the Politics of Holocaust Memory*、ゲイア・バラセッティの“*Foibe:* Nationalism,

Revenge and Ideology in Venezia Giulia and Istria, 1943-5"（*Journal of Contemporary History* に発表）、デイヴィッド・スタッフォードの *Endgame, 1945: The Missing Final Chapter of World War II* をはじめとするさまざまな資料を参照した。また、ヘンリー・ヘミングには、戦時中の諜報活動に関して信頼できる意見を惜しみなくいただいたことに特に感謝したい。

クローディオ・マグリスには、戦後ヨーロッパの混乱に関するエッセイ "*Itaca e oltre*" から短く引用させてもらったことに感謝する。また、T・H・ハクスリーのエッセイ "A Piece of Chalk"、ロバート・ゲイソン＝ハーディのハマエンドウについてのエッセイ "*Capriccio: Lathyrus Maritimus*" からも引用した。パールについての一節はリチャード・ポーソン（一七五九―一八〇八）によるものである。A・E・ハウスマンの詩 "From the wash..." から対句を一つ、トマス・ハーディの戯曲 *The Dynasts* から二節、ガルシア・ロルカの詩 "Sevilla" から一行を引用した。ジェームズ・ソルターの *Burning the Days* から二か所、ジョン・バージャーによるオルランド・レトリエルの追悼文、C・D・ライトとポール・クラースナーによる親類に関する言及も参考にした。ドロシー・ロフタスが一九四〇年に戦時中のサウスウォールドについて書いた手紙を、サイモン・ロフタスの厚意により使わせていただいた。また、「ガーディアン」紙に掲載されたDデイの準備に関するヘレン・ディドによる記事からも引用した。さらに、「ニューヨーク・タイムズ」紙の田舎暮らしのコーナーに掲載された、"The Roar of the Night" と題する記事でバーリン・クリンケンボルグが引用していた、コオロギに関するロバート・サクスター・イーデスの言葉を参照した。グレイハウンドのレースについては、マーク・クラプソンによる *Greyhound Star, A Bit of a Flutter*、ノーマン・ベイカーの“Going to the Dogs-Hostility to Greyhound Racing in Britain”(*Journal of Sport History* に発表)など、多くの資料を参照した。短く登場するいくつかの歌詞は、コール・ポーター、アイラ・ガーシュインによるもの。ハワード・ディーツによる二節は許可を得ずに少しだけ前の時期にさせてもらった。ロベール・ブレッソンのインタビュー映像での言葉が本書の題辞になっている。

サイモン・ボーフォイに心から感謝する。運河や潮汐、はしけの暮らしといった川についての情報を調べていたとき、かけがえのない案内役となるジョンとイヴリンのマキャン夫妻と、ジェイ・フィッツシモンズに引きあわせてくれた。また、ヴィッキー・ホームズのおかげで、ウエスト・インディア・キーにあるロンドン・ドックランズ博物館で戦時中の川に関する資料を閲覧できた。ロンドン・メトロポリタン・アーカイブズにも感謝する。さらに、二〇一三年四月にウォルサム・アビーとガンパウダー・ミルを訪問したとき就業中だった人々、特にマイケル・シーモアとイアン・マクファーレンに感謝を捧げる。

＊

調査のためサフォーク州を訪れるたびに歓迎し助けてくれた皆さんにお礼を言いたい――特に、リズ・コールダー、ルイス・ボーム、アイリーン・ロフタス、ジョンとジュヌヴィエーヴのクリスティ夫妻、すばらしきキャロラインとゲイソンのゲイソン＝ハーディ夫妻に感謝する。サイモン・

ロフタスにも心からの感謝を。何日もかけてセイント地帯を案内し、複雑で入り組んだこの土地の歴史をはじめ幅広い知識を分け与えてくれた。

　スージー・シュレジンジャーと彼女のブリキの家に感謝する。本書の執筆中ずっと伝説の雄牛ベラミーに守ってもらった。スキップ・ディキンソンは昔アビリーンにあるグレイハウンド博物館に連れていってくれた。マイク・エルコックは以前、婦人服デザイナーの男性について手紙をくれた。アイデアを貸してくれたデイヴィッド・トンプソン、ジェイソン・ローガン、デイヴィッド・ヤング、グリフィン・オンダーチェ、レスリー・バーバー、ズビシェク・ソレッキ（お父上が〝ダーター〟から犬を買ったかもしれない）、ダンカン・ケンワージー、ピーター・マルティネリ、マイケル・モリス、コールスとマニングにも感謝する。また、「ポイント・レイズ・ライト」紙と、〈ジェット・フューエル〉にもお礼を申し上げる。

　ジェス・ラシエールの研究成果と、本書の構成をどうにかするために鋭い提案をしてくれたエスタ・スポルディングに感謝する。また、長年にわたりさまざまな形で支えてくれた友人たち、エレン・レヴァイン、スティーヴン・バークリー、トゥリン・ヴァレリにも感謝を捧げる。

　クノップ社での制作にあたり、本書を実に注意深く丁寧に導いてくれたキャサリン・フーリガンとリディア・ビュークラーにお礼を申し上げる。また、キャロル・カーソン、アンナ・ジャーディン、ペイ・ロイ・コウアイ、ロレイン・ハイランド、レスリー・レヴァインにも感謝する。イギリスのデイヴィッド・ミルナー、トロントのマックルランド&スチュアートのマーサ・カーニャ＝フォーストナー、キムバリー・ヘサス、スコット・リチャードソン、ジャレド・ブランドにも感謝したい。ケープの担当編集者ロビン・ロバートソン、そしてクノップのサニー・メイターにも感謝を捧げる。

カナダの担当編集者ルイーズ・デニスに心から感謝する。二年前に原稿の段階で初めてこの本を見て以来、ともに取り組み、各段階でかけがえのない味方になってくれた。

長年にわたり親しくしてくれているトロントの友人や作家仲間に感謝し、お礼を述べたい。

そして何をおいても、レッド・リヴァー・ショアから来たリンダに、わが愛と感謝を捧げる。

# 訳者あとがき

カナダを代表する作家マイケル・オンダーチェ Michael Ondaatje の長編小説 *Warlight* の全訳をお届けする。前作から七年の歳月を経て、ついに待望の新作の登場である。

主人公ナサニエルの回想として語られる物語は、冒頭から謎めいている。「一九四五年、うちの両親は、犯罪者かもしれない男ふたりの手に僕らをゆだねて姿を消した。」――読者はいきなり第二次大戦直後の霧深いロンドンに引きずりこまれる。

第一部では、ナサニエルが一四歳のとき、父の海外赴任に母もついていくという理由で、姉のレイチエルとふたりだけでイギリスに残される。両親の友人で、姉弟が〝蛾〟とあだ名をつけた男が後見人になるが、これまたなんともうさんくさい人物。姉弟が寄宿学校を嫌って自宅に逃げ帰ると、そこはいつしか〝蛾〟を囲む有象無象の人間が寄り集まる場になっていた。この、ちょっとワルそうなおとなたちとの関わりのなかで、姉弟はこれまでの暮らし（一見ごく平凡で幸せそうな一家）とはまったく別の世界を知り、もはや普通の子どもではいられなくなる。さらに、母が本当は父のもとへ行っておらず、自分たちに嘘をついていたのだと知って衝撃を受ける。母がどこで何をしているのかわからないという不安を抱えたまま、ナサニエルはそれでも健気(けなげ)に、たくましく、したたかに、新しい環境での自分の居場所と存在の意味を見いだしていく。

〝蛾〟の仲間のなかでも特に、ボクサー上がりで怪しげな商売に関わる〝ダーター〟は、ナサニエルの人生に大きな影響をもたらす。〝ダーター〟に連れられて、ドッグレースの犬をはしけにのせてテムズ川を不法に運ぶなど、思いもかけない経験をするうちに、彼に対して特別な親しみを覚えるようになる。

また、アルバイト先で出会った魅力的な娘と恋に落ち、空き家にひそかにしのびこんで愛を育む。初めて結ばれた家があった通りの名を使って、〝アグネス〟と名乗るミステリアスな少女。（空き家で裸のまま犬たちと戯れ、月明かりのなかで愛を交わすシーンがあまりにも美しい。）そうした束の間の幸せも、母が発端となる悲惨な事件によって、とつぜん断ち切られてしまう。

第二部ではナサニエルは二八歳になり、情報部での職を得たことから、スパイだった母の過去をひそかに探り、母の秘密と死の真相に迫っていく。母と暮らした短い期間、わだかまりを抱えて微妙な距離を保ちながら、チェスを通して少しずつ歩み寄ったこと。母の同胞であるマーシュという男の存在と、長年にわたるふたりの特別な信頼関係。その先は現実とナサニエルの空想が入り混じって、誰の視点なのか、どこまでが事実なのか、判然としないところもあり、それがまたこちらの想像をかきたてる（オンダーチェの好む「ダブル・ナレーション」の手法だ）。そして最後にはナサニエル自身にも、胸をえぐられるような試練が待ち受けている。

いつものオンダーチェ流で、時間がひんぱんに行き来するなか、謎が謎を呼び、驚くべき秘密がつぎつぎに明かされる。また、思春期の少年が母を失った戸惑いと悲しみのなかで、初めて恋に目覚め、おとなの世界に足を踏み入れていく様子が、静かに、豊かに、詩的につづられて深く胸にしみる。さらにはナサニエルを取り巻く人々の、なんとユニークで魅力的なことか。前作『名もなき人たちのテーブル』の訳者あとがきに、「オンダーチェ文学の最高峰」と記したが、本作はそれと肩を並べる、いや、それを超える傑作といってもいいだろう。

原題のwarlightは、戦時中の灯火管制の際、緊急車両が安全に走行できるように灯された薄明かりを指している。この物語全体もまた、そうしたほのかな明かりに照らされるかのように、真実がおぼろにかすみ、なかなか姿を現さない。登場人物の多くがニックネームで呼ばれ、それぞれに謎を秘めて、意外な役割を担っていたりする。主人公は、自分にとってもっとも難解な謎である母の秘密を突き止めようとするが、淡く射す光のなかを手探りで進むしかない。

著者の話によると、本書の執筆を始めたときは、冒頭の一行しか頭になかったそうだ。書きながら自分を驚かせたいし、登場人物すべてにあらゆる可能性を持たせたい、ストーリーがすべてわかっていたらつまらないし、書き直すのが楽しい、という。「知らないことを教えてくれるから地図が好き」だそうで、本書にも地図へのこだわりが随所に見られるが、地図を自由にたどって想像の旅をするように、思うがままに楽しみながら小説を書いているのだろう。

前作に「おとなになるまえにおとなになった」という印象的な台詞（せりふ）があったが、本書の主人公もまた、少年時代を二度、ぷっつりと断ち切られ、おとなにならざるを得ない状況に追いこまれる。一度は、両親が姿を消したときに。さらに、両親の不在を埋めてくれた人々と、とつぜん引き裂かれたときに。そのことが彼の人生に大きな影を落とし、その後の生き方をも支配しつづける。

思えばそれもみな、戦争が残した痛ましい爪跡であった。戦争が彼の母の人生を変え、母にまつわる人々を巻きこみ、そして戦後を生きるナサニエルにまで影響を及ぼしつづける。一つの戦争が終わっても、母の同胞フェロンが言うとおり「戦いは決して終わらない」。傷痕は消えず、悲しみは続き、恨みや憎しみは連鎖する。「過去は過去にとどまらない」とナサニエルは述懐し、母と同じように秘密を抱えて孤独に生きる道を選ぶ。当たり前の日常を人々から奪いつづける戦争を、決して、決して、許してはならないと、あらためて痛感させられる。

さて、本書が発表された二〇一八年、イギリスのブッカー賞が設立五〇周年を迎えるのを記念して、歴代の受賞作から最優秀作品を選ぶ企画が行われた。ファン投票によって最高位の「ゴールデン・ブッカー賞」に輝いたのが、マイケル・オンダーチェ著『イギリス人の患者』だった。この半世紀に英語で書かれた小説のなかで最高の作品に選ばれたことになる。大変な快挙だが、本人は淡々としたもので、「ほかにいくつも候補作を思いつくし、映画（アカデミー賞を総なめにした『イングリッシュ・ペイシェント』）の効果だろう」と謙虚に語っていた。

出版された自著はいっさい読まないそうだが、この機会に『イギリス人の患者』を初めて再読し、当時の自分はこんなことまで知っていたのかと驚いたという。本作でも、イギリス情報部の活動、グレイハウンド犬のレース、テムズ川の地理と歴史、屋根の藁ふき、トリニティの壁登り、釣りに狩りにチェスなどなど、さまざまなテーマが盛りこまれ、おかげで訳者もいつも以上に調べものに奔走することとなった（至らない点はすみません）。著者自身、何かに興味を持つと、徹底的に調査を重ねて作品に取り入れるようだ。そうした情熱のゆえか、本書の執筆には三～四年かかり、さらに編集に二年の歳月を要したという。その編集作業が楽しいというのが、いかにもオンダーチェらしいが、次の作品はできればあまり待たせないでほしいと願う。まもなく七六歳、円熟の一方でますます果敢に挑みつづけるオンダーチェに、これからも期待したい。

最後に、本書と出会わせてくださった作品社の青木誠也さんに心より感謝を申し上げます。かつて来日したオンダーチェ氏の朗読に聞き惚れた日から二十余年――彼の美しい小説をつづけて訳すご縁をいただいたことは、訳者として望外の喜びでした。

二〇一九年七月

田栗美奈子

【著者・訳者略歴】

マイケル・オンダーチェ（Michael Ondaatje）
1943年、スリランカ（当時セイロン）のコロンボ生まれ。オランダ人、タミル人、シンハラ人の血を引く。54年に船でイギリスに渡り、62年にはカナダに移住。トロント大学、クイーンズ大学で学んだのち、ヨーク大学などで文学を教える。詩人として出発し、71年にカナダ総督文学賞を受賞した。『ビリー・ザ・キッド全仕事』ほか十数冊の詩集がある。76年に『バディ・ボールデンを覚えているか』で小説家デビュー。92年の『イギリス人の患者』は英国ブッカー賞を受賞（アカデミー賞9部門に輝いて話題を呼んだ映画『イングリッシュ・ペイシェント』の原作。2018年にブッカー賞の創立50周年を記念して行なわれた投票では、「ゴールデン・ブッカー賞」を受賞）。また『アニルの亡霊』はギラー賞、メディシス賞などを受賞。小説はほかに『ディビザデロ通り』、『家族を駆け抜けて』、『ライオンの皮をまとって』、『名もなき人たちのテーブル』がある。現在はトロント在住で、妻で作家のリンダ・スポルディングとともに文芸誌「Brick」を刊行。カナダでもっとも重要な現代作家のひとりである。

田栗美奈子（たぐり・みなこ）
翻訳家。訳書に、コリン・バレット『ヤングスキンズ』（共訳）、クリスティナ・ベイカー・クライン『孤児列車』、マイケル・オンダーチェ『名もなき人たちのテーブル』、ラナ・シトロン『ハニー・トラップ探偵社』、リチャード・フライシャー『マックス・フライシャー　アニメーションの天才的変革者』、ジョン・バクスター『ウディ・アレン　バイオグラフィー』（以上作品社）他多数。

# 戦下の淡き光

2019年9月30日初版第1刷発行
2019年12月31日初版第3刷発行

著　者　マイケル・オンダーチェ
訳　者　田栗美奈子
発行者　和田肇
発行所　株式会社作品社
〒102-0072　東京都千代田区飯田橋2-7-4
TEL.03-3262-9753　FAX.03-3262-9757
http://www.sakuhinsha.com
振替口座00160-3-27183

装　幀　水崎真奈美（BOTANICA）
本文組版　前田奈々
編集担当　青木誠也
印刷・製本　シナノ印刷株式会社

ISBN978-4-86182-770-9 C0097